青い雪

藍色的雪

あさかとも 王華懋——譯

目錄

台灣版序

各位台灣讀者大家好，我是麻加朋。感謝各位閱讀《藍色的雪》。這是日本推理文學大獎新人獎的得獎作，也是我的出道作。

得知本作將推出中文譯本，我喜出望外。因爲我的夢想之一，就是讓世界各國的讀者讀到我筆下的故事。美夢成眞的第一步，便是將它送到台灣讀者的手中，我的心中充滿了感謝。

我從小熱愛閱讀，每個星期六都很期待母親帶我去圖書館，挑選想借的書。即使裝了一堆書的提袋重得要命，但我滿心雀躍，回家的腳步似乎也變得輕盈。

書本總會邀請我離開此處，前往他方。手中的書，往往引領我進入超乎想像的世界。某天，我突然萌生提筆寫小說的念頭。在強烈的熱情驅使下，忘我地寫出腦中源源不絕的故事情節。

故事始於一個雪花紛飛的震撼場景。一名少女自屋頂墜落，留下一句「藍色的雪……」身亡。然而，不幸遭受波及而喪命的女子，她年幼的女兒目擊到的是鮮紅玫瑰與從天而降的白雪。爲何墜樓少女會說「藍色的雪」？留下了這個不解之謎。

故事中，有四名自小認識的少年少女登場。

他們歷盡傷悲，在苦惱中成長。每個人都努力活著。

為了珍惜的人，自己能夠做什麼？要怎麼做才能俯仰無愧、為自己感到驕傲？他們不時停下腳步，認眞思索。

您會與哪一名角色產生共鳴呢？請一同守望他們的孩提與青春時代吧！

最後，得知「藍色的雪」這句話隱藏意義的將會是您，而不是主角。邀您悉心體會傾注其中的深切愛情。

前些日子，日本電視旅遊節目介紹了「阿里山森林鐵路之旅」。畫面中，從展望台望見的壯麗日出，讓我心醉神迷。

我天馬行空地想像起來。

我實現心心念念的願望，一個人前往台灣旅行，坐上阿里山小火車。結果，我發現附近有個乘客在看書。仔細一瞧……對方手中的書竟是《藍色的雪》！

我激動不已。

對方沉迷於書中世界的身影，一定會和美麗的日出景象永遠烙印在我的心底。

我誠心祈禱，有一天能踏上台灣的土地。

就讓《藍色的雪》先一步去到各位的身邊吧！

麻加朋

楔子

下起雪來了。雪花自夜空點點飄落，美極了。

今天是我的生日。我們去爸爸的餐廳吃了飯。

吃完的時候，店裡的燈光忽然暗了下來，身穿廚師服的爸爸端著生日蛋糕走出來，把我嚇了一大跳。

整間餐廳裡的客人都爲我鼓掌，我有些難爲情，但一口氣吹熄八根蠟燭的感覺眞是棒透了。店員送了我一束紅玫瑰。

媽媽穿著漂亮的洋裝，笑容不絕。

可是……

在爸爸的目送下，我們剛走出餐廳，媽媽臉上的笑容就不見了。

我知道，媽媽討厭爸爸。

我還知道，他們就快要分開生活了。

爸爸和媽媽都對我很好。我最愛他們兩個了。

雖然寂寞，但如果可以不用再看到他們吵架，這樣還是比較好。

馬路另一邊的人指著媽媽，眼睛閃閃發亮。

因爲媽媽是個名人，這是常有的事，我早就習慣了。

「奈那！」

走在我旁邊的媽媽大喊一聲，我冷不防被猛力一推，摔倒在地。緊接著是一道「砰！」的巨響。

我跌在地上，抬頭一看，媽媽就倒在我身邊，上面壓著一個陌生的女人。

媽媽一動也不動。

那個女人仰望著天空，嘴唇掀動。

「藍色、的雪……」

我聽見女人這麼說。

然後，女人就再也沒有動彈了。

原本在我手中的花束散落一地，天空飄下的潔白雪花，靜靜覆蓋在鮮紅的花瓣上。

第一章

柊壽壽音 *Suzune Hiiragi* 十一歲

夏季的風送來了青草香。一早起床，我第一件事就是開窗仰望高塔。塔頂有一座小鐘。那是一座特別的鐘，不是什麼人都可以去敲的。

下一個敲響它的會是誰呢？

今天蓮見醫生他們要來。這是暑假——不，一整年當中最令人期盼的事。我拿起昨晚挑選好的淡米黃色上衣。這是前陣子媽媽買給我的，衣領上有草莓圖案刺繡。

亞矢長大了嗎？亞矢是蓮見醫生的女兒，快要五歲了。眞開心可以再見到她。

大介今年也會來嗎？三年前，蓮見醫生帶著大介一起來，說「他和壽壽音同年喔」，我們一見如故，馬上就變成好朋友了。

蓮見醫生和他的太太——由利阿姨，兩人都是醫生。

大家回去以後，爸爸告訴我有關大介的事。爸爸說，大介在火災中失去了父母和小他兩歲的妹妹，他從二樓跳下去，一個人死裡逃生，後來在醫院住了好幾個月。這段期間，他和由利阿姨變得很要好，出院以後，搬進收容沒有父母的兒童的育幼院。

聽到「育幼院」三個字，我心頭一驚。因爲我原本也可能被送進那個地方。

我想起即將上小學前，爸爸和媽媽異常嚴肅地告訴我的事實。比起其他家庭，我的雙親年紀大了許多。雖然我年紀還小，但也注意到這件事，不過並不覺得有什麼奇怪。

只是，我和媽媽一起上街，有時會被店員誤以爲是奶奶帶孫女。媽媽總是滿不在乎地說：

「不管別人怎麼說，我都是壽壽音的媽媽。我才不在意。」

聽到這句話，我覺得安心極了。

所以說什麼我不是爸爸媽媽眞正的小孩，我才不想聽到這種事。可是現在我六年級了，能夠理解爸爸媽媽想要好好地讓我瞭解事實的用心。

上了小學以後，我接觸到的世界會變得更廣大，或許會有人跟我嚼舌根。爸爸媽媽應該是認爲預先告訴我正確的事實，我才不會胡思亂想吧。

爸爸媽媽說，他們是在柊家的玄關前面發現剛出生的我。我就被放在門口，身旁沒有留下任何字條。

膝下無子的兩人，決定把嬰兒當成自己的孩子扶養，經過層層手續，正式收養了我。聽到這彷彿童話故事般的情節，一開始我整個傻住了。

爸爸媽媽很努力讓即將上小學一年級的我也能聽懂，但震驚逐漸在心底蔓延開來，我的腦袋一片混亂。

爸爸專注地看著我的眼睛說明的時候，媽媽一直緊握著我的手。

從爸爸說的話，我明白就算結婚，也不一定會有小寶寶，而且有些人就算有了小寶寶，也無力扶養。所以社會上才會出現相關制度，讓沒有小孩的人可以代替這些人養育小寶寶。

爸爸的眼神，還有媽媽溫熱的手，眞實地傳達出他們覺得收養了我，是一件非常幸福的事。

說出這件事以後，我們的生活也沒有任何改變。

「我不是爸爸媽媽眞正的小孩」這個事實充塞我的內心和腦袋，我不安、寂寞極了，也害怕自己無法繼續待在這個家。而且一想到「生下我的眞正的媽媽不要我」，我就難過得想哭。但每一次看到爸爸媽媽的臉，我的心就會平靜下來。因爲兩人一如往常，笑咪咪地過日子。

爸爸告訴我的話裡面，最讓我印象深刻的一段是：「世上有形形色色的人，每個人都有不同的苦衷。世上沒有人能夠獨力活下去，一定都會受到別人的幫助，同時也會對別人伸出援手，直到生命結束的那一刻。壽壽音，妳也不可以忘記這件事。」我希望自己成爲一個能夠幫助他人的人。

柊家是長野縣上田城的城主眞田家的武將，柊忠泰的後代，扎根於土筆町此地，我父親源治郎是第十五代。戰國時代，柊忠泰似乎團結了這一帶的農民，立下武功，並擔任軍師，大展長才。同時他也精通庶民文化，舉辦能劇及狂言劇表演，並順應時代演進，舉辦劍舞和歌舞伎表演。「綠展館」便是繼承了他的遺緒。

柊家廣大的土地裡，有「紀念塔」和「綠展館」這兩棟特色十足的建築物。

進入柊家的土地後，沿著右邊的小徑往前走，就可以去到庭園。我最喜歡這座庭園了。媽媽悉心照料的各種品種的玫瑰花，從春季到秋季接連點綴著這座庭園。

我很喜歡鑽過玫瑰拱門底下，在那裡來回穿梭，惹得媽媽笑我：「壽壽音眞的很喜歡這裡呢。」

我最喜愛的是鞦韆。在百花的甜香圍繞中，任由身體晃動，讓人好想就這樣永遠擺盪下去。

經過庭園，會看到一座有點古老的建築物。那就是劇場「綠展館」。綠展館有時會播映老電影，每年也會舉辦幾次戲劇表演。由於是學生和老人會等業餘人士的演出，我從來沒看過觀眾席坐滿。

但我總是很期待這些表演，從他們排練的時候就在一旁觀摩。我喜歡這個充斥著演員熱情的空間，讓人心中無比雀躍。看得出他們的神情日漸變化，與角色融為一體。所有人朝著同一個目標努力奮鬥的模樣，實在令人感動。

表演結束後，劇團團員會向爸爸深深一鞠躬道謝。爸爸會和每個人一一握手，送他們離開。自古以來就為了娛樂村人而存在的「綠展館」，現在仍繼續為人們做出貢獻，我覺得眞的很厲害。

柊家旁邊是占地更加遼闊的的場邸，一向十分幽靜，然而，從昨天開始，那裡一反平日的靜謐，人進人出，好不熱鬧。因為要準備迎接主人的場照秀回來。的場先生是個地位非常崇高的政治人物。

「我爸爸將來要當總理大臣。」

從小認識的希海有時會如此自豪地說。

土筆町的的場邸是別墅，平時只有希海和她媽媽住在那裡。依照慣例，住在東京的的場先生和兒子秀平暑假會來住一星期左右。秀哥哥就讀東京的私立中學，有人說「畢竟是政治人物的繼承人，果然還是會讓他念菁英學校吧」。

希海從來不喊寂寞，但她眞實的感受又是如何呢？

包括我自己的家在內，我自認明白每個家庭的狀況都不同，而小孩子對此是無能為力的。

與我同年的希海，就像是我最要好的朋友。我們還有個共同點，就是只有右頰有酒窩。

希海似乎很討厭酒窩。她有時會故意鼓起腮幫子，想要藏住酒窩。有一次，媽媽告訴我

「有個民間故事說，酒窩是因爲嬰兒太可愛了，神明忍不住用手戳嬰兒的臉頰而留下的痕跡」，我馬上把這件事告訴希海。

但希海還是不中意自己的酒窩。想像神明笑呵呵地戳嬰兒臉頰的場景，我倒是挺開心的。或許是戴了副黑框眼鏡，留了頭筆直的黑髮，希海看上去十分老成懂事。她從來不訴苦，可是不知爲何，我就是會擔心她，總是默默想著：「我是站在妳這邊的。」

雖然不知道個性獨立的希海，是否把我當成她的好朋友啦。

的場先生就算在笑，仍有一種可怕的感覺。他長得不高，一雙眼睛大如銅鈴，身材有點胖。的場阿姨比的場先生年輕許多，長得非常漂亮。她身體不是很好，鮮少外出，所以難得遇到她，但感覺是個溫柔文靜的人，不像我媽媽那麼健談。

秀哥哥的個性和外表都比較像母親。他很乖巧，功課也很好，比我大兩歲，是國中生了，當然比我們班上的男生更成熟，可是他們眞的是天差地遠。秀哥哥說話斯文，眼神澄澈明亮，和任何一個男生都不一樣。直白一點說，秀哥哥是我的初戀情人。

當然，這只是暗戀，我沒有告訴任何人，對希海也是保密。

柊家和的場家是好幾十代的鄰居了。我爸爸和的場先生同年，聽說從小就玩在一起。即使的場先生地位愈爬愈高，兩人的關係也沒有改變。

爸爸曾說「照秀工作很辛苦，一定隨時都得繃緊神經。希望他至少在回來土筆町的時候，可以放鬆一下」。每年兩人都會愉快地聊起童年往事，開懷大笑。

蓮見醫生的母親——君子阿姨，是的場先生的妹妹。所以，秀哥哥與希海跟今年三十歲的蓮見醫生雖然年紀相差很多，卻是表兄弟妹。

當年，君子阿姨嫁給紅極一時的歌舞伎演員蓮見道之助。政治人物的妹妹與歌舞伎演員的這樁婚姻，似乎成了席捲週刊雜誌及電視媒體的熱門話題。

蓮見醫生有兩個哥哥，與父親道之助一起活躍在歌舞伎的世界。聽說蓮見醫生小時候也登台擔任過孩童角色，但後來他堅持無論如何都想當醫生，終於得償所願，踏入醫界。即使遭到父母反對，仍貫徹自身的意志，實在令人欽佩。

我爸爸是柊家第十五代，而的場先生也繼承父志，成爲政治人物。

「身爲家族繼承人，一方面備感榮耀，另一方面這卻也是個重擔。雖然我贊同每個人都要尋找自己的道路，開拓自己的人生，但爲人父母，還是會希望兒女繼承自己的事業，實在是兩難啊。」

之前爸爸和的場先生聊到這樣的事。同爲家族繼承人，或許是兩人的感情能夠一直這麼好的原因之一。

我也曾經被人稱爲「第十六代」。這讓我感到驕傲，同時又不勝負荷，心情十分複雜。爸爸會希望我以第十六代繼承人的身分，守護柊家嗎？我才小學六年級而已，完全無法想像將來會怎麼樣。我明白柊家守護著寶貴的事物，但我實在沒自信能夠繼承並不負所託。

的場先生明確地對外宣告「秀平是我的繼承人」。秀哥哥自己怎麼想呢？他決定要踏入政治圈了嗎？有點想要問問他。

「壽壽音，妳起床了嗎？爸爸準備好嘍。」

糟了，得快點整理儀容。我扣好上衣鈕釦，穿上牛仔背心裙。

對鏡翻好衣領，確實地展示出上面的草莓刺繡。「嗯，完美。」我火速下樓前往和室。

是去進行每天早上慣例的書法練習。我從小學一年級開始練書法，已養成了習慣。得先練個書法，感覺一天才會開始。

進入和室，正安靜研墨的爸爸瞄了我一眼。

「早安，今天也請多多指教。」

我跪坐下來，行了個禮。練字期間我們幾乎不交談，在相鄰的書桌前各自默默寫字。我喜歡爸爸練字的樣子。不管是姿勢還是文字都正氣凜然，非常帥氣。

我也喜歡磨墨的時光。浮想聯翩地磨著墨，爸爸就會提醒：「專心！」爸爸彷彿立刻就能看透我的心思。所以我放空腦袋，專心地動手。可是今天大家要來，心中充滿期待，實在難以壓抑。我努力綳緊表情。磨好墨後，臨摩爸爸寫給我的範本。

「希望的早晨」，完全符合我今天的心情。我在宣紙上慢慢寫著，心情愈來愈雀躍了。

「妳今早的字好像快跳起舞來了，再穩重一點寫。」

頭頂傳來爸爸的聲音。他是什麼時候站在我後面看的？我根本沒發現。咦，這表示我很專心吧？爸爸不會罵我吧？

「都說字爲心畫，一點都不錯。」

這麼說的爸爸，臉上似乎隱隱含笑。他用朱墨批點我的字。

「今天就練到這裡，可以收拾了。」

接著，爸爸回到自己的桌前。

「謝謝教導。」

下課道別後，我前往廚房。接下來要幫忙媽媽做早餐。奶油香氣撲鼻。今天早上吃麵包。平常聞到的都是味噌湯的香味，但有些日子會是蛋包飯配吐司和熱狗。媽媽上街辦事的時候，會順道去麵包店買吐司回來。今天都是些令人開心的事。

「壽壽音也真是的，早餐吃麵包就那麼開心嗎？」

媽媽笑著看我。雖然不光是早餐的關係，但我滿心的喜悅似乎都寫在臉上了。

我從剛才就不停瞄向時鐘，時間卻過得好慢。連早上八點都還不到。他們幾點會到呢？大介、亞矢、希海，還有秀哥哥。我想像著大家的笑容，又忍不住笑逐顏開。

「希望會是個快樂的暑假。」

我在心中如此祈禱。

石田大介 *Daisuke Ishida* 十一歲

擋風玻璃前方的景色，綠意愈來愈濃。別墅就快到了。可能是離目的地不遠了，駕駛座上的蓮見醫生放下心似地吁了一口氣。

暑假最讓人期盼的時光開始了。

可是，昨天晚上我又做夢了。明明都過了三年……

「哥！」

一隻小手朝我伸來。在濛濛黑煙裡妹妹美由紀五官扭曲，向我求救。

那是足球比賽的前一天。半夜突然傳來「砰！」的一道巨響，我驚醒過來。我在二樓的兒童房睜開眼睛時，整個房間白茫茫，彷彿罩了一層霧。我嗆咳起來，呼吸困難。有股難以形容的可怕臭味。情急之下，我抓起放在枕邊的足球隊服摀住口鼻。隨著一陣「劈啪劈啦」的聲響，感覺到灼熱逐漸逼近。我爬出走廊，發現樓梯底下升起濃濃黑煙，還有鮮紅的火舌，根本下不去。我死了心，回到房間。濃煙熏得我淚流不止。

「媽！爸！美由紀！」

我大叫，卻等不到回應。我一把打開窗戶，朝外面望去，只見許多人仰頭看著這邊。我拚命舉起手。

後方傳來轟隆呼嘯聲，背後熱燙起來。回頭一看，火勢逼近了。我熱得要命，又呼吸不過來，再也承受不了。我無法思考，往窗外爬去，轉眼之間，整個身體便摔在地上。「哥！」我聽見美由紀的呼喊。

睡在一樓的父母和妹妹都葬身火窟了。美由紀的呼喊、向我求救的手，都是幻覺。身在二樓的我不可能看見她。然而，美由紀痛苦的表情烙印在我的腦中，揮之不去。我沒有去救家人，獨自逃生，這個事實無法抹滅。

沒有人能理解這種痛苦。

住院生活寂寞又空虛。我努力復健，卻不明白自己是爲了什麼而承受痛楚。我已沒有家人。我連唯一一個幼小的妹妹都救不了。

「大大，你看，好多樹。」

坐在車子後座的亞矢向我搭話。

「嘿，坐好喔，很危險。」

一旁的由利醫生柔聲規勸。

蓮見醫生、由利醫生和亞矢，在我心中是重要的人。

由利醫生是我的主治醫生，住院期間，她總是不斷鼓勵我。我身上有多處複雜性骨折，躺在病床上動彈不得。日復一日，我什麼都不做，什麼也不想。身體慢慢能動以後，便聽從周圍醫護人員的指示，食不知味地嚥下端來的食物，被抬上輪椅，推去許多檢查室做各種檢查。開始進行復健以後，雖然痛苦，但我都乖乖聽話照做。

可是某一天，我厭煩了一切。不管是吃飯或服藥，當然也包括復健。護理師向我攀談，我不理會，也不跟由利醫生說話了。

絕食的第二天傍晚，由利醫生走進病房，突然說：「大介，走吧。」不一會，我就被兩名護理師搬上輪椅，推到頂樓了。橘紅色的天空在眼前開展。

「太好了，趕上了。我就是想跟你一起看看這片夕陽。」

由利醫生的側臉被夕陽染紅了。頂樓上只有我和由利醫生兩個人。

「這個世上，有件事是無論如何都逃避不了的。」

由利醫生的表情轉爲嚴肅，注視著夕陽繼續道。

「那就是死亡。總有一天，我和你都會死去。沒有人能夠阻止。」

這還用別人說嗎？難道由利醫生是想要勸我，放下死去的家人嗎？

「身爲醫生，看著病人在眼前死去，卻無能爲力，眞的很痛苦，會想要責備自己。你也是一樣的感受，對嗎？」

胸口深處一緊，我一時呼吸不過來。不知不覺間，淚水潰堤而出。淚水無可遏止地橫流，我呼吸困難，失聲痛哭起來。

我不是爲失去家人而難過。只有我一個人活下來，這件事讓我痛苦萬分。由利醫生理解我的感受。

搭在肩上的手好溫暖。

由利醫生靠近我說：

「你活下來一定是有意義的。總有一天，你會切身感受到：啊，我就是爲了這一刻而活下來。所以你必須活下去才行。」

筆直注視著我的由利醫生，眼中滑落一道淚水。

接著，我們默默仰望天空。淚水不再落下。剛才的夕照一眨眼便轉爲黑夜。

「太陽明天照樣會升起。」

由利醫生的這句話，至今我仍珍惜地存放在心底。

隔天，我又開始努力復健了。

「爲了讓由利醫生開心，我要努力。」我這麼告訴自己。即使是一點點的進步，由利醫生也會展露歡顏。看到她的笑容，我的心就會溫暖起來。可是隨著身體逐漸康復，情緒又低落下去，我連看到醫生的臉都覺得難過。

「大介，你是害怕要出院嗎？」

一旦出院，我肯定會被送進育幼院。這是沒辦法的事，我可以忍受。

「要離開醫院，你覺得不安是嗎？」

由利醫生好像能讀懂我的心思，但我沒辦法把這些話說出口。

「才不是。」

「如果是見不到我了，你會感到寂寞，那不用擔心。因爲我和蓮見醫生會去看你的。」

「眞的嗎？」

「我保證。」

我們勾了小指頭約定。

出院那天，我們握手道別。我不想害由利醫生擔心，所以強忍淚水。育幼院的人都待我不錯。我在這裡沒有遇到特別難過的事。八歲的我，已明白除了這裡以外，自己無處可去。

眞的相信由利醫生會來看我嗎？我已不記得。

一個月後，由利醫生和蓮見醫生來到育幼院，我嚇了一跳。一看到她的臉，我立刻撲上去，一把抱住她。由利醫生信守諾言了。

週末兩人招待我去家裡時，我有多高興，我到現在都還記得。雙層樓房的家，屋頂是藍色的，玄關門口有一尊狗的塑像。第一次見面時，亞矢才一歲而已。在家裡搖搖晃晃學走路的可愛模樣，讓我想起小時候的美由紀，胸口一陣刺痛。

褪下白袍的由利醫生看起來就像平凡的媽媽，感覺很奇妙。每個月我會去醫生家住一天，盡情地聊天，歡笑不絕。

暑假期間，他們會帶我到蓮見醫生親戚的別墅作客。今年是第四次了。在那裡我認識了幾個朋友，壽壽音和希海跟我同年，比我們大兩歲的秀平是希海的哥哥。別墅位在山間，附近還有湖泊，大到令人難以置信，我不禁想要深入森林去探險。

此外，壽壽音家的紀念塔也是個特別的地點。走上螺旋階梯，推開沉重的門，耀眼的陽光和涼爽的風便迎面而來。第一次上去屋頂時，壽壽音自豪地說：「很棒對吧？」那表情我到現在仍記憶猶新。

在森林裡閃閃發亮的是湖泊。遠方還可望見宛如迷你模型的城鎮。俯瞰豪華別墅的景致也很有趣。

從上方眺望出入的車輛和人們，實在很愉快。奇妙的是，即使一個人待在塔頂，也不覺得寂寞。壽壽音的爸爸允許我自由上來紀念塔。

不過必須遵守一個規矩，就是「不可以任意敲響塔上的小鐘」。第三年來到別墅，我只聽過兩次鐘聲。不曉得是誰敲的。據說「只有特別的人能敲這座鐘」，到底是什麼人才能敲呢？令人十分好奇。

「我們到嘍！」

「哇！」

聽到蓮見醫生宣布，亞矢發出歡呼。

車子靜靜駛入別墅的大門。在這裡，我被視為蓮見醫生的家人。這份喜悅，以及和朋友們重聚的興奮，在內心滾滾沸騰。屬於我的特別的暑假開始了。

壽壽音

車子的喇叭聲傳來。

「我去看看。」

我丟下這句話，衝出家門。吃完早餐的吐司，午餐享用完媽媽特製的蔬菜滿滿的炒麵後，他們仍遲遲沒有抵達，害我坐在書桌前，完全無心寫功課。現在人總算到了。那是誰的車呢？

我撥開碰到手臂的樹枝，跑向自家和的場邸的界線。說是界線，其實只是一道與我的個子同高的柵欄而已。我一邊調勻呼吸，一邊從柵欄間窺看。雖然可以繞到大門去迎接，但那裡有很多大人，而且總覺得怪難爲情的。所以我每年都會先從這裡偷看抵達的人是什麼狀況。

秀哥哥從黑頭車上下來了。他穿著白色POLO衫和深色長褲，看上去好成熟。秀哥哥的母親從別墅出來，立刻走近他。的場先生接著下車，周圍的人依序向他寒暄問好。

我看到希海小跑步往車子那裡去。她衝上前，抱住從駕駛座下車的祕書蛇田的手臂。希海非常喜歡身形魁梧的蛇田先生，都直接喊他「蛇田」，動不動就命令他做這做那，纏著他不放，看起來也像是在對他撒嬌。

蛇田先生身材高大，眼神很可怕，我不太喜歡他。連他的姓氏裡有個「蛇」字，我都覺得十分恐怖。儘管我也明白姓氏不是自己可以選擇的，不該這樣想。

希海沒有靠近的場先生。希海個性好強，我有時候會覺得她要是再坦率一點就好了。不過我自己也沒辦法坦然出去迎接他們，只能躲在這裡偷看，沒資格說希海什麼。

又一輛車子開進來了。是蓮見醫生的車。由利阿姨、亞矢和大介也下車了。亞矢感覺比去年長大不少，頭髮也變長，愈來愈像個女孩，粉紅色洋裝十分適合她。

秀哥哥走近大介。咦？兩人變得差不多高。明明去年是秀哥哥比較高。

他們似乎很開心。在聊些什麼呢？兩人笑得好燦爛，連我都跟著開心起來。還是去打聲招呼吧。

我轉身跑向正門。只見希海也加入，三人站在那裡說話。

「喂！」

我不曉得該叫喚誰的名字好，只好這樣出聲。三人同時轉頭看我，我突然害羞起來。

「壽壽音，妳好嗎？」

秀哥哥和大介異口同聲地說，相視而笑。

「我很好，大家看起來也都過得不錯呢。」

大介目不轉睛地瞅著我，有些高高在上地說：

「壽壽音，妳一點都沒變嘛。」

「眞的。」

秀哥哥也點點頭。什麼叫「一點都沒變」？是這件衣服太稚氣了嗎？

「壽壽姊姊！」

亞矢跑過來，我蹲下抱住她。亞矢的髮絲被風吹起，搔著我的鼻子。亞矢很快地做出「立正」的姿勢，轉向我們：

「大家好，亞矢快五歲了，請哥哥姊姊陪我一起玩。」

她有模有樣地打招呼，嚇了我一跳。

「嗯，請多多指教。」

我反射性地回應，惹得大家笑起來。

「看來這一年之間，亞矢成長最多。」

「沒禮貌！我也長高了兩公分，有在成長好嗎？」

我反駁秀哥哥，但內心起了一陣波瀾。我在班上是最矮的一個，也經常被誤以為還不到六年級。站在我旁邊的希海，穿著白色衣領的深藍色洋裝。烏黑筆直的長髮配上黑框眼鏡，讓她看起來更為超齡。

相較之下，穿牛仔背心裙的我確實顯得幼稚，不會打扮。而且亞矢的洋裝裙襬有和我的上衣很像的草莓刺繡。我不禁用手遮住領子上的刺繡。

「那麼，我傍晚再來。」

我轉身往前走。

「晚點見！」

我聽到秀哥哥的聲音，但沒有回頭。晚上的場邸的噴水廣場有一場晚宴，我們柊家也受邀參加。

快要走出大門時我才回頭，看見三人走進別墅的背影，莫名有種落單的感覺。

車輛陸續進來，許多人下車，愈來愈熱鬧了。

我靠到路邊，以免妨礙忙進忙出準備晚宴的人，踏上歸途。

「乾杯！」

在的場先生帶領下，各處響起碰杯聲。夜空的星星閃爍，晚宴開始了。中央的桌子上擺著琳琅滿目的食材，周圍設置了三個大鐵板。

戴白帽的廚師在各自的鐵板上翻炒肉類和蔬菜，發出悅耳的滋滋聲響。總共約五十名的賓客被分成幾組，圍著桌子坐在木椅上。我們柊家和蓮見家坐在同一桌。

煎好的肉上桌了。由利阿姨替大介夾了一盤菜，大介不停把肉和蔬菜送進嘴裡，我也不服輸地開動。啊，眞好吃。先前有些彆扭的情緒被拋到九霄雲外，現在得專心享用美食。媽媽和由利阿姨一邊聊天，一邊留意眾人的盤子裡還有沒有食物，又要幫忙亞矢擦嘴，並抽空自己用餐。大人眞是忙碌啊。

一旁，蓮見醫生和爸爸拿著啤酒開心地聊天。爸爸已六十多歲，年紀幾乎可以當蓮見醫生的父親，兩人卻像久別重逢的忘年之交。

肚子漸漸填飽了。我呆呆地看著坐在稍遠處桌位的秀哥哥。

「壽壽音，那邊有甜點，我們去拿。」

大介突然起身對我說。

「我也想拿點什麼給亞矢。」

大介不待我回話，便邁出腳步。

「蓮見醫生和我爸爸怎麼會那麼好？眞奇妙。」

我經過依然聊得熱絡的兩人旁邊，來到大介旁邊。

「蓮見醫生說他從小就很期待來別墅玩。雖然以前可怕的外公住在這裡，他還是喜歡土筆町。」

「可怕的外公？」

「蓮見醫生的媽媽結婚的時候，遭到父親——也就是蓮見醫生的外公反對。所以就算外孫來玩，老人家也不怎麼開心，於是蓮見醫生的兩個哥哥都不來別墅了。只有蓮見醫生每年都會來土筆町。」

我聽說過蓮見醫生的母親（也就是的場先生的妹妹）要和歌舞伎演員結婚時，遭到全家大力反對。可是，對外孫何必這麼冷淡呢？總覺得蓮見醫生好可憐。

「蓮見醫生說，理由是他想見柊叔叔。」

「我爸爸？」

「對，他很尊敬柊叔叔。」

父親如此受誇讚，讓人既開心又羞赧。

「我也喜歡聽柊叔叔說話。我想知道紀念塔的鐘和那些本子到底有什麼意義。」

大介認真地說道。

紀念塔的一樓，有座上了鎖且十分牢固的玻璃櫃。櫃中的幾冊本子被柔和的燈光照耀著，玻璃反射著亮光。

有時候會有人來參觀紀念塔。有一個人來的，也有一家人一起來的。媽媽會打開櫃鎖，取出本子。那些人接下本子，靜靜翻閱，然後不曉得看到什麼，忽然停下手。接著，他們往往會凝視頁面，撫著文字，潸然淚下。

大介也曾目睹這樣的場面，或許他十分好奇。

「壽壽音，妳知道嗎？」

兩年前，爸爸告訴了我那些本子的來歷。

我不知該如何回答，這時亞矢跑過來：

「大大，有沒有果凍？」

「亞矢眞是的，吵著要找大大，馬上就跑了出去。」

由利阿姨從後面追過來。

大介非常寵亞矢。

「有橘子果凍和葡萄果凍，妳要哪一種？」

大介蹲下來問亞矢。加上笑咪咪地看著這一幕的由利阿姨，他們就像眞正的一家人。

「壽壽音，我們去湖邊生營火。」

希海和秀哥哥來了。兩人站得離彼此有些遠。他們很久沒見面了，難免會感到生疏吧。世上的家庭眞是形形色色。

我和希海並肩走在秀哥哥後面，湖畔被營火的火焰和煤油燈溫柔的橘光所籠罩。眾人圍著火堆，各自閒適地坐在躺椅上，眺望著倒映在水面、隨波盪漾的銀月，以及搖曳生姿的火焰。柴薪劈啪爆裂的聲響也十分悅耳。我看見希海撫著昏昏欲睡的亞矢的臉頰，忍不住也打了個哈欠。

「總算解脫了。」

聽到渾厚的嗓音，我轉頭望去，只見的場先生走了過來，坐到爸爸旁邊。

「辛苦了。」

爸爸邀他喝啤酒。

「恕我先回房了。明天我會陪議員去山上。」

跟在後面的蛇田先生重新打好鬆開的領帶說道。

「知道啦，很囉唆耶。」

的場先生不悅地做出揮趕的動作，蛇田先生向他深深一鞠躬後，轉身離開。那離去的背影好像大猩猩。希海立刻追過去，撲上他寬闊的背。蛇田先生撫摸希海的頭。

「眞吃不消。」

的場先生一口氣喝光啤酒，望向蓮見醫生：

「你的兩個哥哥相當活躍呢。你未免太傻了，難得出生在歌舞伎名門，卻辛辛苦苦跑去當什麼醫生。換成是我，巴不得生在歌舞伎世家，而不是政治世家。因爲只要穿上華麗的戲服跳跳舞就好了嘛。搞政治勞心勞力啊。實在是教人羨慕。」

居然說蓮見醫生傻，眞沒禮貌。我聽了很不高興。蓮見醫生是個了不起的醫生，他十分照顧大介，對我也非常好。而且我覺得的場先生這種說法，對歌舞伎演員太不尊重了。

「喂喂喂，你也明白當歌舞伎演員不容易吧？你就是沒口德。」爸爸笑著糾正，我忍不住希望他再罵得更凶一點。

「不過，照秀你確實很辛苦。我原本擔心你今年沒辦法來了。」之前爸爸和媽媽聊到這件事，說的場先生的親信鬧出問題，搞得他十分頭大。

「眞是頭痛，醜聞一個接著一個。」的場先生閉上眼睛，沒發現目送蛇田先生回來的希海直瞅著他，繼續說下去：

「成爲政治人物，就會失去私生活，無時無刻不暴露在別人的目光底下。只有這裡，是我唯一能夠感受到自由的地方。明天我要待在山上。我想置身在大自然裡，消磨時光。」

的場先生擁有遼闊的山地。每年暑假來到土筆町，他都會去山上消磨一整天。去年，的場先生帶著秀哥哥、大介和我一起去到山頂。看到的場先生那輛叫「藍哥吉普車」的車子，愛車的大介雙眼發亮。車子離開的場邸的東門後，再前進一段路，就會碰到上山的大門。這道門通常都鎖著，因爲這是唯一可以開車上山的路。

「照秀討厭別人踏進他的山。鎖門應該是爲了安全考量，不過，其實他是想要獨占那座山吧。」以前爸爸笑著這麼說過。

車子通過大鐵門，開進險峻的山路。

爬上山頂的路程，並不是一段快樂的回憶。樹枝不斷拍打車窗，車子開了很久。一路上顚簸得要命，坐在後座的大介和我拚命穩住左右搖晃的身體。大介笑得很開心，但我都快吐了。只記得到山頂的時候，我已渾身虛軟。我實在不想再去第二次，的場先生卻心滿意足地站在山頂眺望風景。

他說明天也要上山。

我明白他想要舒緩工作上的疲憊，但至少待在這裡的期間，可以陪伴一下平日分隔兩地的女兒希海啊！

看到面無表情的希海，我忍不住這麼想。

的場先生心情愉快地進屋了。由利阿姨和我媽媽帶著睏倦的亞矢先回去，營火旁只剩下爸爸、蓮見醫生、大介、秀哥哥、希海，還有我。

火焰在湖面吹來的風中搖曳著。煙飄向我這裡，我抬起屁股底下的躺椅，像螃蟹一樣移動。

「過來這裡啦。」

秀哥哥笑著向我招手。我坐到希海和秀哥哥中間。四下已是一片漆黑，抬頭望去，是滿天燦星。

「好美。」

秀哥哥發出讚嘆。

接著，我們默默欣賞了星空片刻。

「柊叔叔，可以告訴我紀念塔那些本子是做什麼用的嗎？」

坐在離火堆較遠的大介突然開口，我嚇了一跳。

「可以說嗎？」爸爸問蓮見醫生。

「大介明年就上國中了，請告訴他吧。」

「拜託……」

大介站起來鞠躬說道。秀哥哥和希海也都注視著爸爸。

「好，那我就告訴你吧。」

眾人被火光染紅的臉上充滿了期待。

「紀念塔的那些本子，正式的名稱是《柊家之記》，記載著英雄的名字。」

爸爸說出兩年前在星空下告訴過我的內容。當時和現在不同，是寒冷的冬季夜空。

每一年，爸爸都會一個人出去旅行好幾回。兩年前的冬天，他第一次帶上我，開露營車旅行。可以跟爸爸一起旅行，我開心得不得了。白天，爸爸四處向許多人問話，似乎在打聽半年前發生的水災事故。入夜以後，他把露營車停在河岸，點燃撿來的木柴。可能因爲是冬天，周圍沒有其他露營的人。

「柊先生——！」

遠方傳來呼喚聲，牽著德國狼犬的叔叔阿姨朝這裡走來。我被那頭大狗嚇到，躲到爸爸身後。

「巴特，你好嗎？」

爸爸熟稔地撫摸狼犬。大狗開心地搖尾巴。

「辛苦了。看到柊先生這麼健朗，眞是太好了。」

叔叔阿姨依序和爸爸握手。

「這是我的女兒壽壽音。」

爸爸介紹我，我向兩人行禮。大狗乖巧地在叔叔旁邊坐下來。

「妳是第十六代呢。請多指教。」

阿姨向我深深一鞠躬，我連忙再次行禮。離去之前，她還送我聖誕節禮物，說：「請保重身體，往後也請加油。」打開一看，是一條紅白條紋的圍巾。

「一定是親手織的，妳要好好珍惜。」

爸爸這麼說，於是我立刻圍上。

「他們是爸爸的朋友嗎？」

「不算是朋友。」

「他們說我是第十六代。」

「是啊。」

爸爸看著我，把裝了熱可可的杯子遞給我。

「他們本來有個兒子，名叫篠田雅彥，是犧牲自己的性命救人的英雄。」

爸爸仰望星空，把篠田雅彥的事蹟告訴了我。

雅彥是南阿爾卑斯山(註)的山岳巡邏隊隊員。高中的時候，他在山難事故中失去了同學，這個經驗讓他決定畢業後加入巡邏隊。在雪國成長的雅彥，高中一畢業就前往瑞士，學習如何培訓山岳搜救犬及搜索技術。

他訓練犬隻，讓牠們能夠嗅出遭雪崩活埋的人細微的氣味，找到遇難者。他必須下達正確的指令，隨時控制好犬隻。此外，還必須精進自己的登山及滑雪技術。即使是從小在雪山長大、身邊有狗陪伴的雅彥，也花了五年才學成歸國。

雅彥回國的第三年，發生一場波及二十人的大型雪崩事故。有十七人自力下山，有三人沒有回來。雅彥參加過多次搜救行動，成功救出多條人命，但這次狀況最爲艱鉅。由於擔心發生二次災害，上頭下令隔天再進行搜索。

被捲入雪崩的，是高中的登山社團成員。雅彥不顧命令，前往搜索——帶著他的搭擋搜救犬巴特。

然而，雅彥卻成了不歸人。兩天後的早晨，天氣恢復晴朗，雅彥被人發現埋在雪中，身軀已變得冰冷。附近發現三名高中生，同樣成了冰冷的屍體。引導人們找到他們的，是活著的巴特。

高中生死亡，這最糟糕的結果引來社會上撻伐的聲浪。不光是同意學生在冬季登山的校方，批判的炮火也集中在魯莽地前往搜救的雅彥身上。說他違反命令，卻沒有救到任何人，有勇無謀的結果，把自己的命都給賠上了。

「他想救人，卻這樣批評他，太過分了！」

不知不覺間走到前面聆聽的大介叫道。

爸爸嘆了一口氣，接著說：

「篠田雅彥貫徹了心中的正義。即使別人說他是錯的，他也非去不可。他想必已了無遺憾。即使沒有人讚揚他，他仍是個英雄。我希望被留下的家人也能以他爲傲。紀念塔的本子裡，記錄的就是這類即使沒有人肯定，也確實做出了高貴義舉的人的名字。」

「本子是柊叔叔開始記錄的嗎？」秀哥哥問。

「不是，《柊家之記》古早以前就有了。壽壽音，妳可以替我說明嗎？」

爸爸突然指名我，我一陣慌張。陪爸爸一起旅行的時候，爸爸一點一滴地告訴了我柊家的

註：指日本的赤石山脈。

歷史。

本子是從明治時代（約一八六八～一九一二年）開始記錄的。柊家第十二代的柊誠一郎參與《東京大日新聞》報社的創設，自己也從事記者工作。退休後，他回到老家所在的土筆町。然後，他在柊家的倉庫找到一本冊子。那就是戰國時代末期，二代當家柊興忠寫下的《柊家之記》。

其中記錄著許多人名。誠一郎想盡辦法逐一調查，卻沒有任何留名青史的人物。某天，在土筆町代代務農的老人來訪，要求看那本冊子。然後老人在書頁當中找到祖先的名字，驚訝地說：「沒想到是真的。」老人將祖先代代流傳的故事告訴誠一郎。據說有一本冊子，記錄著戰國時代戰死的祖先的姓名，是那個人為了重要的人們英勇作戰的證據。

誠一郎在日記當中寫道：

「死於戰爭的眾多步兵及下級武士——柊興忠只是拚命記下這些人的姓名。將姓名記錄在冊子當中，對於被留下的家人而言，具有莫大的意義。興忠緬懷著那些死去的人，還有他們的家人。我是否必須繼承祖先的遺志？」

此後，誠一郎重新調查記者生涯中採訪過的大小事件。然後，他發現當時未能注意到的一些人。

本子的記錄就是這樣開始的。

日本各地應該都有不顧困難及危險，爲了他人英勇行動的人。誠一郎展開調查之旅，慢慢地將姓名增添在本子當中。

誠一郎在他的一生結束之前，以私人財產蓋了現在的紀念塔，並修繕改建了能樂堂。柊家代代守護的這些地方，成為「紀念塔」與「綠展館」。本子現在傳承到第十五代柊源治郎的手中，他仍不停尋找著曾發生在某處的高貴義舉，以及不為人知的英雄。

說完後，我坐回椅子上。看向爸爸，他連連點頭。太好了，似乎完整說明了。

「第十六代是壽壽音嗎？好厲害。」

大介敬佩地望著我。就算聽到他這麼說，我也無從回應。而且我也不知道自己有沒有繼承的資格。

希海摸著耳垂，搖晃雙腳，似乎對本子的事沒什麼興趣。大介好奇萬分地問：

「本子裡，有很多像篠田雅彥這樣的英雄的名字嗎？」

「嗯，沒錯。」爸爸回答。

「來看本子的人，原來都是上面記載的英雄的家人啊。」

大介雙眼發亮，彷彿心中的疑問終於獲得解答。

「也有本人帶家人來看的。本子裡記錄的名字，不全是捨命犧牲的人。即使是旁人眼中微不足道的行為，只要是為了別人而勇敢去做的事，都一樣崇高。」

「要怎麼做，才能被寫進本子裡？」

秀哥哥問，大介也傾身向前，等待爸爸回應。

「這需要你們自己去思考。」

「那座鐘，只有被寫進本子的人可以敲是嗎？」

大介仰望著高塔低喃。

「好了，睡覺時間到了。大家收拾一下吧。」

爸爸站了起來。

「明天見。」

我們笑著揮手道別。明天也能和大家一起度過。明天會是怎樣的一天呢？眞期待。

的場希海 *Nozomi Matoba* 十一歲

今晚聽到的事，我該有什麼想法？世上眞的有英雄嗎？那就快點來救我啊！

我低頭看著側腹的瘀青暗想。

見到父親和哥哥，我一點都不覺得開心，但只要他們在這裡，我就不必擔心受傷害。我從母親身上學到，人是有表裡兩面的——雖然這個教訓伴隨著痛楚。

母親討厭我。每次被咒罵、怒斥，我都認爲是自己不對。我曾努力當個好孩子，以免被母親討厭，可惜一切都是白費工夫。不管做什麼，結果都一樣。如果做好事，被別人稱讚，事後母親就會嫌棄地說「妳很會裝乖嘛」，罵我「性格惡劣」，然後鎖定我身上衣物遮住的部位，拿尺打或一次次用力擰捏。

在別人面前是溫柔慈祥的母親，剩下我們兩個獨處，就會換上另一副面孔。被她忽視，我歡迎都來不及了，絲毫不難過。我也不想跟她說話。因爲我害怕她把怒氣發洩在我的身上。

「要是沒有妳，我就可以跟秀平一起生活了。」

「爲什麼我非照顧妳不可？眞是倒楣透頂。」

「早知道秀平會沒事，根本不需要妳。」

哥哥秀平天生就有心臟病，小時候去美國動了移植手術。我有印象，以前曾聽到大人談論「以防秀平萬一沒能撐過來，夫人勉強再生了一個孩子」。也就是說，只要有哥哥，根本不需要我。

母親懇求「我想住在東京。和秀平分開，我太寂寞了」，父親卻不答應。

「妳不是有希海嗎？」

「把她一起帶去就好了。」

「我討厭她的眼神。我就是看她不順眼。絕對不行。」

父親斬釘截鐵地這麼說。父母都討厭我。

秀平性格溫和，我卻無法喜歡這個哥哥。我們明明是兄妹，卻只有秀平擁有一切。身邊的大人都說他是父親的繼承人，百般嬌寵。每個人都瞧不起我。

爲了防止有人發現我身上的傷，我的健康檢查和預防接種，母親都是請醫生到家裡來。在母親的命令下來看診的醫生說：

「從病歷來看，妳一出生就接受了徹底的檢查。一般不會做這麼詳細的檢查，是妳哥哥生病的關係吧。妳的身體這麼健康，妳的父母應該很開心。」

我曾十分苦惱，父母究竟是何時變了心？可是我發現，醫師說這些話，其實只是爲了減輕自己坐視虐待的罪惡感罷了。

這些人當中，只有蛇田不一樣。就算是面對我，他的措詞依舊恭敬有禮。他也發現母親與我之間發生了什麼事。

然而，即使發現，蛇田也無法制止母親的行爲。

但蛇田的眼神拯救了我。

他沒有假意安慰，沒有虛與委蛇，僅僅是看著我。

撲進他寬大的胸懷裡，我感到一陣安心。感覺只有蛇田願意肯定我、接納我。

今天晚上，有人說壽壽音是柊家第十六代，她露出了靦腆的神情。每個人都知道她是被收養的孩子。即使不是親生女兒，壽壽音的父母依然愛她。她很幸運，跟我簡直是天差地遠。

現在的我唯一勉強能抓住的稻草，就只有蛇田一個人了。

大介

我整個人清醒過來，離開房間，爲了避免打擾眾人的睡眠，躡手躡腳地經過走廊。步下陰暗的階梯後，便是寬闊的公共客廳。圍繞著矮桌的皮革沙發上沒有人影。位在角落，比我還要高的落地鐘指著五點二十分。

蓮見一家借住在離主屋稍遠的的場邸招待所。

後方是湖泊，周圍被山毛櫸森林圍繞。招待所可容納四個家庭入住，各有兩間臥室，並附有衛浴，極盡奢侈。除了蓮見一家以外，目前住在這裡的只有一對姓杉山的醫生夫妻。

杉山夫妻去年也一起住在這裡。他們的年紀比蓮見醫生夫妻大上十歲左右，太太直美醫生是土筆綜合醫院的院長。壽壽音和希海如果有發燒等症狀時，都會請她來看診。聽說秀平和希海是在直美醫生的父親以前開的白川產科醫院出生的。的場家受到他們家兩代醫生的照顧。

來到這裡，就會聽到家世、繼承人之類的話題。秀平、希海和壽壽音，都是延續多代的家族的小孩，他們注定要繼承家業，感覺壓力很大，實在令人同情。不過，也有人像蓮見醫生那樣，最後從事和父親不同的職業。

過世的父親是一名廚師，但我將來會做什麼工作呢？

打開客廳沉重的玻璃門，走出木板地露台。天氣預報失準，感覺隨時都會下雨。我在懸吊於露台的吊床上搖晃著思考，無法想像長大後的自己會是什麼模樣。

比起將來，現在我整顆腦袋都充滿了有關英雄的事。

自從聽到昨晚那一席話以後，我便激動不已。營火很可怕，我本來離得遠遠的，但愈聽愈著迷，不知不覺間移動到前頭，連自己都嚇了一跳。

家人過世以後，我從八歲就開始在育幼院生活。其他孩子們，也都是因不幸的身世而來到育幼院。有些孩子會失控或是暴哭，但日常生活算得上平靜。眞要比較的話，學校有更多霸凌和偏見等問題。別人笑我是孤兒院的小孩，我很不甘心，總是在逞強逞能。

但我絕對不欺負弱者，也不原諒欺負弱者的人。尤其是同一間育幼院的孩子在學校遇上什麼事，即使對方是高年級生，我照樣挺身對抗。我曾因爲做得太過火，被院長抓去一起向對方道歉，有時候也會遭到報復。

今年春天發生過一件事。放學後，我們在操場玩簡易棒球。只有本壘和一、三壘，擺成三角形，徒手丟擊橡皮球，爭奪得分。

班上的老大，把擅長運動的同學統統召集到自己那一隊。棒球打得好的我也被指名，但我拒絕了，加入弱的那一隊。雙方戰力相差懸殊，那赤裸裸的歧視讓我很不爽。

比賽開始前，我把作戰計畫告訴隊友們，給他們建議。

然而，沒有一個人接得到擊出去的球，只能追逐滾地球，不斷被對方拉大比數。

我這個投手眞是急壞了，球被擊中就大喊：「往左邊跑！」「更後面一點！」比數愈拉愈大，最後班上的老大說「打得有夠爛，無聊，不玩了」，結束了比賽。隊友被嘲笑，讓我怒不可遏。

所以我叫住想要默默回去的隊友們說：「你們輸球不覺得不甘心嗎？我們來練習吧！」

「才不要。輸了又不會怎樣。這只是遊戲罷了。」

那消極的回答讓我勃然大怒：

「你們就是這樣，才總是被瞧不起。爭氣一點好嗎？」

「你那麼想贏，怎麼不把他們全部三振？不要把輸球的錯都賴到我們身上好嗎？你加入我們這一隊，是想要當老大吧？其實你也瞧不起我們嘛。」

我深受打擊。我以爲是爲了隊友好，但這番話讓我發現自己只是把輸球的不甘心發洩在他們身上罷了。明明高喊正義，說不容許欺負弱者，我卻把自己的想法強加在別人身上，利用弱者。我討厭這樣的自己。

後來一直到暑假，我在學校幾乎都是一個人。沒有人要找我一起玩。

昨晚開始，我就在內心吶喊著：「我想成爲英雄！」

如果「石田大介」這個名字被記錄在本子上，或許我就能喜歡上自己。我想改變獨自從火場逃生的自己。無論如何我都想成爲英雄。

的場秀平 *Shuhei Matoba* 十三歲

前往單人囚房的希爾茲從同伴那裡接過手套和棒球。他氣宇軒昂地消失在房裡，棒球丟擲在牆上的規律聲響持續不斷。

隨著片尾工作人員名單，輕快的主題曲在「綠展館」迴響。這是我去年點播的片子，我眞是太開心了。

我最喜歡的美國電影《第三集中營》（*The Great Escape*）是一部老片。

遭到俘虜的同盟軍士兵合力從德軍的集中營逃脫。片中有許多個性突出的角色，但我最喜歡史提夫・麥昆飾演的陸軍上尉希爾茲。原本希爾茲是一匹孤狼，但他漸漸開始協助計畫集體逃脫的同伴們，並不著痕跡地做出犧牲自我的行動。在片尾，他騎著重機飛躍柵欄，儘管遭到德軍的槍口包圍，卻露出狂傲不羈的笑容，這一幕深深烙印在我的眼底。

另一個我喜歡的場面是，他在單人囚房裡，坐在混凝土地上對著牆壁丟球。用手套接住反彈回來的球，再次投出去。只是不斷重複這個動作而已，卻帥氣到不行。

我自己模仿了一下，但不管嘗試多少次，都無法隨心所欲地接到球。嚮往與現實是兩回事。我有自知之明，即使想要成爲希爾茲那樣的男人，自己也辦不到。

身邊的人都相信我會像祖父和父親那樣，踏入政界。

身爲的場家的長男，背負著怎樣的宿命，我自認完全理解。大人都小心翼翼地對待我。小時候我接受心臟移植手術，克服了生命的危機，或許也有影響。我已習慣被另眼相待。我和母親及妹妹分開生活，父親很忙，幾乎不在家，但我的身邊隨時都有人照看，像是住家裡的女傭、家教、祕書蛇田，還有一些父親的跟班。同時，我也活在品頭論足、秤斤論兩的目光下。不知不覺間，我身陷「受到監視，一舉一動都被報告給父親」的恐懼中。

我必須表現得符合的場家長男的身分，從容大方，不容出錯。我言行得體，對每個人都親切和善。想要獲得父親肯定的渴望，支配了我的行動。

身邊的大人都對父親說「秀平少爺很優秀，性情又穩重，無可挑剔」。

可是，父親卻皺眉不屑地說：「身爲男人，就必須強悍。不惜反抗也要貫徹信念的強悍。秀平缺少這種強悍。他的歷練還不夠。」

昨晚從柊叔叔那裡聽到的有關「英雄」的事，和剛看完的電影中的史提夫．昆恩的身影重疊在一起。

英雄，這距離我實在太遙遠了。

我伸手撫胸，確認心跳。我獲得了別人的生命。由於一個陌生的幼童失去性命，我才能活在此時此刻。原本屬於別的孩子的心臟，在我的體內跳動著。對我來說，心臟原本的主人，以及同意捐贈的孩子的父母，是我的英雄。

我想要活得不愧對他們。

我在亮起燈的劇院裡下定決心。

「眞好看。」

坐在前排的壽壽音回頭，旁邊的希海也點著頭。

我確信大介一定會喜歡這部片，但原本有些擔心女生的反應。

「大家聽我說。」大介有些激動地靠過來，「我們要不要一起登上那本英雄錄？」
我預感有什麼事情要發生了，雀躍不已。我滿懷期待，環顧三人。

壽壽音

大介提議要登上英雄錄。我們立刻移動到的場邸，召開作戰會議。
的場邸沒有人影，安靜無聲。的場先生在蛇田先生的陪同下，依照預定上山去了。
門廳立著兩座銅像。記得是希海兄妹的祖父和曾祖父的銅像。其間擺飾著獎盃和獎狀，書架上有許多看起來相當艱澀的書。柔軟的沙發坐起來很舒服，還有大桌子，十分適合開作戰會議。
「阿姨不舒服嗎？」
因爲沒看到平常總是會出來迎接的阿姨，我這麼問希海。希海的母親給人的印象，就是漂亮的衣服和溫柔的笑容。
「不是，只是她今天本來想跟哥哥出門，卻被拒絕了，心情沮喪而已。」
「咦，是我們害的嗎？」
阿姨跟兒子很少見面，這就是我們的錯了。
「壽壽音，妳不用在意。我是國中生了，跟媽媽上街有點尷尬。」
秀哥哥表現得十分成熟。

「媽媽好像都會很黏兒子。」希海用食指推了推黑框眼鏡說。

「好了，會議開始。」大介興致勃勃。

「你說要登上英雄錄，是認眞的嗎？」

「你想要做什麼？」

「要去做善事嗎？」

眾人七嘴八舌地問。

「具體來說要做什麼，我還不清楚。可是，絕對有什麼我們做得到的事才對。大家一起動動腦吧。」

光看大介的表情，便知道他有多認眞。不過，事情沒有那麼容易。我們能做什麼呢？

「這附近有人需要幫助嗎？」

秀哥哥交抱起手臂沉思。

「揪出騷擾壽壽音的人怎麼樣？」

聽到希海這麼說，兩人都非常吃驚。

「有人騷擾壽壽音嗎？」

我不想被他們知道，但這下也瞞不住了。

「有時候。」

「誰對妳做了什麼？」

「只是收到奇怪的信。上次我收到一封信，字就像用尺畫出來的一樣，寫著『壽壽音是騙子，是被丟掉的小孩』。」

「好過分。」

「沒事啦，不用擔心。」

大概一年前開始，我偶爾會收到奇怪的信件。老實說，眞的讓人很不舒服。

「到底是誰做這種事？」大介憤憤不平。

「壽壽音是棄嬰這件事，每個人都知道，所以要找出是誰幹的，可能很難吧。」

希海有時候說話非常直接。而且明明是她自己提議的，卻兩三下又推翻。我已習慣希海的反覆無常，所以不在意，但之前有一次我眞的生氣了。

我和希海有個祕密遊樂場。希海會把玩具拿進位於的場邸角落的倉庫，我們把收藏著扮家家酒的玩具、洋娃娃和布偶的紙盒稱爲「夢幻寶盒」。

可能是存放太多舊東西，倉庫有點臭，而且十分陰暗，但只有我們會在那裡玩，實在很開心。最重要的是，有個只屬於我們的祕密，讓人心動不已。

從「夢幻寶盒」裡把玩具一樣樣拿出來，遊戲就開始了。

我們豎起許多手電筒，幫娃娃們舉行舞會，或是把狗布偶當成偷偷飼養的眞的狗一樣疼愛。

四年級的時候，有一次我像平常那樣拿出玩具，突然一個黑色物體朝我的臉撲過來，我忍不住放聲尖叫。定睛一看，一隻大老鼠跑過我的腳邊，我嚇得衝出倉庫，拔腿狂奔。

希海看到我這副德行，哈哈大笑。我嚇壞了，她卻笑成那樣，眞的很過分。

「我要跟妳絕交！」我氣得宣告。可是，我們絕交不到三天。

不知道爲什麼，我就是會原諒希海。

但從此以後，因爲害怕老鼠，我再也不敢踏進倉庫，兩人的祕密遊戲也結束了。

「壽壽音。」

聽到大介的聲音，我回過神，抬起頭來。

「怪信的事，我會再想想。聽著，我一定會想辦法解決。」那斬釘截鐵、強而有力的保證，讓我反射性地點點頭。

眾人默默思考，但正義英雄不是那麼容易當的。

「這本書上有沒有什麼線索呢？」

秀哥哥從書架上拿來一本厚重的書。

《土筆町的歷史》，這是町公所製作，分發給當地居民的書，我們家也有一本。書裡有張跨頁的土筆町航空照，詳述了土筆町當地許多歷史事件。

「這是紀念塔。」

大介指著航空照的一部分。我想起自己第一次看到這張照片的時候，也是先找到紀念塔，開心不已。

「有沒有什麼可以參考的資料呢？像是當地從以前就有的問題，比方說動物爲害等等。」

我們逐頁翻閱。

大介指著一篇〈土筆町的河童傳說〉說：

「這一帶有河童出沒嗎？」

「嗯，我爸爸說過，山谷的河裡有河童，喜歡惡作劇，不曉得會做出什麼事，所以不可以靠近。」

「河童好像會在夜裡順河而下，攻擊花嘴鴨或天鵝的雛鳥。」希海開心地說。

「我爸爸說最近花嘴鴨變少了，以前每年都有很多母鴨帶小鴨在河裡游泳。」

「搞不好是被河童吃掉了。欸，河童能不能抓到啊？傳聞河童喜歡吃小黃瓜，是眞的嗎？」大介提起奇怪的事。

「不是吧？」

「我也不曉得。」

聊著聊著，我想起一件事：

「欸，聽說金森商店的老婆婆遺失了重要的東西，很傷心。」

「沒頭沒腦的，什麼金森商店？」

被我岔開話題，大介似乎有點不高興。

「是幫忙配送食品雜貨到這一帶人家的商店。上次叔叔來送貨的時候，跟我媽媽聊了一下。他說老婆婆認爲她的東西一定是被河童拿走了。」

「又是河童？」秀哥哥傻眼地說。

「重要的東西被河童拿走，老婆婆很傷心，是嗎？」大介探出身體，向我確認。

「好像是。」

「我們去跟那個老婆婆問清楚。」

「等一下啦——」

大介一副就要往外跑的氣勢：

「河童會攻擊花嘴鴨的雛鳥，還偷走老婆婆重要的東西。我們打倒河童，把東西搶回來吧。河童大作戰！」

大介連作戰名稱都想好了。我覺得似乎會很有趣。

「現在都傍晚了，還下著雨，明天再去找老婆婆吧。」

秀哥哥冷靜地說，大介點頭同意。

我們約好明天行動之後，互相道別。明天會是怎樣的一天？眞令人期待。儘管外頭下起了雨，我卻一路小跳步回家。

希海

「我們現在要一起去東京。希海，妳偶爾也想去東京吧？」

父親突然這麼說的時候，我厭煩極了。就算問他「爲什麼？」，他也含糊其詞。後方的蛇田一如往常，面無表情地站著。父親離開房間後，蛇田才告訴我原由。

週刊雜誌上出現一篇報導，批評父親「和住在鄉間的女兒幾乎沒有見面。兒子和女兒的待遇天差地遠，家庭關係扭曲」，因此他們尋思反制之道。蛇田提議，可以讓其他出版社的雜誌報導他和女兒在東京相處融洽的模樣。既然是蛇田的意見，我會聽從，但也忍不住想任性一下。

「只要裝成感情好的父女就行了吧？」

「小姐眞的很懂事。妳果然聰明過人。」

「我可以配合，但我想去你家看看。如果不行，我就不去東京。」

蛇田想了一下，點點頭。反正我對河童大作戰沒興趣，這下東京之行令人期待起來了。

採訪很輕鬆，只要說出違心之論就行了。我笑咪咪地回答問題，但記者的某句話，讓我忍不住微微咂了一下舌頭。

「妳克服了先天的嚴重疾病，眞是太好了。」

記者把我跟秀平搞錯了。我本來想訂正，但旁邊的父親摸著我的頭，搶過話：

「看到小孩子健健康康，是父母最大的喜悅。」

我默默擠出笑容。

拍照的時候，我坐在父母中間微笑，摟著父親的手臂，做出撒嬌的動作。採訪結束後，記者油腔滑調地說：「小姐眞是伶俐懂事，的場議員一定很期待她將來的發展。」

因爲我很乖，父親心情不錯，同意我跟蛇田外出。

我們在原宿街頭閒晃，我叫蛇田買了一件可愛的T恤給我，然後開車前往蛇田家。那是一棟磚造大樓。

「哦，原來你住在這種地方。」

我東張西望。

大門前面的郵筒旁邊，有個人蹲在那裡。我停下腳步，只見那個老婆婆放下花束，雙手合十。

蛇田視若無睹，直接走進大樓。

「那個人在做什麼？」

我連忙追上去問。

「有些人會在意外事故的死亡現場放花，但我完全不懂那有什麼意義。居然以爲死者會感到開心，根本只是自我滿足。」

蛇田進入電梯，按下八樓的按鈕，不悅地應道。

這附近有人死掉嗎？我覺得有點恐怖。蛇田似乎對老婆婆毫不在意。雖然覺得蛇田是個冷漠的人，但他對我很好。想到我對他是特別的，感覺也滿不賴的。

「我完全沒想到會帶小姐來這裡。這裡連我太太都沒有來過。」

「這不是你家嗎？」

「進來就知道了。」

電梯在最頂樓停下。

蛇田打開住處門鎖，開門之後，催促我入內：「請進。」

冷不防躍入眼簾的景象，讓我忍不住後退。約有我身高那麼高的蛇標本正瞪著這邊，彷彿隨時會撲上來。

「這是我的收藏室。」

蛇田看著我微笑。

我避開標本，進入客廳。高樓的窗外，是一片初見的都會風景。但令我驚訝的並非景色，而是充斥著整個屋子的蛇。連壁鐘上的指針，還有玻璃桌子的桌腳，都是蛇的造型。靠墊是蛇紋，牆上的架子也陳列著許多有關蛇的收藏品。

「就算你的姓氏裡有蛇字，這收藏也太誇張了吧？」

「雖然很多人討厭蛇，但自古以來，蛇就被視爲吉利的意象。比如，蛇被視爲辯才天女的化身，據說只要身上配戴著蛇的物件，就能提升財運。隔壁房間還有很多，要看嗎？」

夠了，我立刻搖頭。可是笑意漸漸湧上心頭。被蛇圍繞，感到害怕的自己固然可笑，但努力蒐集蛇的物品的蛇田眞是個怪胎，實在教人發噱。看到捧腹大笑的我，蛇田一副不知所措的樣子，也十分好笑。

「欸，你從小就喜歡蛇嗎？」

笑意總算平息，我這麼問。

「不。」

「那你爲什麼要蒐集？你想變成有錢人嗎？」

蛇田撇過頭，沒有回答。

「爲什麼？告訴我嘛。」

我想知道答案。見我一步也不退讓，蛇田聲明「不是什麼愉快的理由」，說起往事來。

「我父親以前經營一家小印刷廠。因爲父親替親戚作保，導致我們家道中落。當時我小學四年級。我們家失去工廠，甚至失去住家，離開出生的土地，不知不覺間母親也跑掉了，我和父親一起逃債，在各地輾轉流離。在某個小鎮上，父親每次路過一家古董店，總會停下腳步看裝飾在店面的某個蛇標本。

『爸爸，你喜歡那個標本嗎？』

『小時候爺爺總是說，蛇就是蛇田家的守護神。如果能得到那個標本，生活或許會有所改善。』

但標本太昂貴了，實在買不起。父親所說的話，還有他垂頭喪氣的身影，在我的腦中盤繞不去。某天，趁著老闆不注意的時候，我抱起標本逃走了。回家以後，父親揍了我一頓。我們兩個一起去古董店歸還標本，那種淒慘的感覺，我到現在都還記得。

三天後，討債的人找到我們，父親被逼到絕路，上吊自殺了。我好恨父親，要是留下那個蛇的標本，它就能成爲我們的守護神。

後來我被親戚推來推去，好不容易從國中畢業，不知不覺間，黑社會成了我的歸宿。二十二歲的時候，我隨興走進一家古董店，發現蛇的標本。雖然標示爲非賣品，但我以形同恐嚇的手法把它弄到手。

那天晚上，在俱樂部當保鏢的我，被的場挖角。

『你爛在這種地方太可惜了，要不要來當我的保鏢？』

我認爲是守護神帶來扭轉命運的時刻。從此以後，只要看到與蛇有關的物品，我都一定會弄到手。」

蛇田也有他的故事。

「我也想要守護神。」我說。

「我很羨慕小姐。」

這意想不到的話讓我火冒三丈：

「有什麼好羨慕的？我明明過得這麼慘！」

我掀起衣服，露出背上的瘀青，但蛇田的表情絲毫未變。

我不想聽他說什麼羨慕。我還以爲只有蛇田明白我的感受。

「小姐，妳明白自己擁有的事物，多麼價値非凡嗎？」

「我擁有的事物？」

我擁有什麼？我反抗地瞪回去。

「小姐擁有的場家的財富、名聲和權力。這些事物不是努力就能得到的。這是小姐一出生就獲得的幸運。」

「的場家的繼承人是秀平，我根本──」

「此事尚未成定局。秀平少爺太溫和了，我認爲他不適合從政。相較之下，小姐吃過苦，擁有更強大的心靈。有朝一日，妳也能對曾折磨妳的人復仇。只要得到權力，所有人都會向妳臣服。」

腦海浮現母親跪倒在我面前的樣子。我從來沒有想過這種事。

「小姐是天選之人。」

「天選之人？」

爹不疼娘不愛、被當成累贅的我？

「想要什麼，就必須靠自己的力量去爭取。我是站在小姐這邊的。我們一起前進吧。」

我想相信蛇田。如果蛇田願意支持我，母親對我的虐待，我便能忍下去。我有未來。我要變強，爭一口氣給她看。

「好。那我想要一樣東西。給我一個蛇的物品，當護身符。」

蛇田沒有回話，但我就是想要。

「就求你這一次嘛。」

「好吧。這些東西對我來說很重要，不是每一樣都能給小姐的。」

我點點頭，依序瀏覽架上的收藏品。我最先看到的是一把刀。刀柄纏繞著一條蛇，看上去就很厲害，十足「守護神」的感覺。刀刃也很光滑鋒利。

飾品也不錯。我站在陳列著戒指和手環的架子前，注意到最裡面一只色澤黯淡的戒指。

「給我看那個。」

我指著戒指說，蛇田雖然取出了戒指，卻不肯交出來。

「快點給我看。」

我伸手要討，他才總算交給我。仔細一看，戒指上有三個蛇頭，是三條蛇纏繞著形成一圈，鱗片和眼睛都栩栩如生。其他還有幾枚戒指的設計類似，但這個戒指的蛇臉有點可愛。看著看著，我愛不釋手。

「我要這個。」

「這是銀戒，沒什麼價值，有更好的。」

「我就要這個嘛，拜託。」

這麼一說，我更想要了，拚命懇求。

「好吧。嗯，這戒指或許很適合小姐。」

蛇田終於答應了。對我來說戒指還太大，他用鍊子串起來，爲我戴上。這樣就能一直佩戴在身上了。藏在衣服底下，就不會被任何人發現。

今晚在父親家過夜，明天要回去土筆町。得到祕密的寶物，我滿心喜悅。

要是這枚戒指能夠保護我不受母親傷害就好了。即使明白這是不可能的事，我仍暗自祈禱，用力握住戒指。

秀平

天亮以後，昨晚還在下雨的天空完全放晴了。

父親突然說要帶希海去東京，我擔心自己必須一起回去，直到父親說「你可以依照預定留在這裡」，我才鬆了一口氣。

我們一家人分開生活。這是大人的決定，我和希海無權置喙。我是男生，可以忍耐，但我總是擔心希海會感到寂寞。當然，有母親陪著希海，應該沒問題，不過她還是會希望全家人住在一起吧。今天或許是希海可以獨占父母的寶貴時光。

大家說好了今天要行動。對我來說，是重要的一天。

我告訴壽壽音和大介，希海跟父母一起去了東京，兩人都顯得十分遺憾。可是朝金森商店出發時，我的心已被大介命名的「河童大作戰」塡滿。

抵達金森商店後，叔叔帶我們去見住在院子裡的小屋的老婆婆。

「河童就愛惡作劇，而且最喜歡亮晶晶的東西。」

老婆婆躺在被褥中嘆氣。聲音很虛弱，聽了令人憂心。

「老婆婆，您弄丟什麼東西？」

壽壽音柔聲詢問，似乎很同情無精打采的老婆婆。

「是老伴送給我的墜鍊。老伴送我的東西，只有那一樣啊。」

佛壇上擺著一張看起來有點凶的老爺爺照片。收到墜鍊時，老婆婆想必非常開心吧。

「您知道是在哪裡弄丟的嗎？」

「我去河邊採樓梯草，回來的時候就不見了。」

「樓梯草？」

「一種野菜，夏天也採得到。老婆婆直到前陣子都還很健康，會去河邊採野菜，可是墜鍊不見以後，一下子就病倒了。」叔叔在一旁爲我們說明。

「墜鍊是戴在脖子上嗎？」

「是啊，總是貼身不離。」

「那麼，我們去把墜鍊從河童那裡搶回來！」大介衝勁十足地宣布。

「一定找不回來了。」老婆婆像個孩子般哭了起來。

「老婆婆連飯都吃不下，我也不曉得該怎麼辦才好了。」叔叔跟著唉聲嘆氣。

姑且不論是否與河童有關，但老婆婆和叔叔遇到困難是事實。我贊成去找回墜鍊。

我們問出老婆婆採野菜的地點，先返回別墅，將食物和飲料塞進背包裡。

小婆婆爲我們每個人都準備了飯糰。小婆婆是從我出生前就幫忙照顧母親的女傭。她名叫梶谷京子，是個「嬌小的老婆婆」，於是我都稱呼她「小婆婆」。大介也問了小婆婆有關河童的事。

「河童會攻擊花嘴鴨雛鳥這件事，我小時候聽說過。因爲河童都在雛鳥生活的水邊出沒。可是，會攻擊小鳥的是老鷹。老鷹在天上盤旋，表示牠正在物色獵物。山上有各種動物，所以不可以跑到森林裡喔。」

因爲不能說「我們要去找河童」，我們告訴小婆婆「只是去郊遊而已，沒事的」，朝河邊出發。

我認爲河童出沒的傳說，是大人編出來嚇小孩的故事，以免小孩靠近危險的山地。可是大介完全信以爲眞，我不好這麼對他說。

總之，爲了老婆婆，無論如何我都想找到墜鍊。

「對了，倉庫或許有什麼派得上用場的東西，順便繞過去看看吧。」

土地角落的倉庫存放著庭院的維護工具，以及父親會帶上山的戶外用品。父親意外地很快就回去東京了，因此我們剛好可以自由使用裡面的東西。我們穿過林子，來到倉庫。

倉庫不同於主屋和招待所，是木造小屋，相當老舊。旁邊有車庫，鐵捲門裡面，父親開上山的愛車又進入一整年的沉睡。位在遼闊土地的邊緣，被樹木圍繞的倉庫和車庫，感覺就像是父親的祕密基地。

土地靠馬路的那一側，有一道遮蔽視線的高聳混凝土圍牆，守護著的場邸。圍牆上加裝了叫「防爬刺」的尖銳金屬片，防止外人入侵。的場邸有兩道門，但精確地說，其實有三道。除了正門以外，還有倉庫和車庫後方的東門。不同於裝設防盜監視器的正門，東門僅容一輛車子勉強通過，是園丁等人的通行門。父親上山的時候，也是開著車庫裡的車，從東門出去。

走出東門以後，前進約一百公尺，還有一道上山的鐵門，這就是第三道門。鐵門鎖著，阻止車輛入侵山林。

不過，父親容許附近居民徒步上山採野菜。金森商店的老婆婆一定也是從這裡上山。

「我在這裡等。」

壽壽音遠遠地看著倉庫說，我想起希海提過「壽壽音絕對不會靠近倉庫」。她以前似乎在倉庫裡被嚇到過。

「好。」

我和大介一起入內。倉庫裡充斥著濕悶的空氣，以及鐵鏽般的氣味。我按下門旁的開關，燈泡亮起，照亮室內。倉庫裡相當寬廣，牆邊有好幾層架子，擺放著各種物品。勾子上掛著生鏽的大柴刀，還有繩索、安全帽、雨衣等等。

我們一起拿出感覺派得上用場的物品，像是望遠鏡、藍色塑膠布、工作手套等等。背包變重了，但我們三人的腳步很輕盈。祕密的「河童大作戰」開始了。

首先，到老婆婆採野菜的河邊尋找墜鍊。大介堅持「墜鍊被河童拿走了，在這裡肯定找不到」，但我不肯退讓。

原本預期應該可以在這裡找到，但我想得太簡單了。彎腰在水邊行走，同時翻找雜草根部，比想像中更吃力。

找得肚子餓了，我們鋪上藍色塑膠布，一起吃飯糰。

「那個老婆婆眞的很沮喪。」

「我們努力找回墜鍊吧！」

吃完飯後，我們立刻著手尋找墜鍊。樹木的綠蔭緩和了夏季烈日，讓人感覺沒那麼熱。淺灘的水清澈無比，還有不知何處傳來的鳥叫聲。如果這是郊遊，就可以單純地享受這段愜意的時光吧，但我們有任務在身。我輕輕撫摸逐漸痠痛起來的膝蓋，目光不停梭巡四周。

「你們看！」

大介指著天上。仰頭一看，一隻大鳥在空中盤旋。

「是老鷹！」

我們三個同時大叫，老鷹逐漸降低高度，優雅地停在杉樹頂端，枝椏微微晃動著。

「牠是不是發現什麼獵物？」

「搞不好是花嘴鴨的雛鳥。」壽壽音擔心地說。

「我們過去看看。」

大介往老鷹所在的方向走去。我揹上背包，連忙追上前。

「或許河童會出現在老鷹盯上獵物的地方。」

大介邊說邊快步前進。他似乎打定了主意就是要消滅河童。

我們觀察著老鷹的動靜，在樹木間前進。有幾隻老鷹交錯飛翔著。我們看著上方，以免跟丟老鷹的身影，同時快步往前走。

專心一意地走著，不知不覺間來到森林深處。

不只是留意上方，大介也東張西望，尋找河童的身影。

「欸，那裡有東西在反光。」

大介指著斜坡底下說，壽壽音和我也探頭窺看。

「我什麼都沒看到。」

「喏，在那邊。我去瞧瞧。」

大介抓著樹木，爬下斜坡。

「啊！」

大介的手鬆開樹枝，不斷滑下斜坡。壽壽音反射性地抓住大介的手。

「加油！」

我幫忙支撐拚命拉住大介的壽壽音，想要把大介拉上來，但昨晚那場雨讓地面變得泥濘，腳下很不穩定。

「啊——！」

我們三人一起滑下斜坡，滾落地面，摔成了一團。

「大家都還好嗎？」

壽壽音站了起來，但大介按著腳踝，癱坐在地上。

「站得起來嗎？」

「嗯，沒事。」

大介想要起身，卻「嗚！」了一聲，再次坐倒。

「最好不要勉強走動。」

「抱歉，都怪我壓在你身上。」壽壽音說。

「這沒什麼啦。」

大介逞強地說，但他眉頭緊皺，想必很痛。

我放下背包，取出塑膠布，鋪在大介旁邊，慢慢移動他的身體，好不容易讓他在塑膠布上坐了下來。爲了保險起見，我在背包裡備有急救包，沒想到會眞的用上。

我先用繃帶固定大介的腳踝。環顧四下，坡面相當陡，大介可能很難爬上去。接下來該怎麼辦……？

「腳會痛嗎？」

「先別管我了，那邊有東西在反光。壽壽音，妳去找找。」

比起自己的傷勢，大介更關心墜鍊。壽壽音點點頭，不顧腳下的泥濘，在四周尋找。我也張大眼睛仔細觀察。

「啊！」

我們同時叫出聲來。石頭上有個反光的銀色物體。

「這一定就是老婆婆的墜鍊吧？」

壽壽音撿起的墜鍊在手中搖晃著。

「太好了！」

大介的歡呼聲在森林裡迴響。我們終於找到了。

壽壽音細心地用手帕包好墜鍊，愼重地收進口袋裡。我們三個坐在塑膠墊上，總覺得暢快極了。明明陷入一籌莫展的困境，怎會這麼愉快呢？

大介和壽壽音也都笑呵呵的。因爲找到墜鍊，他們開心得不得了。

可是不能再繼續悠哉下去。天色已變得昏暗，得快點做出決定才行。

「大介沒辦法走，得要有人去找大人幫忙才行。我會盡快趕回去，你們兩個在這裡等我。」

我開口提議。兩人對望，陷入沉思。

「壽壽音最好跟你一起去。秀平你不熟悉這一帶，萬一迷路就糟了。我一個人沒問題的。」大介挺胸說道。

「我不會迷路的，別擔心。」

坦白說，我並非胸有成竹。因爲我從來沒有一個人在漸漸變得昏暗的森林裡行走過。但我是最年長的一個，而且大介受了傷，除了這麼安排以外，別無選擇。

我揹起背包，拿起小手電筒站起來，把大手電筒交給壽壽音。

「等一下，是不是有什麼聲音？」

壽壽音看著斜坡上方問。我屏住呼吸，豎起耳朵。

沙沙——確實有聲響。

「是河童嗎？」

明明不是應該開心的時候，大介卻雙眼發亮。

「該不會是熊或山豬吧？」

壽壽音小聲說，我心頭一驚。比起河童，是熊或山豬的可能性更大。如果是熊，該怎麼辦？

三人都定身不動，張大眼睛和耳朵，不放過任何一點動靜與聲息。

傳來像樹枝折斷的劈啪聲。朝那裡一看，樹葉搖晃的地方似乎有道黑影。

「有東西。」我說。

「我也看到了。有黑黑的東西動了。」壽壽音說。

我們屏著呼吸好半晌，觀察四周的動靜。樹葉的搖晃感覺很不自然，但天色愈來愈暗，已辨別不出黑影。我低聲問壽壽音：

「萬一遇到熊，該怎麼辦？」

「呃，聽說可以發出聲響，讓熊知道有人。因爲熊也怕人，不會隨便攻擊人。我有用來趕熊的鈴鐺。」

「好，就用那個。還有，可以開手電筒嗎？」

「可以。」

我打開手中的手電筒開關，先照射地面。淡橘色光圈擴散開來。

「我搖嘍。」

壽壽音從袋子裡取出鈴鐺，輕輕搖晃了一下，發出內斂的「叮鈴」聲響。她的動作愈來愈大，鈴聲也愈來愈響亮。

我把手電筒緩緩照向森林，一寸一寸往上移動，接著橫向移動。雖然是一閃而過，但有東西反光了。光點似乎有兩個。是什麼動物的眼睛嗎？樹枝猛烈搖晃了一下。是過來了嗎？壽壽音持續搖鈴。

「不要過來！回去山裡！」

我拚命大喊。旁邊的壽壽音和大介也一起大叫。

我們不曉得喊了多久，鈴聲靜止了。壽壽音停手，側耳聆聽。靜寂頓時擴散開來。

「走掉了嗎？」

樹葉的晃動也停歇。

「剛剛森林裡有什麼動物的眼睛反光，對吧？」壽壽音說。

「我也看到了。」大介附和。

果然眞的有東西。瞬間，我的雙腳開始發顫。

「好可怕……」

壽壽音的聲音也在發抖。天色已完全暗下來，我不可能把無法行動的大介一個人留在這麼黑，而且附近可能有熊的地方，就這樣離開。

我們決定提高警覺，靜待天亮。

我們並排坐在墊子上，分享帶來的巧克力和糖果。貓頭鷹「霍、霍、霍」的叫聲，以及樹葉磨擦的沙沙聲在周遭迴響著。

從倉庫帶來的小型ＬＥＤ露營燈的光線朦朧地照亮大家的臉，讓我們能夠確認自己並不孤單。我們偶爾用手電筒照亮周圍，查看狀況。雖然是八月，但入夜以後，山上甚至讓人感到寒冷。我們穿上各自帶來的長袖外套，抱著膝蓋依偎在一起。

「大介，你的腳會痛嗎？」坐在中間的壽壽音問。

「嗯，有點。」

「剛才那是熊嗎？」壽壽音又問。

「我覺得是河童。」大介回應。

「如果是河童就好了。」

我默默聽著兩人對話。

「搞不好現在河童也躲在哪裡聽我們說話。」壽壽音說。

「可能看著壽壽音拚命搖鈴鐺的樣子在偷笑喔。」

大介笑道，壽壽音也笑了。想像河童躲在樹木後方的模樣，我也覺得好笑起來。

夜色愈來愈深，耳中只聽見蟲鳴。

「大家一定很擔心。」壽壽音不安地說。

「都是我害的，對不起。」大介道歉。

「不，是我判斷錯誤。」

我年紀最大，覺得陷入這種困境自己有責任。

「這不是誰的錯。」壽壽音安慰道。

我們三個漸漸不安起來，都垂頭喪氣不已。

「咕嚕嚕……」有人的肚子叫了起來。

「啊！」壽壽音按住肚子。

「肚子好餓喔！」大介大聲說。

「啊，肚子餓死了！」

我也大聲說，大家一起笑了。

「霍、霍……」貓頭鷹的叫聲聽起來很溫柔。

即使仰望天空，樹葉之間，也只能看到少許星星。

「有沒有聽到什麼聲音？」

壽壽音問，我豎起耳朵。

「喂……！」

是呼叫聲，還有幾道黃色的光。燈光與呼叫聲愈來愈近。

「在這裡！」

我以爲喊得很大聲，但耳中聽見的自己的聲音，卻十分軟弱無依。

刺眼的光照射過來，我忍不住用手遮住臉，透過指縫看見好幾個人的身影。

「找到了！三個都在！」

我們被身穿制服的大人們包圍。雖然鬆了一口氣，卻也發現事態嚴重。

警察帶我們下山，抵達別墅時，已過了午夜。柊家的叔叔阿姨越過數輛車子和警車，從另一頭跑過來。被叔叔阿姨抱住，壽壽音放聲大哭。蓮見醫生和由利阿姨跑近被警察揹著的大介。

大介請警察把他放下來，站在蓮見醫生前面說：

「對不起。」

我扶著一腳半抬的大介，站到他旁邊說：

「對不起。」

「混帳！」

我第一次聽見蓮見醫生吼人，他的雙眼通紅，交互瞪著我和大介。大介被摑了一掌，發出清脆的聲響。接著，蓮見醫生的大手也朝我的臉頰揮來。這是我生平第一次挨打。冰涼的觸感，逐漸轉爲陣陣熱辣。

我和大介同時被摟了過去，耳邊聽見蓮見醫生低喃：「幸好你們沒事……」

「嗚嗚……」大介發出呻吟。

「你受傷了？」

蓮見醫生驚覺，望向大介。一旁的由利阿姨蹲下來檢查他的腳。

「輕微扭傷了。可是很痛吧？」

大介點點頭。

「一點都不像平常冷靜的你。」

由利阿姨傻眼地對蓮見醫生說，接著轉向我們：

「你們明白大家有多擔心嗎？」

「明白……」

我和大介一起深深垂下頭。

接下來，蓮見醫生檢查我們三個的身體狀況，壽壽音回家，大介回到招待所。我泡過澡，吃了小婆婆爲我準備的宵夜後躺上床。小婆婆擔心得哭了，但蓮見醫生通紅的雙眼，以及第一次被摑掌的觸感，占據了我的腦袋。感覺實在不可能睡得著，我閉上眼睛又睜開。熄燈後的房間雖然很暗，但與森林裡的漆黑截然不同，我回到安全的地方了。最後，我總算進入夢鄉。

大介

由於惹出動員搜救隊的風波，我們三個都被狠狠罵了一頓。

隔天，我們把金森商店的老婆婆弄丟墜鍊、河童的傳說、花嘴鴨雛鳥和老鷹、遇到疑似熊的動物，以及跌倒受傷的這些事，全部向柊叔叔全盤托出。

「眞是一場大冒險。」

聽完後，柊叔叔臉上浮現些許笑意。

接著，我們立刻前往金森商店的老婆婆那裡。

我們一起站在老婆婆面前。雖然我的腳還在痛，但不是在意這種事的時候。

「是這條墜鍊嗎？」

壽壽音打開緊握的手。泛著銀光的圓形墜飾，正中央鑲著一顆小小的紅色寶石。和老婆婆告訴我們的特徵一樣。

我們屏息靜待老婆婆回應。

「對，這就是我的墜鍊。」

「太好了！」

我們齊聲歡呼，握住彼此的手，圍成了一圈。

「謝謝你們。」

老婆婆溫柔地撫摸從壽壽音手中接過的墜鍊。

「真虧你們找得到，太厲害了。」叔叔語帶敬佩。

「可能是看到你們拚命尋找，河童才會還給你們吧。」老婆婆戴上墜鍊，低聲說道。

儘管覺得怎麼可能，但想像河童輕手輕腳地把墜鍊擱在石頭上的畫面，我不禁咯咯笑了起來。壽壽音跟著笑出聲。很快地，我們三人的笑聲在四周迴響。

搞不好真的是河童還給我們的。

回東京的那天早上，柊叔叔找我過去。我和蓮見醫生一起前往紀念塔，發現壽壽音和秀平也在那裡。

「金森先生來道謝，開心地報告老婆婆整個人好起來了，很有精神。」

柊叔叔笑咪咪地看著我們三人。

「來吧，去塔頂敲鐘。」

我一時不明白柊叔叔在說什麼。

「可以敲鐘嗎？」秀平率先提出疑問。

「真的嗎？」我接著問。

柊叔叔用力點點頭。

可以敲那座鐘。可以親手敲那座鐘！喜悅漸漸在心中蔓延。

「你是不是想起那時候了？」

柊叔叔向蓮見醫生低聲問。蓮見醫生靦腆地笑著。

「什麼、什麼？我想知道！」

壽壽音追問，蓮見醫生答道：

「其實我小學的時候也因做了某件事，而得以敲響這座鐘。」

「什麼事？」

「祕密。」蓮見醫生笑而不答。

「我們的名字會被寫進本子裡嗎？」我滿懷期待地問。

「你們是期待名字被寫進本子裡，才去尋找墜鍊嗎？」

柊叔叔這麼問，我思索起來。

一開始是這樣沒錯，但在尋找的過程中，腦袋裡只有想要讓老婆婆開心的念頭，完全忘掉英雄錄的事了。我們是爲遺失墜鍊的老婆婆而努力。

往旁邊一看，壽壽音和秀平都在搖頭。我也用力搖頭。

「爲了被寫進本子裡而行動，這樣的想法是錯的。最重要的是，懷著什麼信念而活。往後名字會不會被寫進本子裡，未來的你們自然會有答案。」

柊叔叔說完，蓮見醫生也開口：

「本子沒有任何規定。對或錯沒有意義，也不會受到他人讚揚，只有本人明白名字列在裡面有何意義。關鍵是能否對自己的行動感到驕傲。柊先生，對吧？」

「雖然你們還小，但對老婆婆來說，你們是大英雄。抬頭挺胸地去敲鐘吧。」

柊叔叔摸了我們三人的頭。秀平顯得有點害羞。

悅耳的鐘聲響徹天際。

我正在敲這座鐘……

壽壽音和秀平也都雙眼發亮。雖然名字沒有被寫進本子裡，但內心充滿喜悅。

我們的友誼將永遠長存。

鐘聲雖然小，卻在心中縈繞不散。

壽壽音　一年後

小學最後一個寒假，父親又帶著我一起開露營車旅行。旅途上邂逅的人們所說的故事，比以前更深刻地沁入心房。父親說等我上了國中，課業會變重，社團活動也會很忙，不能再帶我一起去旅行了。

有時候，我會有股衝動，想要大喊：「我們是英雄！」可是，沒必要昭告世人。即使不爲人知，我也爲自己感到驕傲，內心熱血澎湃。這樣就足夠了。

國中開學典禮後，過了約兩星期，某天我在教室裡，呆呆地看著窗外。上午的課已結束，正在準備營養午餐的教室裡，坐在一起的同學們忙著聊天或換座位，一片鬧哄哄。我和希海從小學就一直同班，現在卻分開了，我有些寂寞不安。

無人的操場上，一陣強風颳起沙塵，形成小龍捲風，飛上天際。我瞥見有人在攀爬泳池旁邊的後門。一個穿制服的男生翻門而過，跳下操場，走向教室大樓。是遲到了，現在才來上學嗎？我感到納悶。

不一會，傳來教室拉門打開的聲音，我轉頭望去，發現進門的竟是大介。這是我第一次看到他穿立領制服的樣子，一瞬間有點不確定是不是他，但就是大介沒錯。

「是誰寫信騷擾壽壽音？」

「砰！」地重擊黑板的聲音和怒吼聲，讓教室裡的同學都停止動作。

「要是再有下一次，我不會輕易放過，絕對會把你揍到滿地找牙，聽到了沒！」

大介從一邊掃視到另一邊，然後離開了。

突如其來的狀況讓我整個人僵住了。升上國中沒多久，我又收到騷擾信，這是事實。隔壁教室傳來大介的怒吼聲，我回過神來。整間教室的人都在看我。我連忙站起來。

我在走廊和踏出隔壁教室的大介對上眼了。大介默默步向樓梯。

「等一下！」

我在樓梯平台追上他，扯住他的手。

「樓上是二、三年級的教室，你打算每一間都去嗎？」

「因爲不曉得是誰幹的。遇到這種事，重要的是給對方一個下馬威。」

「好了啦，不要這樣。」

我知道大介是那種一旦認定就拗不過來的個性，但這實在太亂來了。

「不可能是二、三年級的人啦。國小六年級的時候，我在學校也收過這種信，所以一定是同年級的人做的。」

我把想到的話一股腦全說出來，拚命勸阻大介。

「是這樣嗎？」

「總之，你快點回去，老師要來了。」

我拉著他的手跑向後門。翻門出去的大介額頭冒著汗珠，臉頰也一片潮紅。

「不要再亂來了。」

「知道啦。」

母親說，前不久我不在的時候大介曾打電話到家裡。或許他是從母親那裡得知騷擾信的事。大介寄住的育幼院在埼玉縣，他居然為了這件事大老遠跑來。

「今天你們學校放假嗎？你該不會是蹺課吧？」

「不用擔心我啦。」

隔著一道校門交談，感覺很奇妙。

「那我走了。如果遇到什麼事，要馬上告訴我。」

大介揮揮手，轉身離去。

「謝謝你。」

不曉得他有沒有聽見我的道謝。看著大介逐漸變小的背影，我忽然有點想哭。大介果然是個英雄。

「好，我不會認輸的。」我喃喃自語，跑向教室。

或許全多虧了大介，後來我再也沒有收到騷擾信件。我如願進入戲劇社，也結交了新朋友，平平順順地過完第一個學期。

然後，夏天再次到來。

見到大介和秀哥哥後，要跟他們說什麼呢？我的內心充滿期待。

可是，真的見面以後，我們卻遲遲沒機會說上話。一如往年，我從兩家界線的柵欄偷看，從車上下來的秀哥哥顯得比一年前更成熟了。今年秀哥哥帶了兩個朋友來，所以我沒辦法過去跟他說話。

這遠遠不是我所期待的暑假，我大失所望。明明去年大家一起經歷了一場難忘的冒險。晚上慣例的宴會，秀哥哥也跟兩個朋友坐在別桌。大介和去年一樣跟我們同桌，但對話都以亞矢為中心，沒有單獨說話的機會。

亞矢又長高了一些，變得更像小大人了，話匣子關不住，不停地喊「大大、大大」，黏著大介不肯分開。聽說他們每個月都會見一次面，看來亞矢非常喜歡大介。

秀哥哥他們來到土筆町的第三天，遇到我們學校暑假的返校日，我和四個同學——弓子、和美、小光和惠美一起從學校回家。一陣子不見，我們聊得很開心，說好就這樣一起去玩。

返校日只有上午要到校，我們決定先在我家吃午飯。突然帶了四個同學回家，母親手忙腳亂，但她挽起袖子盛情招待。我們嘰嘰呱呱地交談，吃著一起做的炒麵和御好燒，這時大介帶著亞矢出現，好像是亞矢吵著說「我要跟壽壽姊姊玩」。亞矢看到很多大姊姊，非常開心，明明已吃過午飯，卻要人幫忙弄了份御好燒，開心地吃著。

「我想玩捉迷藏！」

亞矢說，朋友們也都贊成。於是我們為了小亞矢，在招待所附近玩起捉迷藏。因為在這裡玩，如果亞矢玩到一半想回家，或是想要上廁所都很方便。可以在豪華的的場邸玩，我的朋友們也十分開心。

「啊，難怪我一直覺得在哪裡看過你，你是之前跑來學校的那個男生。」

弓子突然指著大介說。我都忘了，那時候大家都在教室裡。大介撂下話就跑了，弓子居然記住他的臉了嗎？

另外兩個同學紛紛附和：「對耶，就是他。」大介丟下一句「我先回去了」，便匆匆忙忙離開。

「等會一起玩捉迷藏喔！」亞矢對跑掉的大介喊道。

接下來，眾人賊笑著調侃我：「壽壽音，那是妳的男朋友嗎？」

「不是啦！」

我拚命揮手否定，朋友們反倒更加懷疑：「那麼用力否定，好可疑啊。」在我的心中，大介是無可取代的夥伴，是我最信任的朋友。

我說大家都來了，硬是把希海拉出來，一起玩捉迷藏。我猜拳猜輸了，負責當鬼。捉迷藏是亞矢最喜歡的遊戲。小亞矢有她自己特別的一套規則，那就是她不用當鬼，就算被鬼發現，也不會被抓，可以再次躲起來。

大介沒有出現。果然是不想跟一群女生一起玩吧。

我閉上眼睛，大聲數到一百，然後慢慢地踱出去。

樹木間隱約露出水藍色的裙子。我假裝沒看見，往反方向走，嘴裡說著：「大家躲到哪裡了呢？」

豎耳細聽，傳來咯咯笑聲。我馬上轉換方向，朝對方躲藏的地方直衝過去。

「找到亞矢了！」

我觸碰亞矢的背喊道。她開心地「啊哈哈」笑著。

「躲得這麼近，一下子就找到啦。妳要藏好一點，不然又會被抓。」

我一邊搔她癢一邊說，亞矢笑得更開心了。

「我要去躲了，姊姊再數到一百。」

「好啦、好啦。那我邊數邊往那邊走。」

「嗯，鬼大人，再見。」

亞矢揮揮手跑掉了。

我往湖的方向慢慢走去，在散步道上看到秀哥哥的朋友們經過前方。那兩個朋友一高一矮，我和這對高矮搭檔只打過一次招呼，完全沒有交談過。可能是因爲他們的衣著很招搖，有點不良少年的味道，我不太想親近他們。

秀哥哥沒跟他們在一起。他今天出門了嗎？

我靈光一閃，跑了起來。可以自由走動是鬼的特權，就讓我脫軌一下吧。

我奔上螺旋階梯。高塔無窗，愈往上愈悶熱。我推開沉重的門，仰望天空，抬手抹去額頭的汗水。

「你果然在這裡。」

大介拿著漫畫坐在塔頂。

「你一個人？」

「對啊。」

本來以爲秀哥哥也在這裡，但我猜錯了。

「你幹麼不來？」

「都是女生，我才不要玩什麼捉迷藏。」

「女生太多嚇到你了？」

「才不是。一群女生的運動服軍團有什麼好怕的。」

我忍不住低頭看自己的服裝。由於直接從學校回來，我們都穿著短袖體育服，搭深藍色運動褲。

「什麼運動服軍團，沒禮貌。」

「妳是鬼吧？可以在這裡偷懶嗎？」

「你怎麼知道我是鬼？」

「我看到大家往四面八方跑。」

我抓著屋頂邊緣的扶手往下看。不管挑戰多少次，這個高度我都無法習慣。從這裡確實可以將的場邸遼闊的庭園盡收眼底。

這時，傳來汽車引擎聲，大介放下讀到一半的漫畫，跑到扶手旁，在我身邊興奮地往下看。一輛車子靠近我家大門，又迴轉離開。約莫是不知道今天是「綠展館」的公休日而跑來的遊客吧。我心生同情，大介卻喃喃道：「那是……吧。」

應該是在說車種，但我沒聽清楚。大介眞的是個超級車迷，雖然我完全不懂車子哪裡有趣。

「啊，是希海。」

只見和我一樣穿運動服的希海小跑步經過。

我轉向旁邊的大介：

「那個時候謝謝你了。雖然我嚇了一跳，但眞的很高興。」

我總算說出一直想要表達的感謝。

「後來還有再收到奇怪的信嗎？」

「沒有了。」

「這樣啊，太好了。」

大介的聲音開朗，似乎鬆了一口氣。

「得好好盡到當鬼的責任，我先下去嘍。」

「嗯，加油。」

「亞矢在等你一起玩，晚點一定要過來喔。」

「好。」

我開門跑下螺旋梯，心中有股甩不開的失落感。三人一起敲鐘的那一天逐漸遠去，一點一滴地分崩離析。變成大人，或許就是這麼一回事吧。想到這裡，我沮喪極了。

離開紀念塔後，我想抄近路，一腳跨上界線的柵欄時，看見我家大門前有道人影。是秀哥哥。大門關著，所以他正要回去。我連忙跑向大門。

「等一下！」

我朝秀哥哥的背影喊道。秀哥哥回頭，一臉驚訝。

「大介在塔頂上。」

秀哥哥對我的話沒有反應，眉頭深鎖，嘴角歪曲。

「怎麼了？」

秀哥哥把手中像信封的東西塞進口袋，說：

「壽壽音，妳眞的是個好女孩，我喜歡妳。」

他丟下這些話，轉身便跑。「我喜歡妳」這一句殘留在耳中，我呆呆地目送他的背影。

後來，我四處晃來晃去。

招待所的陽台上，蓮見醫生和杉山醫生正在下棋。蓮見醫生看到我，向我揮手。結果我一個人都沒找到，時間分秒過去。

一會後，五點的鐘聲響起。我再也沒有力氣找人，爬上可俯瞰的場邸廣場和玄關的橡樹，坐了下來。我特別喜歡這棵樹，因爲有粗壯的樹枝，坐起來剛剛好，有時候我會趁著沒人爬上來坐。

我看見秀哥哥的兩個朋友經過廣場。

遠方傳來幾個人的笑聲。八成是躲膩了，大家玩起其他遊戲了吧。以前發生過一樣的事，有人自己先跑回家。

大家回去的時候應該都會經過這裡，所以只要待在這裡，就不用擔心會沒發現有人被獨自拋下。

我在腦中再三重播秀哥哥剛才的話。

不知不覺間，已是黃昏。

「亞矢——！」

聽到由利阿姨的呼喚聲，我如夢初醒，東張西望。

我沿著樹枝，小心翼翼地爬下樹。一陣突來的風晃動樹葉，穿林而過。

蓮見幸治

綠意圍繞、平時一派閑靜的別墅周圍，這時卻擠滿了警車。太陽早已西下，周圍全被黑夜籠罩。

我握住坐在一旁的妻子由利的手，一心一意地等待著。發現女兒不見以後，我們拚命四處找人，但現在聽從警察的指示留在招待所，只剩下祈禱一途。

去年大介他們三人天黑以後仍沒回來，引發眾人的恐慌。直到確定他們平安無事以前，所有人都心急如焚，沒想到又要再次經歷相同的煎熬。而且這次是年幼的亞矢和大介沒有回來。

「有大介陪著，亞矢不會有事的。」

我不曉得第幾次對由利這麼說了，簡直就像在安慰自己。

「要是這樣，爲什麼他們沒有回來？一定是出了什麼事吧？」

這段對話已重複過無數次。和壽壽音她們一起玩的亞矢遲遲沒有回來，所以由利去接她，沒想到壽壽音說以爲亞矢已回招待所。詢問壽壽音的朋友，每個人都說不知道亞矢在哪裡。不知去向的只有大介和亞矢。

大介不可能毫無理由，帶著亞矢在外面待到這麼晚還不回來。恐怕是遇到了什麼讓他們回不來的狀況。是和去年一樣，有人受傷了嗎？那爲什麼到現在都還找不到人？可是，兩人也不太可能進入山林深處。

各種想像在腦中盤旋。熊、山豬、變態。我必須振作起來。我用力握緊由利顫抖的手。由利已面無血色。

「八成是出事了。出了什麼有大介跟著也無法應付的事。」

「冷靜下來。」

「如果亞矢有什麼三長兩短，該怎麼辦？」

「不要一直往壞的方向想。」

「要是亞矢出了什麼事，我也不想活了。」

「別說這種話。」

「要是亞矢死了，我也要去死！」

由利那聽起來猶如慘叫的聲音，在房間裡迴響著。一旁的杉山夫妻默默低著頭。

我摟住崩潰痛哭的由利肩膀，勉強擠出開朗的聲音：

「一定會像去年那樣平安找到人，變成一樁笑談的。」

「有大介跟著，沒事的。」

我又說了一樣的話。宛如咒語一般。

「大介？」

杉山先生出聲。我循著他的目光看去，只見大介一臉蒼白地站在那裡。

「大大，亞矢呢？」

由利衝過去抓住大介的手，但大介只是搖頭。

杉山先生去找附近的警察過來。

「你跟亞矢小妹妹在一起嗎？」

「沒有。」

聽到大介的回答，由利整個人頹坐在地。

這時，別墅的主人的場舅舅進屋了。他似乎剛從山上回來，還沒有換下行裝。

大介顫抖得更厲害了。

「你說明一下狀況。」警察要求。

「我不知道亞矢不見了……」

大介語帶哭音，斷續說道。

「我沒有跟大家一起玩，一直待在紀念塔的塔頂，不知不覺睡著了……」

「一直睡到現在？那你最後看到亞矢小妹妹是什麼時候？」

警察問。大介緊握著拳頭，深深垂下頭。

「什麼時候？」警察又問了一次。

「帶她去壽壽音家的時候。」

「那麼，你不知道後來她怎麼了，是嗎？」

「是。」

大介的嘴唇歪曲，「對不起，我沒有顧好亞矢……」

我無能為力，只能握住大介的手。他的手冰冷僵硬。

「看來亞矢是一個人不見的。我會跟縣警那邊說一聲，請他們加派人力搜索。」

舅舅以十足政治人物的態度在對面沙發一屁股坐下來。不論遇到任何狀況，他都不會失去威嚴。他這種態度，有些人會批評為「高高在上」、「擺架子」。

以前協助的場夫人生產的白川院長曾經向我發牢騷。秀平和希海都是在家裡接生的。

「我是因為夫人強烈要求，才攬下這個擔子，可是他們卻為了秀平心臟有問題而責備我，說得像是我害的一樣。那分明是先天疾病，和怎麼生產的毫無關係。他有時候就是會這樣無理取鬧，實在教人頭痛。」

但我身為外甥和家庭醫師，很清楚舅舅骨子裡的鐵漢柔情。

我是歌舞伎演員世家的三男，小時候登台演出過，但基於自身的想法，最後選擇從醫。當初舅舅對我的決定似乎不能苟同，但現在倒是很開心地說「家裡有個醫生，方便多了」。

現年六十二歲的舅舅，是長野縣選區的資深議員，外界都認為他遲早會爬到總理大臣的位置。

「要是他站在你這邊，再也沒有比他更可靠的人，但如果他認定你會造成任何一點不利，就會毫不留情地切割關係。跟他打交道，要謹記這件事。你往往會過度相信別人。這世道可沒那麼容易，你千萬要小心。」

有時我會想起以前父親交代的話。我自己也清楚，這世上有些人就是會作惡。但話說回來，用猜疑的目光揣度每一個遇到的人，實在不符合我的個性。

「她一定是迷路了，待在什麼地方吧。這一帶的地形不怎麼危險，讓人擔心的只有河川和湖泊。總之警方正在全力搜索，再忍耐一下吧。由利，妳也振作起來，靜心等待。」

舅舅嘴上這麼說，卻顯得相當不耐煩。他拍了一下我的肩。

「謝謝舅舅。」

我替整個人失魂落魄、連話都說不出來的妻子道謝。

女兒亞矢個性活潑，也不怕生。但她從未不說一聲，就自己一個人跑到什麼地方去，也從未走失過。

待在別墅裡的人當中，亞矢最親近的就是大介。眾人一直以為她和大介在一起，沒想到大介卻一個人回到別墅，狀況頓時變得更為嚴峻。

敲門聲響起，祕書蛇田探頭進來：

「蓮見醫生，很遺憾發生這種事。」

蛇田先生這個人感情內斂，做事圓滑俐落。

「地方警察署長過來了，想見一下醫生。」

蛇田先生領著一名身穿制服的中年男子入內，便離開了。

「我是署長佐久間，我接到的場議員聯絡，目前警方正在全力搜索令千金的下落。賢伉儷一定很擔心吧。」

看上去年近六十的署長身形微胖，面貌和善。後面跟著一個戴眼鏡的瘦竹竿男子，自我介紹姓細井。

「保險起見，請問除了意外事故和迷路以外，兩位是否想到其他的可能性呢？」

佐久間署長揹著手問道。

「這是什麼意思？」

「兩位是醫生，有可能受到病患或家屬的怨恨，我們警方必須把綁架的情況列入考量。」

意思是，可能涉及犯罪嗎？一旁的由利倒抽了一口氣。光是迷路，就讓人擔心得五內如焚了，眞希望警方不要再火上加油，激起更多不安。

「我完全想不到會有什麼人恨我們。總之，請快點找到我女兒，也讓我們出去找人吧！我們實在沒辦法再繼續呆坐下去。」

「哎，請冷靜下來。」

自己把人嚇得魂飛魄散，說的這是什麼話？我忍不住瞪過去，卻發現佐久間署長和藹的眼眸深處竟有著冷酷的光，心頭一驚。那是剖析他人的銳利眼神。

「容我確認一下，目前住在這個地方的人士的身分。」

數秒後，佐久間署長清了清喉嚨，在對面的沙發坐下來。

「蓮見幸治先生，東京醫療研究中心的醫師，是的場照秀議員的外甥，也是家庭醫師。夫人蓮見由利女士，同樣是醫師。獨生女蓮見亞矢小妹妹，讀幼稚園中班。另一名同行者石田大介同學，就讀國中一年級。請問他和蓮見醫生是什麼關係？」

大介還在隔壁房間接受警察問話。

「大介家五年前遭遇火災，他被送到我們醫院接受治療。遺憾的是，他失去了父母和六歲的妹妹，自己也受重傷，住院四個月。因爲沒有親戚可以投靠，出院後他被送進育幼院，但後來我們時常見面。我們會帶他一起來別墅過暑假，今年是第五年了。」

「兩位對病患眞有愛心。他和令千金也很要好嗎？」

「對，我們每個月會招待他來家裡一次，一起吃飯，討論他的將來等等，所以我女兒跟他也很親。」

「這樣啊。」

佐久間署長意味深長地點了點頭，望向上方：

「別墅裡還有的場議員和夫人，兒子秀平少爺就讀國三，女兒希海小姐就讀國一。秀平少爺帶來的同學小松原隆、立山順治。其他就只有女傭而已，對嗎？」

「還有杉山夫妻。他們兩位都是醫師，妻子直美是土筆綜合醫院的院長。」

站在後方的細井補充道。

「噢，記得是白川產科院長的女兒吧？」

「是的。另外，土筆綜合醫院的前身，就是白川產科醫院。」

「我知道，不用講得這麼細。」

佐久間署長不悅地瞥了一眼拿著便條紙的細井說。

「那麼，您最後看到女兒是什麼時候？」

佐久間署長望向由利。由利調整呼吸，開始說明：

「亞矢說想去找壽壽音，兩點左右和大介一起出去了。之後，她曾回來招待所一次，說

『我在跟大姊姊們玩捉迷藏』，上過廁所，然後又出去了。那應該是四點左右。」

由利逐漸語帶哭腔，我接過話：

「我們從六點左右開始找她，可是等到七點，亞矢和大介都沒有回來，只好報警。可是剛剛大介回來，我們才知道大介沒有跟亞矢在一起。」

細井附耳對署長說了什麼，署長應聲後，說：

「去年也發生過孩子們沒有回來的事，對吧？聽說還出動了搜救隊。」

「是的。」

「去年幸好平安找到人了，可是連續兩年都發生這種事啊……」

「抱歉……」我只能低頭陪不是。

「喂喂喂，警察的工作是保護民眾的安全吧？」舅舅瞪向佐久間署長。

「當然，請交給警方吧。我一定會順利破案。」署長轉向舅舅行禮。

「佐久間，這不是犯罪案件，是小孩子迷路。在我的別墅，不允許有犯罪情事發生。你務必盡快把小孩子找出來，但別把事情鬧大。萬一媒體捕風捉影、無事生波，就糟糕了。」

「是，我明白。」

「佐久間署長是我的大學學弟，很可靠的。」

舅舅轉向我，用輕鬆的語氣補充說明。

「他這個人十分積極上進，只要交給他就不會有問題。雖然我聽說當他的部下非常辛苦就是了。」

兩人似乎關係很親，但在這種時候像這樣輕鬆說笑，實在教人直想嘆氣。

「咦，是誰告的狀？喂，細井，是你嗎？」署長回頭看向細井。

「怎麼可能，沒有這種事。」細井抹去額頭的汗，鞠躬哈腰地說。

「爸。」這時秀平進來了。

「跟你沒關係，別來蹚渾水。交給警方就是了。」

舅舅離開後，署長和細井也跟著走出房間。

由利啜泣起來。秀平低頭盯著地板。除了祈禱以外，我們完全無能為力嗎？我們度過了備受煎熬的一晚。

搜索持續多日，卻沒有找到亞矢。既沒有目擊者現身，也找不到任何線索。

警方針對湖泊進行大規模搜索，但找不到被動物攻擊的痕跡。另外，考慮到被人用車子載走的可能性，也對此進行了調查。

甚至有人搬出當地自古流傳的說法，說這簡直就像神隱。本地人提高警戒過日子，只是害怕的對象不盡相同，可能是野生動物、專抓孩童的變態，或是某些鬼怪作祟。

起初有許多實況轉播車湧入當地，記者天天抓著麥克風在鏡頭前報導。

報紙刊登亞矢的照片，連日報導偵查進度。我實在不願相信這是現實，不禁逃避去看那些報導。

舅舅在鏡頭前一臉沉痛，請民眾協助搜索，提供線索，然後依照預定計畫離開了別墅。

感謝舅舅讓我和由利在他離開後，繼續留在這裡——不論他的眞實想法爲何。

我擔心由利精神耗弱，阻止她參加搜索，但她仍堅持每天上山一次，不斷呼喚亞矢的名字。

然而，由利能夠行走的距離一天比一天短，呼喚聲一天比一天微弱。

「阿姨，回去吧。妳得休息才行啊。」

大介在週末取得育幼院的外宿同意，來到別墅陪伴由利。

「我什麼事都做不到，太沒用了。」由利說。

「沒這回事。」

大介長成了一個心地溫暖的少年。他克服失去家人的傷痛，變得強大溫柔。我覺得能夠真正分享對亞矢的思念的，只有由利、大介和我三個人而已。

都說患難見眞情，這話一點都不假。沒錯，每個人都擔心亞矢的安危，但他人與家人之間，還是會有溫差。說穿了，更重要的還是自己的地位，以及世人的目光。

警方也一樣。

每次搜索開始和結束，我都會對參與搜索行動的警察深深鞠躬說「麻煩各位了」、「今天也辛苦各位了，謝謝」。

然而，我一如往常地來到別墅前面，發現搜索隊的人數明顯比昨天少了許多。我茫然地目送他們出發，看著他們遠離的背影，心臟一陣絞痛。對我來說，這形同被宣告死亡。

這代表警方高層判定亞矢不可能還活著，但也不能就此打住搜索行動。目的已不再是搶救人命。

進行搜索的緊張感和重要性日漸稀薄，這一點不光是從警方的人力，從新聞媒體的處理方式也看得出來。這時鄰縣發生路上隨機殺人案，社會大眾的關注一口氣轉移到那邊去了。

新聞媒體不再報導亞矢的搜索進度，搜索規模也縮小，只剩我們被拋棄在這裡。

舅舅肯定是擔心有孩童在自己的別墅失蹤，會出現針對他的負面報導。

警方接到幾起山豬和熊的目擊情報，是動物所爲的說法，忽然在當地居民之間傳播開來。

即使是一向不會懷疑別人的我，也感覺到一股想要把風向往那邊帶的意志。

太陽西下，警方空手而返，結束搜索行動，集合整隊。我像平常那樣向警方致謝，這時一名警察離開解散離去的隊伍，走到我旁邊說：

「我全力以赴，只想把亞矢小妹妹帶回父母身邊——不管是以什麼樣的形式，但明天我就必須離開現場了。沒能找到令嬡，眞的很遺憾。」

我困惑地看著摘下帽子行禮的那顆花白的頭，強烈地感受到他的遺憾之情。

「謝謝您一直以來的努力，我眞的非常感激。」

我向對方回禮，佇立在原地，直到再也看不見那垂頭喪氣地離去的身影。

一瞬間，我彷彿俯瞰著孤獨地佇立在暮色中的自己，淚水忽然奪眶而出。

「不管是以什麼樣的形式」。

警察的這句話迴繞在耳底。換個說法，這意味著「即使找到的是遺體」。亞矢已死，我體認到每個人都這麼想。正因是拚命幫忙搜索亞矢的人所說的話，分量更是讓人無法承受。

「老公。」

由利從後方走過來，探看我的表情。我始終努力不在人前落淚，但已到了極限。由利一臉震驚。

我們默默地站著。

夜空冒出點點星光。發現一、兩顆後，星星便一顆顆愈來愈多。即使看不見，星星也一直在那裡。

亞矢就在這片星空底下。她的存在不會消失。

由利溫柔地握住我的手：

「老公，你總算能哭了，太好了。因爲我一直哭，害你不得不忍耐，對不起。」

「我是男人啊。」

「這跟男女無關吧？」

她的臉頰浮現淡淡笑意。

我用力回握她牽住我的手。

「完全無法幫上亞矢，這最教我感到痛苦。」由利說。

「我們必須保重自己，這樣亞矢回來的時候，我們才有辦法好好地迎接她。妳現在的任務，就是吃飯。」

我聽見她輕聲嘆氣，但不理會，繼續說：

「等亞矢回來，我們要一起吃妳做的料理，帶她去遊樂園，買新衣服給她，還有她一直想要的玩具。」

「你這個寵壞女兒的爸爸。」

「管他的。」

「那麼，我要帶她去動物園，幾個小時我都奉陪，直到她玩膩爲止。不會催促她看別的動物。她要吃幾個蛋糕都讓她吃。她玩我昂貴的口紅也不生氣，高跟鞋也借她穿。」

「妳還不是一樣寵壞女兒？」

「管他的。」

由利的臉上沒有笑意，但表情看上去似乎放鬆了一些。

「好了，吃晚飯吧。」

我們手牽著手，回到招待所。

我必須設法讓由利覺得「今天爲亞矢做了什麼」，這樣由利才能夠活下去。同時，守護由利的安寧，也是我賴以存活的寄託。

「我們來召開作戰會議吧。」

用完晚飯，喝著由利替我沖的熱咖啡，我如此提議。

「作戰會議？」

由利也沖了一杯咖啡擺在自己面前，坐到沙發上反問。

「找回亞矢的作戰。」

感覺由利再也不可能忍受只是束手旁觀，全部交給警方處理。我們必須往前進才行。

「要怎麼做？」

由利露出摻雜著期待和不安的神情，注視著我。

「這三個星期以來，警方翻遍了整座山和河流，卻連亞矢的鞋子都沒找到。如果是被動物攻擊，應該會留下某些痕跡才對。而且……」

我留意著由利的表情變化，果斷地說：

「如果是在山裡失足滑落，至今都沒找到她的身體，實在說不過去。所以，亞矢可能還活著，但無法自己回來。」

我沒辦法使用「遺體」一詞。由利會如何消化這番話，我內心忐忑不安。

「你是說，她是被人帶走了？」

「沒錯，像是無論如何都想要孩子的人。」

我明白這個推論太勉強了，但還是想試著遞出能夠讓她抓住的浮木。

由利沉默了半晌。桌上的咖啡不斷流失溫度。

「她有沒有遇到可怕的事？如果是覺得亞矢很可愛，甚至想把她抱回去，一定會善待她吧？對吧？」

「亞矢有沒有好好跟對方說她喝牛奶會過敏的事？身體有沒有不舒服？」

「沒有恐嚇勒贖的電話，可以確定不是爲錢綁架吧。如果像你說的，是想要孩子的人，恐怕會把她藏在家裡，這要從何找起？」

由利連珠炮似地說著，她的雙眼恢復了生氣。

安心之餘，我卻同時不安起來。我無法確定自己告訴她的、讓她燃起希望的內容，對她來說眞的是好的嗎？

有些日子，我會想如果亞矢已不在人世，希望能盡快找到她的遺體，但有些日子又認爲與其面對殘酷的事實，我情願永遠懷抱著希望。

經過客觀地判斷，我已放棄亞矢還活著的可能性，另一個我卻又拚命想抓住一縷希望。在由利的心中，這兩種想法也正僵持不下嗎？

隔天早上，由利的神情與昨日截然不同。

「早。」

悲愴感如煙消霧散，神清氣爽，彷彿附在身上的壞東西離開了。

「我得鍛鍊體力才行。無論如何都必須找到亞矢，把她帶回來。」

她淡淡地用著早飯。

看來，她已把「亞矢或許死了」的想法從腦中驅逐出去。

此後，即使警方的搜索行動毫無成果，由利也沒有患得患失的樣子。因爲沒有找到遺體，證明亞矢還活著。

在我面前哭泣的次數也減少了。即使流淚，她也不像之前那樣痛哭失聲，而是靜靜地說：

「我好寂寞，好想快點見到亞矢。」

我慢慢地回到醫院的崗位。之前只要一提到醫院的工作，由利不是責怪說「現在最重要的是亞矢吧？你居然想離開這裡，實在不敢置信！」就是懇求：「求求你，不要丟下我一個人。」現在她已漸漸平靜下來。

也不能一直丟下病患不管。往返醫院和別墅相當辛苦，但精神上的負擔減少了許多。

星期六早晨，我起床下樓，發現由利在客廳入神地看著兒童節目。她愉快地哼著歌，那應該是亞矢平常愛看的節目吧。由利發現我，回頭說：「亞矢現下也在看這個節目吧？」

然後，她露出微笑。

由利眼中的是與現實不同的另一個世界。是我給她的世界。

一想像亞矢在某處逐漸變得冰冷，連呼吸都難受。我想讓由利擺脫那種痛苦。

那種痛苦，我一個人承受就夠了。面對由利久違的柔和表情，我再次下定決心。

第二章

壽壽音　十八歲

好久沒有爬上紀念塔的塔頂了。由於會觸景生情，想起那一天，我忍不住避而遠之。亞矢失蹤快六年了，至今仍不知道她在何方。

從這裡看出去的景色也不同了。湖泊對岸蓋起一棟大型購物商場。當地雖然一樣綠意盎然，但確實日漸開發。

我想在離開土筆町之前好好看上一眼。還要一星期左右，櫻花才會盛開吧。今年看不到粉櫻瀰漫的景象了。因爲今天我就要出發去東京。我在蓮見醫生家附近租了公寓。

一直住在的場邸，關注搜索行動的由利阿姨，最後聽從蓮見醫生的勸說，在亞矢失蹤約半年後回去東京了。後來，她仍每個星期過來土筆町，在車站前分發傳單。我和大介也會幫忙，但最近減少爲半年一次了。當然，我們絕對沒有放棄。大家都一樣，依然想要找到亞矢。

偶爾在電視上看到報導懸案的節目，每當出現亞矢的臉，我都會心頭一驚。主持人一臉嚴肅地說明案情。聽著那些說明，我會忍不住揣想，或許外人會認爲歹徒就是相關人士之一。

當時在場的人，每一個都被警方要求鉅細靡遺地交代當天的行動。亞矢失蹤的時間，我一個人待在樹上。我誠實地這麼說，卻有種受到懷疑的感覺。一個人待在塔頂的大介或許也有相同的感受。警察的眼神和話語莫名讓人恐懼。

別墅裡的人當中，行蹤明確的有當時在招待所陽台下將棋的蓮見醫生和杉山醫生，有許多人看到他們。其他的就只有希海和的場夫人而已。希海玩捉迷藏玩膩了，四點前回到家，後來一直和母親待在房間裡，小婆婆有看到她們。我父母也被警方詢問那個時刻人在哪裡，但沒有第三者能夠證明。

世人認為，歹徒就在我們當中嗎？若是被人這麼看待，實在情何以堪。

如果有人帶走亞矢，那到底是誰？是犯罪，還是事故？真相至今仍懸宕不明。

眼下，的場邸一片悄然。事發後，希海很快就和母親一起搬去東京的家了。不論理由是什麼，她們一家能夠團聚生活，我覺得很好。

我和希海有時候會通電話。感覺她十分享受東京的生活，但某天她突然告訴我一個令人錯愕的消息。那是希海搬到東京一年多，她就讀國二的時候。她說她成了父親的祕書蛇田的養女。

「能變成蛇田家的小孩，我覺得很開心。反正的場家已有繼承人，蛇田又沒有小孩。」

希海滿不在乎地說，是婚後十年仍膝下無子的蛇田先生提出的。我想起撲向蛇田先生寬闊的背的希海。確實，她從以前就很喜歡蛇田。我最清楚親子之間的情感，不光是建立在血緣關係上而已。如果希海覺得開心，這樣就好了。家庭的形式有千百種。

我一直很想念希海，但對我們而言，東京與土筆町的距離意外遙遠。希海打電話來的次數愈來愈少，我猜想是新生活忙碌的緣故，也不好意思打過去打擾。感覺像被希海遺忘了，有些寂寞，但等我去了東京，肯定有機會見面吧。

聽大介說，今年秋天希海就要去英國留學。在希海離開日本前，我一定要見她一面。

暑假例行的聚會沒了，的場邸幾乎沒有人進出，現在鑰匙交給我父親保管，他有時會去巡視打掃。

我發現有人在冷清的的場邸玄關前廣場走動。那人穿著深藍色外套，東張西望地走向玄關。那是……

我火速衝下螺旋梯。翻過兩家界線的柵欄，進入的場邸的土地。可能是聽到聲音，那個人回過頭來。

果然沒錯。

「秀哥哥。」

我氣喘吁吁，聲音都啞了。

「壽壽音。」

六年不見的笑容，隨著春季暖陽躍入我的心頭。

挺拔的站姿，宛如戀愛劇裡的男主角。過去的面容當然還保留著，但蛻變成大人的氣質讓我不知所措。

「好久不見。」他說。

「嗯。」

跟他對望實在害羞，我把視線移向玄關。

「你來別墅有事嗎？」

「這邊有我爸的支持者的集會活動，我被派來參加。我是找機會溜出來的。」

「這樣啊。」

「恭喜妳考上大學。我聽大介說了，妳會搬來東京對吧？」

「謝謝，我今天就要搬過去了，大介也來幫我搬家。他現下在我家前面把行李搬上卡車。」

「好，那我也去幫忙。」

「不用啦。不過，走吧，大介看到你也會嚇一跳的。」

我們並肩往前走。春季溫柔的風送來一股甜香。秀哥哥身上散發出一股不同於庭園、從未聞過的香味，讓人聯想到都會。

「嘿，秀平，你真的來了。」

大介從貨台探頭出來，似乎剛把床搬上去。

「因爲不確定秀平到底能不能來，就沒跟妳說。而且也想給妳個驚喜。」

大介賊笑著看我。

「怎麼樣？嚇一大跳，對吧？」

那表情跟小時候一樣。

「才沒有。」

我假裝滿不在乎，其實有點不甘心。

「好，接下來是桌子。」

幫忙開卡車過來的大介的前輩說道。

「瞭解。」

大介和前輩前往玄關。

「不好意思，麻煩你們了。」

我對著兩人的背影行禮。

「我來幫忙。」

秀哥哥說，卻被大介誇張地揮手趕走：

「穿得這麼帥氣的傢伙不適合做苦工，交給我們吧。你很懷念這裡吧？到處走走怎麼樣？」

「我跟大介經常聯絡，也去過他工作的餐廳好幾次。他很努力喔。」

我也聽大介提過，兩人感情還是很好。

大介國中畢業後，住進築地一家河豚餐廳當學徒。聽說那家店離大介的父親以前工作的中華餐館很近，在他童年時期的生活圈內。

聽到這些話，我有些擔心地問：「你不會想起小時候，觸景傷情嗎？」但大介說：「感覺好像可以讓我爸看到我努力的樣子，我很開心。」我聽了也放下心來。

他似乎在尊敬的前輩們圍繞下，過著充實的每一天。今天前輩也願意出借卡車幫忙我搬家，這證明了大介十分受到前輩疼愛。

蓮見家那裡不用說，大介有時會跑去我父親旅行的地方，幫忙他尋找英雄。父親很期待吃到大介做給他的便當。雖然大介小時候失去了家人，但現在被許多人所愛。這一定是因爲他的個性總是那麼率眞吧。他爲了我闖進國中教室裡發出警告的模樣，我到現在都還忘不了。

「咦，秀平少爺？瞧瞧，您長這麼大了。」

小婆婆瞇起眼睛說。原本在的場家幫傭的小婆婆，在的場邸人去樓空之後，搬進柊家來，幫忙「綠展館」的事務和家事。

「飯糰還有剩，不嫌棄的話，吃一些吧。」

小婆婆雀躍地說，端出盛著飯糰和茶水的托盆。

剛才大介和前輩狼吞虎嚥一掃而空，沒想到居然還有，小婆婆到底做了多少飯糰？

雖然比母親大一歲，但小婆婆總是活力十足又開朗，眞的幫了我們家很多。我能下定決心去東京念大學，也是因爲有小婆婆陪在母親身邊。

「謝謝，我媽就麻煩您照顧了。」

每次看到小婆婆，我就忍不住一再道謝。小婆婆點點頭，彷彿在說「包在我身上」，布滿皺紋的臉上眨起一邊眼睛，提議：

「去那邊的長椅坐著吃怎麼樣？」

我和秀哥哥在「綠展館」前面的長椅並坐下來。門口貼著下一場公演的海報。最近可能是土筆町的人口增加了，觀眾席的人數比以前更多。標榜「懷念老片」的週末電影院頗受好評。

我會報考東京的大學，說起來也是受到「綠展館」的影響。我被全心投入排練的劇團成員的模樣感動，國高中都加入戲劇社，也多次登上「綠展館」的舞台表演，體會到眾人合力完成公演的喜悅。

「聽說妳上大學以後也要繼續演戲？」秀哥哥望向海報問。

「嗯。聽到學長姊的經驗分享，我愈來愈嚮往了。這麼任性，對父母是很過意不去啦。」

「叔叔阿姨都相當支持妳吧？這才不是什麼任性。」

父親說：「如果妳有想走的路，就去闖闖看吧。不要覺得家裡是個負擔。這種事必須順其自然。」那充滿自信的話讓我放下心來。

話說回來，秀哥哥怎會知道得這麼詳細？

我提出疑問，秀哥哥笑著揭曉謎底：

「是大介告訴我的。他明明跟妳同年，卻完全把自己當成大哥了。他說『等壽壽音到東京來，我得照顧她才行』，相當起勁。而且不曉得什麼時候開始，他都直接叫我名字了。他比我們先出社會，一副大人的模樣。」

「聽大介說你進了醫學系。的場叔叔居然會同意。」

「因爲我向他保證，將來一定會從政。」

「這樣嗎？」

繼承人的命運果然無法扭轉嗎？我覺得秀哥哥有點可憐。

「我的目標是成爲小兒科醫師。理由之一是我自己小時候體弱多病，但最重要的是想幫助受疾病折磨的孩子。然後，我希望能打造出讓家中有病童的家庭——不，不只是生病，是讓因貧窮或歧視而受苦的人們都能安心生活的社會。想實現這個目標，需要靠政治的力量。小時候我不喜歡我爸的工作，現在不同了。」

秀哥哥談論著明確的未來願景，雙眸熠熠生輝。秀哥哥並不是盲目地繼承父業。我居然覺得他可憐，眞是錯得離譜。

「我覺得很棒。」

我率直地表達想法，秀哥哥露出有些靦腆的表情。

「蓮見醫生對我影響也很大。不管是身爲醫生，還是身爲一個人，他都讓人尊敬——還有，身爲敲鐘的前輩。」

我現在仍經常憶起大家一起敲鐘那一天。

「不論是大事或小事，爲別人付出，果然非常了不起，這不是道理說得清的。」

我忘不了老婆婆接下我們三人一起找到的墜鍊時的表情。秀哥哥和大介一定也是一樣的。

「這些飯糰我可以帶回去嗎？」秀哥哥指著托盆剩下的飯糰問。

「當然可以。」

「其實希海也來了。她在別墅。」

秀哥哥這話讓我一驚：

「希海來了嗎？我想見她。」

我起身往的場邸跑。秀哥哥帶著飯糰追上我。

打開的場邸的門，希海就坐在熟悉的門廳沙發上。

「希海！」我忍不住衝過去。

「好久不見。」希海站了起來。

筆直的秀髮和以前一樣。眼鏡框不再是黑色的，換成深綠色，看起來時髦了一些，但劉海覆在臉上的樣子，完全就是我認識的希海，總覺得胸口一熱。

不曉得是不是害羞，希海拘謹地看著我。

「對了，壽壽音，恭喜妳考上大學。」她總算對我露出笑容。

「妳才是，聽說妳要去英國留學，好厲害。」

「還不是正式入學。我要先在那裡念書一年，成績夠好學校才會收。」

「天哪，太辛苦了。加油，妳一定沒問題的。」

「嗯。」

「欸，我們在東京也可以見面吧？在妳去英國以前，我們盡量多多見面吧？」

「太好了，希海。」

在一旁笑著看我們說話的秀哥哥，語氣聽起來好溫柔。看著秀哥哥點頭的希海，眼神也很柔和。

和小時候不一樣，兩人看起來就像一對感情融洽的兄妹。希海從土筆町搬到東京以後，兩人之間的距離似乎縮短了。即使希海成爲蛇田先生的養女，他們依然是兄妹。想到這裡，我不禁高興起來。

「好懷念，去我房間看看吧。」

秀哥哥往前走去。

穿過我們曾據地討論要登上英雄錄的門廳，走上樓梯。那一天感覺就像遙遠的過去，也像是昨天才發生的事。

秀哥哥打開自己房間的門。

父親似乎也沒有進來這個房間，空氣頗爲窒悶。

打開白色窗簾和窗戶，春風倏地流入室內。秀哥哥吁了一口氣，環顧四周。我和希海也跟著東張西望。

「雖然是理所當然，不過這裡完全沒變呢。」

秀哥哥從書架上抽出書本，隨意翻頁，或翻看抽屜裡面，手忽然停下。他從白色信封裡取出一張紙，打開來看。

「那時候我得知妳遇到騷擾，卻完全幫不上忙。我聽大介說了，後來眞的再也沒有發生了嗎？」

「嗯，後來就沒事了。」

大介闖進國中教室發出警告之後，我就再也沒有收到怪信。

我不經意地望向秀哥哥的手。像是貼了文字的紙上，「壽壽音」三個字躍入眼簾。

「那是什麼？給我看。」

我一把搶過那張紙，定睛細看。

「壽壽音是惡魔的小孩　妳的母親是藍雪　我永　恨妳」。

是用剪下來的文字貼成的句子，內容令我瞠目結舌。

「這是什麼？」

「原本夾在妳家大門那裡。我不想讓妳看到，便藏在我的房間。」

「什麼時候的事？」

「亞矢失蹤那天。」

記憶復甦了。後來只剩下秀哥哥在大門口說的那句「我喜歡妳」不斷在腦中盤旋。

那個時候，秀哥哥確實把一只像信封的東西揣進口袋。他是同情收到這種可怕的信的我，才會說出那種話嗎？

「怎會有人寫這種白痴東西。」希海唾棄地說。

兩人似乎只當成惡作劇，但我總覺得不是。這段文字有什麼意義嗎？

「什麼是『藍雪』？」我提出疑問。

「對耶，那是什麼？」希海也歪頭納悶地說。

「以前我在電視上看過，記不太清楚了，似乎是某個從大樓屋頂跳樓自殺的女生？」秀哥哥沒什麼自信地說。

「好怪的信。不要理會這種東西比較好，丟掉吧。」

希海伸手過來，但我總覺得無法釋懷，拿在手上看著。

收到騷擾信罵我是棄嬰時，雖然很生氣，但還能當成是壞話，忍耐下來。可是，這封信上的「恨」字，帶有強烈的惡意。

「就算要妳別在意，身為當事人，還是會覺得不舒服。」

見我沉默不語，秀哥哥出聲安慰。

「不是，我只是覺得以小孩子的惡作劇而言，有點奇怪。」

而且這封信出現在亞矢失蹤那天，這個巧合令人介意。

那天在捉迷藏中當鬼的我，對亞矢說「躲這麼近，一下子就找到啦，妳要藏好一點」。

如果亞矢是因爲這樣，跑去很遠的地方——

我爲此一再責備自己，至今仍懊悔不已。

亞矢依舊下落不明，但後來得知一個新事實。事發過了半年，由利阿姨也離開土筆町後，那天一起玩捉迷藏的同學之一，向父母坦承一件事。

「我一個人躲起來，忽然被人從後面用袋子罩住，在耳邊小聲說『敢吵鬧就殺了妳』。然後我的體育服被掀起來，身體被亂摸，我嚇到不敢反抗。然後，那人問『壽壽音在哪裡』，情急之下我說在倉庫。因爲我知道壽壽音不敢去倉庫。那人說『要是說出這件事，妳跟妳爸媽都會沒命』。後來我知道亞矢不見了，想到如果我說出這件事，自己不曉得會有什麼下場，就怕得什麼都不敢說。」

當時周圍有許多同學受到影響，悶悶不樂，也有人經常請假沒去上學。暑假結束後，我也好幾天都沒辦法去學校。那個同學恐怕一直深陷在恐懼和痛苦之中吧。

這件事是警方告訴我和父母的。

「知不知道有什麼人對你們懷恨在心？」警方刨根究柢地問，最後交代「這件事不可以說出去」。也許是顧慮到受害女國中生的感受，這件事並未正式公開，秀哥哥和大介並不知情。這起性騷擾事件與亞矢的失蹤案是否有關、偵查到什麼程度，我都無從得知。

歹徒指名找我，讓父母大受驚嚇。

這件事爲柊家帶來陰影，國中就不用說了，上高中以後，父母也一定到公車站接送我。對於不可捉摸的威脅的恐懼，隨著時間經過，總算漸漸淡薄，這時卻又冒出可疑信件。

「壽壽音，妳還好嗎？」

看到我一個人陷入沉思，希海擔心地問。

「這封信的事，不要跟我爸媽說。我不想害他們瞎操心。」

「好。可是，到底是誰、爲什麼要製作這種東西？」

秀哥哥說，但我才是最想知道的人。可以想像，有人不喜歡我——不，對我抱持著比討厭更強烈的恨意。

「這裡少了一個字。『我永　恨妳』。大概是少了『遠』這個字吧。不過發現這封信的時候，應該沒有缺字。」

聽秀哥哥這麼說，我查看信封裡面，找到一張裁剪得四四方方的小紙片。應該是漿糊劣化而脫落了吧。有厚度的紙上印刷著『遠』字。背面是褪了色的深綠色，看起來也像是從照片上裁下來的。是從雜誌之類的東西剪下來的嗎？

我把那張小紙片遞給秀哥哥，他翻過來檢查。

「其他好像也有快掉下來的字。」

我輕拉有些浮起的「永」字，輕易就撕下來了。翻過像是用美工刀割下來的紙片，上面是熟悉的建築物。

「這是不是紀念塔？」

紙上印刷著尖尖的塔頂。

這大概是航空照……

「可能是從《土筆町的歷史》剪下來的！」

我忍不住大聲說。

「我家有，等一下。」

我急忙跑出去，從家裡的書架上取出要找的那本書。

回到秀哥哥的房間，翻開那一頁。

把航空照上的紀念塔和紙片放在一起比較，一模一樣。我翻頁查看紀念塔背面寫了什麼。

是「永」字。

這個字絕對是從《土筆町的歷史》剪下來的。

《土筆町的歷史》分發給每一戶，因此只要是土筆町的居民，家裡都有。反過來說，只有居民才有這本書。

「這封信是住在土筆町的人製作的。」我盯著裁切得小小的紙片說。

秀哥哥和希海也盯著看，但沒有開口。目睹過去有人對我懷抱著惡意，或許他們都不知該如何反應才好。

「卡車要出發嘍！」

窗外傳來母親的呼喚聲。

「這件事別告訴別人。」

我再次叮囑，秀哥哥和希海默默點頭。

「東京見。」

我們這麼約定。目送兩人離開別墅，我回到自己家。

心。

「另一個驚喜如何?」

大介一臉開心。原來他知道希海來了?雖然有點不甘心,但與兩人重逢的欣喜勝過不甘心。

「希海都沒有變,總覺得好開心。她看起來跟秀哥哥感情十分融洽。」

「希海能恢復元氣,眞是太好了。」

「什麼意思?」

大介露出「不妙」的表情。我看出他有所隱瞞。

「希海發生過什麼事嗎?她生病了嗎?」

大介無奈地嘆了一口氣,向我說明:

「希海國中幾乎都沒去上學。搬到東京以後,她上學了一段時間,但不曉得是不是無法融入班上,很快就不去了。秀平十分擔心,一直留意照顧她。希海和父母似乎都處得不好。」

我一直覺得希海很堅強,沒想到她居然陷入這種狀態,肯定是遇到相當嚴重的事。

「爲什麼不告訴我?」

「我沒見到希海,只是從秀平那裡聽說而已。希海嚴厲禁止秀平告訴妳,不想害妳擔心,所以我也沒跟妳說。對不起。」

從以前開始,希海就絕對不會向我示弱。這很像希海的作風,但如果可以,我希望能幫上她。

「可是,希海成爲蛇田先生的養女後,慢慢好起來了。自從希海搬出家裡,秀平經常去找她,教她功課。不過,他反對希海去英國留學,畢竟還是會擔心吧。」

秀哥哥關心分開生活的妹妹,這份體貼,希海應該感受到了吧。從剛才兩人之間溫暖的氛圍也看得出來。

「原來希海也有一段難熬的時期。不過希海本來就很堅強，就算去了英國，也絕對沒問題。」

我打從心底祈禱希海的新生活充滿光明。

「那麼，我們先出發嘍。」

大介從卡車的副駕駛座上舉手說。

「謝謝，麻煩你們了。」

我向坐在駕駛座的大介的前輩行禮。卡車發出引擎聲，揚長而去。

「大介的前輩休假卻被拖來搬家，實在倒楣。不過，這下就知道大介的職場很不錯，可以放心。」

父親顯得十分欣慰。

「露營車沒辦法載床和書桌，眞的很感謝他們。」

卡車都不見蹤影了，母親卻還在行禮。

「好了，我們也出發吧。」

「好好好。」

父親和母親都很起勁，打算開露營車送我去東京。我覺得被當成小孩子對待，有點難爲情，但母親似乎是最期待的一個。因爲我們家很久沒有親子三人一起長程兜風了。

「快點出發吧，免得落後大介太多。由利他們也在等我們。」

和土筆町道別的時候到了。我仰望紀念塔，牢牢地烙印在眼底，將一抹不安驅趕到內心角落，同時告訴自己：沒事的，在這裡度過的幸福回憶不會消失。

從窗簾透入的光影搖曳著。我按停鬧鐘，爬出床鋪。我向來是個晨型人，今天身體卻有些沉重。因爲昨晚處理戲劇社學長姊拜託的資料，弄到三更半夜。

我開窗讓早晨的空氣進來，眺望街景。公寓所在的文京區根津，在東京似乎算是綠意較多的地方，但到處架設著電線，天空感覺十分狹小。來到東京已過兩個月，我到現在仍不習慣醒來後從窗戶看出去的景色。

但我很喜歡這個街區。這裡有不少寺院，寧靜而富有風情的氛圍讓人感到自在愜意。

從公寓步行約二十分鐘，就是蓮見醫生的家。

蓮見家也是融入街景的木造獨棟房屋。原本是由利阿姨的娘家，母親病逝以後，他們擔心獨居的父親，亞矢又剛好出生，便搬過去一起住。聽說由利阿姨的父親是神社工匠，玄關展示著歷史悠久的木匠工具。由利阿姨說，或許是因爲從事維護傳統的工作，她的父親性情十分頑固。搬過來一起住不到一年，父親也過世了，蓮見家成了三人家庭。亞矢失蹤以後，到今年夏天是第六年了。現在只有夫妻倆一起生活。

大學放學和假日的時候，我偶爾會過去拜訪。

走廊上並排著紙門，最裡面的房間永遠是關著的。有一次紙門微開，我好奇偷瞄了一下，瞥見兒童書桌和書包，立刻又拉上門。一定是爲亞矢準備的，好讓她任何時候回來都可以使用。想像著兩人的感受，我心痛不已。

即使是旁人，也能輕易看出由利阿姨努力表現開朗。我盡量維持歡樂的對話，但實在沒有自信能派上用場。

聽說警方的搜索規模日漸縮小，但由利阿姨相信亞矢還活著。交談時，她會若無其事地說「亞矢明年就要上國中，制服該怎麼辦」、「得幫亞矢買新鞋子才行」。

看到由利阿姨這副模樣，我不禁認眞思考自己能爲她做什麼。

亞矢失蹤當天找到的信，讓我耿耿於懷。那些怨恨我的文字，就是無法從腦中揮除。雖然可能單純是同學對我的騷擾，可是，我實在不認爲那是小孩子做出來的東西。

那天發生三件事。

首先，同學遇到性騷擾，歹徒指名要找我。

第二，有人留下給我的信。

第三，亞矢失蹤。

同一天發生這三件事，實在不太可能是巧合。三者之間似乎有某些關聯。

我從信上提及的「藍雪」開始調查。

來到東京以後，秀哥哥聯絡了我，他也幫忙調查。他還建議我可以去國會圖書館查閱以前的報紙。

我查到「藍雪」是一名從大樓屋頂跳樓自殺的少女。

信件內容指出，我的母親就是那名少女，但秀哥哥認爲這沒什麼可信度。不過，如果能讓我釋然，他應該會願意陪我調查到底。

秀哥哥的體貼讓我非常開心。

深入調查之後，我發現了關於「藍雪」的幾項詳情。

事件發生在距今十八年前，平成三年（一九九一年）十二月二十七日夜晚。得知這件事發生於我被丟棄在柊家門口的一星期以後，我內心一陣不安——儘管完全找不到被稱爲「藍雪」的少女才剛生完小孩的描述。

事發地點在東京都千代田區神田神保町。

藍雪當時十八歲。因爲未成年，新聞媒體沒有報出她的名字等個人資訊。

藍雪使用毒品後，從大樓屋頂跳樓自殺。

報導中提到，她的母親是個毒蟲，多次吸毒被逮捕，她可能是受到母親的影響而染毒。更糟的是，跳樓的少女撞到了經過大樓下方的女子。

受害者是一名女星——富根美咲，她和八歲的女兒奈那經過該地，慘遭波及而死。女兒沒有受傷。

女兒聽見跳樓少女斷氣前說了一句「藍色的雪」，此後少女便被稱爲「藍雪」。傳聞事發當日下著雪，可能是吸毒產生幻覺，導致她把雪看成藍色的。

有人目擊女星反射性地保護女兒，這讓週刊雜誌和電視報導紛紛推出「捨身救女的悲劇母親」等賺人熱淚的報導。媒體並揭露事發當晚，富根美咲和女兒剛去丈夫經營的「鷹野洋食」用完餐，正在返家的路上。

「壽壽音是惡魔的小孩　妳的母親是藍雪　我永遠恨妳」。

如果信件內容屬實，表示有人憎恨我。

我強烈地感覺到，這與亞矢的失蹤有某些關聯。

不能置之不理。

所以我一來到東京，便立刻聯絡神山刑警。

第一次見到神山武史先生，是在我八歲的時候，等於我們已認識十年。當時神山先生是派出所警員，他推著坐輪椅的祖父，和母親一起來到紀念塔。看到我父親遞過去的本子，輪椅老人哭了起來。我第一次看到大人哭得那麼慘。

家人溫柔地陪伴老人的景象，至今仍留存在我的心中。

後來神山先生經常一個人來訪，也曾出現在我和父親的露營車旅行的地點。他稱我為「第十六代」，我說「很害羞耶，不要這樣叫啦」，結果他改口叫我「小姐」。我說這樣也很討厭，但他似乎相當中意這個稱呼，老是叫我「小姐、小姐」，漸漸地我也習慣了。

「小姐是重要的第十六代。」神山先生很疼我，什麼都聽我的。他在露營車裡陪我玩黑白棋和撲克牌，直到我贏為止，也是一段快樂的回憶。

我上高一的時候，他來到我家報告好消息，說他終於如願成為刑警。我趁機問了一直記掛在心，卻都沒有問出口的事。也就是神山先生的祖父的事。

紀念塔的本子裡只記錄姓名。以前我問過父親：「為什麼不寫下記錄名字的理由呢？只有名字，別人不曉得他做了什麼事啊。」

「自己做過的事，自己瞭然於心。這樣就夠了。」父親明確地回答。

上了國中以後，我著手把從父親那裡聽到的英雄們的事蹟整理成檔案。不為人知、為了他人而做的充滿勇氣的各種行動。名字列在本子上的人們，都有自己的一段故事。其實，我希望有一天能把這些英雄事蹟改編成戲劇。我命名為「英雄物語」的檔案裡，也記錄了神山家的故事。

【神山一雄在煤礦小鎮和妻子兩個人經營居酒屋。兒子武男國中畢業後，成為礦山工人，二十二歲時結婚。當時煤礦小鎮人口眾多，正值鼎盛時期，有許多煤礦工人上門光顧，居酒屋生意火熱。礦工們住在簡陋的連棟住宅裡，一同從事風險極高的工作，向心力極強。

孫子武史出生的那一年，發生一場大事故，一雄的兒子武男在礦坑中喪命。塵爆與一氧化碳中毒導致許多人犧牲。因為有二次災害的危險，遲遲沒有展開救援行動。

武男的遺體被找到以後，一雄仍每天製作大量的飯糰送到現場。即使旁人都說不曉得何時又會發生爆炸、很危險不要靠近，他也堅持要送飯糰。

事故平息後，礦山也關閉了。因採礦而興盛的小鎮，由於居民四散，經濟急速衰退。一雄夫妻把居酒屋收了，帶著兒媳和年幼的孫子離開小鎮。

事故發生的十年後，柊從塵爆事故救援隊的成員口中得知這樣的事：

「礦坑的救援隊，全由精挑細選的資深礦工所組成。我們必須深入發生爆炸的礦坑內，等於是一支敢死隊。每個人都明白發生二次災害的風險，但還是為了救出同伴，勇往直前。有些人救回來了，有些人無力回天，現場宛如地獄。我們都有犧牲性命的覺悟，奮不顧身，彷彿在戰場前線。如今回想，仍心有餘悸。然而在這種時候，卻有人每天送飯糰過來。那悲慘的現場，讓人連進食的力氣都沒了，但對方總是遞出飯糰說『不管怎樣，吃一些吧』。我接下飯糰，勉強塞進嘴裡咀嚼。飯糰真的很好吃，大叔說『明天我還會送來』，他的表情我一輩子都忘不了。大叔帶給我勇氣和希望，我決心要活到明天，再吃到他的飯糰。」

柊找到了神山一雄，告訴他本子的事。

「我根本沒幫上什麼忙。比起我，可以把我兒子的名字寫上去嗎？」

一雄噙著淚說。

「我的兒子武男，在那天發生爆炸後，立刻自己逃出來了。接著在救援隊趕來以前，逃出礦坑的人火速組成搜救隊。搜救隊的任務是再次進入礦坑，救出同伴。聽說武男志願加入，領頭進入礦坑。如果他繼續留在坑外，就不會死了。武男不是被捲進事故喪命，而是為了拯救同伴，做出英勇的行動。但到了今天，已無人知道武男的義舉。」】

神山一雄老先生的孫子，就是稱我為「小姐」的神山先生。那個時候我看到的，是對著寫有兒子姓名的本子垂淚的神山一雄老先生。

告訴我神山家的故事以後，神山先生說：

「看過本子的半年後，祖父就去世了。他走得十分安詳。透過那本子，我得知不只是祖父，原來在我出生不久就逝世、連長相都不記得的父親，是如此令人驕傲、值得尊敬，我真的很開心。我希望自己這輩子能夠活得不愧對他們兩位。」

我認為神山先生會成為刑警，或許也是受到祖父和父親的影響。

神山先生是可以信賴的人。

我把事發當天家門口放著怪信的新事證，以及內心萌生的疑問，坦率地說出來，神山先生認真聆聽。

「給我一點時間，我來調查看看。」他這麼說，然而兩個月過去，卻沒有半點消息。

今天下午，我和秀哥哥約在神保町碰面。我想親眼看一下事發現場和「鷹野洋食」餐廳。

事發現場的大樓附近，那家餐廳還在營業。過世的富根美咲的丈夫鷹野宏，是曾在電視節目《廚師大對決》中登場的知名大廚，現在好像再婚了，但他是可能對藍雪懷恨在心的頭號嫌犯。

或許他會在店裡，我探頭窺看。

「今天晚點回去沒關係嗎？」

秀哥哥問，我反射性地點點頭。秀哥哥要我等一下，自己先進入餐廳。

「我預約了六點。剛好有人取消訂位，眞幸運。」

「可是……」

面對突如其來的發展，我頓時不知所措。而且我身上沒帶什麼錢。

「算是爲妳來東京接風，讓我請客吧。」

看到秀哥哥開懷的笑容，我決定恭敬不如從命。幸好今天穿的是洋裝。鞋子不是有跟的，有點丟臉，但也沒辦法了。

我們一起逛書店打發時間到六點。我看著秀哥哥瀏覽艱澀的醫學書籍的側臉。那是找到屬於自己的道路的人堅毅的身影。

「好的。」

佩戴蝴蝶領結的服務生拿著菜單離開了。

我輕輕地吁了一口氣。土筆町也有餐廳，但這裡的菜單全是天書般奇妙的菜名，我看不出到底是什麼，傷透腦筋，於是秀哥哥挑了幾道菜，並爲自己點了啤酒，替我點了薑汁汽水。

秀哥哥滿二十歲了，他以熟練的動作喝著倒進杯中的啤酒。的場家的長子、一直在都市成長的秀哥哥，和在土筆町長大、剛來到東京的我這個鄉下女孩。我切身感受到成長環境的差異。

「好棒的餐廳。」

我活潑地說，以免被看出內心感受。

「嗯。沒看到廚師呢。」

秀哥哥望著店內深處。店內有許多張圓桌，一半坐滿客人。空桌上擺著「已預約」的牌子，所以應該是客滿吧。如果不是有人取消訂位，根本無法進來用餐。如同秀哥哥說的，我們運氣很好。

秀哥哥問了我各種問題，我說了許多國高中的事。聽到土筆町的老人家鬧出的笑談，秀哥哥哈哈笑出聲來，我們忍不住同時東張西望。

但其他客人都專心聊天，似乎不在意我們的笑聲。

我把從未告訴過任何人的夢想，也告訴了秀哥哥。就是將來我要成立一個劇團，在「綠展館」上演以英雄爲題材的戲劇。約莫是秀哥哥營造出容易傾吐話語的氛圍的關係吧。

秀哥哥也告訴我大學的事，還有之前提過的夢想。他的夢想宏大，不光是成爲醫生，還要在政界活躍，打造出有困難的人都能獲得支援的社會。

「雖然現在說這些有點晚，不過要成爲獨當一面的醫生，實在很辛苦。專業技術不用說，還需要具備溫暖的人性，以及強大的精神力。蓮見醫生是我的目標。大介以前是蓮見醫生的病人，但對大介來說，蓮見醫生不僅是恩人，也是畢生尊敬的人。蓮見醫生跨越了各種苦難，克盡身爲醫師的職責，我覺得他非常厲害。」

秀哥哥說「跨越」，實際上究竟是怎麼樣呢？

亞矢的失蹤並未結案。什麼都沒有解決。只要沒有亞矢已死的證據，蓮見醫生和由利阿姨應該都不會放棄。

「今天的菜色還可以嗎？」

傳來廚師巡視各桌，向客人致意的聲音。廚師從鄰桌走近我們的桌位。

「菜色很棒。」

秀哥哥頷首回應廚師。廚師也對我投以詢問的眼神，我勉強擠出話：

「很好吃。」

「謝謝。」

眼鏡底下的眼角擠出深紋。鷹野宏，妻子被「藍雪」奪走性命的男子，他的臉上露出平靜的笑容，但內心究竟是何想法，無人知曉。

離開餐廳時快九點了，秀哥哥送我到車站。

「今天謝謝你陪我，還有謝謝你請客。」

我道謝後，就要走向驗票閘門。

「壽壽音。」

秀哥哥叫住我，我回過頭。秀哥哥露出迫切的眼神，抓住我的手，把我拉到柱子後面。

「我想要明白地傳達我的心意。我一直很喜歡妳。」

我以為呼吸要停了，可是心臟劇烈地鼓動著，我幾乎要擔心秀哥哥會聽見。

我的心追不上這意想不到的表白。明明被初戀對象告白了，我應該會高興不已，卻怎麼樣都說不出話來。

「如果嚇到妳，我向妳道歉。我只是想讓妳知道，我是認眞的。」

秀哥哥放開了我的手。

「我會再聯絡妳。」

我目送著他快步離去的背影，直到再也看不見。

剛剛被抓住的手臂隱隱作痛，胸口漸漸灼熱起來。我踏上歸途，反芻著秀哥哥的話，不願忘記一字一句。

一星期後，神山先生打電話來，我們約好直接碰面詳談。至於秀哥哥，還沒有任何聯絡。

我仰望著完全不像梅雨季的爽朗天空，前往約定的地點。我提前五分鐘抵達，但神山先生已在大學教室前的草坪廣場上。他坐在長椅上，向我舉起一手。

上午的校園內，沒有學生在廣場上休憩。

「今天謝謝你來。你這麼忙，還讓你特地跑一趟，眞不好意思。」

「只要是小姐的要求，我不辭千里。有事儘管吩咐吧。」

神山先生以他一貫的活潑語氣說。

「查到什麼了嗎？」

我性急地問，神山先生的神色頓時沉了下來：

「我一直約不到承辦該案的長野縣警刑警，才會拖了這麼久。縣警那邊似乎認爲是迷路後發生意外，或是遭到動物攻擊，最後被隔天的大雨沖進河裡。縣警說偵查還在繼續，但幾乎不可能涉及犯罪。」

「那麼，當天指名問我在哪裡的那個人呢？」

「縣警似乎認定小姐的同學的證詞是虛構的。因爲她過了半年以後才跳出來指控，而且警方收到情報，說她以前撒過謊，還有……」

神山先生別開目光，有些欲言又止。

「什麼？」

「縣警認爲小姐當時受到霸凌，所以可能是同學惡作劇，搬出妳的名字。」

「我才沒有被霸凌。雖然遇過一些騷擾啦。而且那個女生不是會撒謊的人。」

「我也曾提出質疑，國中女生不可能編造出自己遭人性騷擾的情節。但對方含糊以對，說那個年紀的小孩子心思很複雜。」

「那麼，那封拼貼出來的信呢？」

「對方收下了，卻沒當一回事，說應該只是單純的惡作劇。」

我感到十分氣憤，既然沒有其他線索，調查一下也不爲過吧？或許是察覺我的不滿，神山先生揭曉內情：

「這是我個人的猜測，但我總覺得亞矢小妹妹的失蹤案，偵查上受到看不見的力量阻撓。我強烈地感受到一股『不要來蹚這案子的渾水』的壓力。」

我不解地歪頭，神山先生低著臉，微微搖頭說：

「事發現場是當時國家公安委員會的委員長、現任黨幹事長的場照秀的土地。從一開始，的場先生就主張是意外事故，應該是不希望自己的別墅發生什麼醜聞。他宣稱那是幼童落水失蹤的不幸事故。事實上，這樣的事情並非沒有前例。我看是早就安排好，要以意外事故結案。明明說還在偵辦中，我詢問的那名刑警卻感覺不到絲毫幹勁。想想家屬的心情，眞教人情何以堪。」

原本我還期待會有什麼進展，這下完全落空了。絕望感鋪天蓋地而來，但我還是向專程去長野一趟的神山先生表達謝意。

「小姐，雖然是好幾年前的事了，不過有人送那樣一封信給妳是事實。千萬要小心自身安全，不管有什麼事，都請馬上聯絡我。」

神山先生如此叮囑後，逆著前往教室的學生人潮離去。

我一個人在長椅上恍惚地坐了好半晌。這樣下去，亞矢的失蹤會被當成單純的事故，搜索行動也會結束。

爲了仍不放棄的由利阿姨，不管再怎麼細微的線索，我都想要追查下去。如果亞矢是被人帶走的，我想要追查可能與那個人有關的線索。我還是無法放棄那個人與當天留下的怪信有關的想法。

自從那次突然的告白後，我一直沒有和秀哥哥碰面。由我主動聯絡，總覺得怪不好意思的，但我認爲應該盡快把神山先生的話轉告給他。

「壽壽音？」

秀哥哥接電話的聲音一如往常，我鬆了一口氣。

「今天我跟神山先生碰面了。」

我轉達從神山先生那裡得到的情報。

「我也有話要跟妳說。下星期三妳有空嗎？其實我約到一個人，他知道『藍雪』的事。」

「眞的嗎？」

「我跟對方約好星期三下午三點碰面，妳方便嗎？」

秀哥哥有些激動地告訴我來龍去脈。

大學校慶時，法律系的同好舉辦了模擬法庭。這個活動似乎相當受歡迎，是深入挖掘一個主題的法庭劇。今年的主題是「未成年犯罪報導的理想樣貌」，其中提到了「藍雪」的案子。

於是，秀哥哥試著詢問參加模擬法庭的法律系朋友，得知關於「藍雪」的情報，是透過某位律師校友的協助取得。秀哥哥拜託朋友，聯絡上那位石戶律師，約好見面。

秀哥哥說明完後，我們約定碰面時間和地點，結束通話。對話的感覺和過去一樣，我鬆了一口氣，卻有些不滿足，心情實在複雜。聽到秀哥哥說喜歡我，我的內心仍一片混亂。明明我一直暗戀著秀哥哥，爲什麼沒辦法馬上說出自己的心意呢？

理由一定不只是「太出乎意料」而已。因爲在內心某處，我感覺到我們居住的世界相差太懸殊了。唯有小時候可以不顧一切，單純地喜歡著對方。

看到寫著「妳的母親是藍雪」的信件以後，一直深藏在我心底的疑問滾滾冒出。

「生下我的，是怎樣的人呢？」

絕對不能詢問任何人。想知道生母是誰，是不應該的事嗎？會有人知道答案嗎？

石戶法律事務所位在山手線電車的目白站。來到車站前，我發現這個地方似曾相識。搬家那天，父親從土筆町開露營車載我來東京。當時行經目白，從車窗看到的就是這片景色。經過學習院大學，開了一段路後，出現一棟格外醒目的豪宅，父親說那是蓮見醫生的老家，那氣派的程度讓我大吃一驚，留下深刻的印象。

「石戶律師還擔任町會長，也積極參與社區祭典等活動。把他介紹給我的朋友說，律師很熱心，一定會知無不言，還笑說律師爲人海派，相當有趣，但愛說冷笑話，要配合他有點累人。」

秀哥哥愉快地說著，彷彿要緩和我的緊張。也許我的表情在不知不覺間變得僵硬了。雖然緊張的理由已不知是要見石戶律師，還是意識到秀哥哥的關係。

從站前大馬路走進巷弄，往前一小段路，馬上就看到石戶法律事務所的招牌。古色古香的招牌讓人感受到悠久的歷史。行政人員領著我們到一個房間。

「歡迎光臨，請那邊坐。」

年約七旬、滿頭銀髮的石戶律師笑吟吟地迎接我們，搖晃著大肚腩坐到沙發上。

「我是的場秀平。今天承蒙律師在百忙之中撥冗接見，眞的很感謝。」

石戶律師讚許地看著有模有樣寒暄的秀哥哥。

「我曾在某場宴會上，和的場幹事長打過一次招呼。你就是他的兒子啊？長得比父親還帥。我們校友之間也會談到你，聽說你非常優秀。」

「哪裡，我要學的還很多。」

秀哥哥熟練地避開有關父親的話題。

「這位是柊壽壽音同學。這次她想要創作以『藍雪』爲題材的劇本，在大學上演，希望能向石戶律師求教。」

「既然是大學學弟，又是的場幹事長公子的請託，我怎麼可能拒絕？」

石戶律師誇張地擺出歌舞伎演員的亮相手勢。秀哥哥笑了，但不知爲何，我臉頰僵硬到笑不出來。

「謝謝律師。那麼，我們直接進入正題，可以請律師告訴我們，您所知道的眞實的『藍雪』嗎？」

「事發後，我得知她就住在這附近。是公寓房東來找我商量的。『藍雪』無依無靠，房東不曉得該怎麼處理她留下來的遺物。如果你們想和房東談，我可以替你們聯絡。老實說，我對她本人並不怎麼瞭解。」

「她當時在念書嗎？」

「不是，聽說她在商店街的豐丸超市上班。你們也要跟超市老闆談談嗎？」

秀哥哥轉向我，貌似詢問，我立刻點頭：

「拜託了。」

石戶律師移動到辦公桌前，拿起話筒。他沉默了片刻，說：

「跑去哪裡摸魚了，怎麼不接電話？」

他放下話筒，我忍不住輕笑。石戶律師帶著笑意看向我，站起來說：

「唔，你們直接過去吧，說是我介紹的就行了。」

秀哥哥和我立刻起身道謝。

離開前，石戶律師行禮說：「請代我向的場幹事長問好。」秀哥哥大方地再次行禮回應。不管去哪裡對方都會提到父親的名字，原來這對秀哥哥來說是理所當然的事，我不禁暗想。

傍晚的商店街活力洋溢。我們小心避開川流不息的採買客人前進。豐丸超市的店頭陳列著香蕉和高麗菜等，許多客人拿起購物籃走入店內。

秀哥哥向門口的店員搭話：「請問老闆在嗎？」我靠到旁邊以免擋路。這時，我忽然感覺到一道視線。採買的人潮另一頭，有個男人停下腳步，直盯著我。戴帽子穿夾克的男人，隨即別開目光，轉身鑽進小巷。眞是奇怪。

「壽壽音。」

聽到秀哥哥的叫喚，我連忙進入店內，跟在秀哥哥後面，前往像是辦公室的房間。

「抱歉，在您忙碌的時候打擾。」

「既然是石戶老哥介紹的，那也沒辦法。請坐。」

脖子上綁著手巾的五十開外男子，請我們坐在折疊椅上。

「我是店長豐田，你們想問什麼？」

他從口袋裡掏出香菸點燃。

「唔，我們聽說『藍雪』生前在這裡上班……」

「什麼，原來是記者？」店長露骨地擺臭臉。

「不是的，我們是石戶律師的大學學弟妹。這次要在校內上演以『藍雪』爲題材的戲劇，所以正在調查她的事，想要更進一步瞭解她。」

秀哥哥當場否定。

「這樣啊，那我就告訴你們吧。不過，要是演出來的戲不好看，我可不會放過你們。還有，不要叫她什麼『藍雪』，她的名字是乃蒼。居然給她取那種亂七八糟的綽號，我到現在都還很氣不過。」

店長朝著天花板吐煙。

「你們知道乃蒼她媽媽的事嗎？」

「是的，當時的報導說她有毒癮。」

「乃蒼國中畢業後就來我這裡上班了。她好像一直在安置機構和母親那裡來來去去。她個頭嬌小，總是穿著全套運動服，是個乖巧的孩子。在我這裡上班的時候，她一天都沒有請過假，也不曾遲到。休息時間她經常在看書，或許是想再多精進課業吧。她話不多，但一笑就會浮現酒窩，很可愛。」

店長把菸摁熄在菸灰缸裡。

「事發當時，她還在這裡上班嗎？」

「沒有，大概半年前辭職了。她突然說要辭職，我嚇了一跳，拚命挽留，但她辭意堅定。

就算問她理由，她也不說。她乖是乖，但也有頑固的地方。」

店長大大地嘆了一口氣：

「所以，辭職到出事的期間她在做什麼，我也不知道。刑警說她就是在這段期間染上毒癮，我才不信。乃蒼打從心底憎恨毀掉她母親的毒品。她說過，雖然現在完全不想看到母親，但只要母親願意戒毒，她想要再次和母親一起生活。我才不信她會主動去吸毒。到底是出了什麼事啊？」

店長用手巾抹去額頭的汗水。

「不要把她寫成壞人，拜託。她真的是個好女孩。」

直到最後，店長都在爲乃蒼說話。

天色漸暗，商店街的照明逐漸亮起。

過去一直是遙遠的存在的「藍雪」，變成名叫乃蒼的女孩浮現出來。

我在秀哥哥的催促下，彎過霓虹燈閃爍的柏青哥店轉角。

「好像是那裡。」

秀哥哥伸手指道。木造雙層公寓「和平莊」似乎保留著當時的原貌，沒有改變。聽說公寓旁邊的香菸鋪就是房東家。

「晚安。」

「來嘍。」

屋內一名中年婦人笑咪咪地走了出來。

「石戶律師介紹我們來這裡，想請教乃蒼小姐的事。」

「啊，剛才律師打過電話。雖然我不太願意回想，但既然是律師的拜託，也沒辦法拒絕。只要是我知道的事，都會告訴你們。」

「謝謝。」

「叫她什麼『藍雪』，眞是過分。啊，你們知道乃蒼的名字？」

「剛才豐丸超市的店長告訴我們的。」

「阿豐眞是個大嘴巴。哎，算了，畢竟是快二十年前的事了。阿豐跟我是同學啦。我們一直住在這裡，認識多久都快數不清嘍，眞是孽緣。」

婦人解開圍裙，請我們在牆邊的椅子坐下。見對方個性直爽，我的緊張和緩不少。之前都靠秀哥哥發問，這次我主動問道：

「乃蒼小姐生前是怎樣的人？」

「印象最深的是髮型吧。她頭髮剪得很短，像個男生。我勸她留長一點，她就笑著說『我喜歡這樣，洗頭很方便』。」

「當時她有男朋友嗎？」

「男朋友？應該沒有。當時公寓的房東是我爸，她有時會在工房跟我爸聊天，或許我爸知道什麼，但他住院了。」

「工房？」

「我們家以前也開飾品工房，我爸是師傅，工房的一部分就是商店。不過他是個頑固又偏執的老師傅，沒什麼客人上門。可是他手藝很好，有時會接到訂單，幫人製作獨一無二的飾品。現在不做了，但全部收掉，我爸未免太可憐，所以像這樣裝飾起來。」

房東指著牆壁說道。隨意釘在牆面的圖釘上，掛著約二十條項鍊。底下的薄木板架陳列著數枚戒指。有許多款式獨特的飾品。

「乃蒼喜歡飾品，經常過來。她會看我爸工作，說『好厲害』，我爸很單純，聽了就開心。對了，有一次我在場，我爸難得調侃她說『等妳交了男朋友，叫他訂個飾品送妳，我幫妳做個特別好的』，她整張臉都紅了，連忙否定『我才沒有男朋友』。那女孩眞的很純情。警方也來問她有沒有男人，但我根本無法想像。」

「聽說她在事發半年前辭掉超市的工作，她還是一樣住在這裡嗎？」

「這個啊，我爸說她好像要離開一段時間，但會再回來，於是先預付了半年的房租。」

總覺得不對勁。這段期間，她打算去哪裡？

這半年的空白令人好奇。從超市店長和房東的描述聽來，乃蒼是個認眞乖巧的女生。應該是這半年間發生了什麼事吧。

「可是我不清楚詳細情況。得知乃蒼出事的時候，我爸大受打擊，後來就絕口不提她了。」

「她過世以後，沒人來領取她的遺物嗎？」

「對啊，沒人來。她母親沒有聯絡，我們也不想去找。坦白講，我們才不想跟那種母親有任何牽扯。而且那時候我們整天都被媒體記者包圍，根本沒空管那些事。一出去就被堵，連一步都出不了門，眞是受夠了。」

「她以前住的那一室呢？」

「那件事鬧得太大，沒辦法再租人，那一室現在成了倉庫，當時的租客也全搬走了。不過，幸好她不是死在這裡，所以又陸續租了出去。」

這麼說來，乃蒼是在神保町的大樓跳樓的。爲什麼她會選擇那裡？

「一包七星菸。」

「來了！」

有客人上門，房東站了起來。我附耳對一直默默聆聽的秀哥哥說：「差不多該走了。」看到擱在椅子上的圍裙，我想到現在是傍晚忙碌的時段。

「謝謝您的幫忙。」

我向招呼完客人的房東道謝。

「要是我爸在就好了，但他可能不太願意提起往事。因爲我爸很疼乃蒼，對他來說是難過的回憶。」

「請令尊多多保重。」秀哥哥說。

「說是住院，其實只是跌倒骨折而已。沒什麼大不了的，過段時間就會痊癒。」房東答道。

走出店外，我瞥見電線桿後面有人影動了。是穿夾克的男人。跟剛才在超市門口看到的是同一個人嗎？難道他在跟蹤我們？

「怎麼了？」

「嗯……」

我不曉得該不該說出來，只好含糊回應。

「妳累了吧？要不要坐一下？」

我們在小公園的長椅並坐下來。天黑後的公園裡，看不到玩耍的孩童。

「妳的母親是藍雪」。

這些文字浮現腦海。如果這是事實，等於是乃蒼在這空白的半年間產子，然後把生下來的我放在柊家前面。以時間來看，是有可能的，但找不到乃蒼與柊家之間的連結。為什麼非把嬰兒抱到土筆町不可？

「那封信到底是誰留下的？」我忍不住脫口而出。

「冷靜下來。」

秀哥哥看著我的臉。他就在離我這麼近的地方。

來到東京以後，隨著見面的次數增加，我們之間的差異逐漸突顯出來。果然是居住的世界不同嗎？秀哥哥的父親地位不凡，他也注定走向不凡的未來。

位在港區白金的的場家，我只去過一次。是完全符合「豪宅」印象的宏偉日式房屋。圍牆又高又長，最重要的是門口有警察站崗護衛，我再次感受到的場先生有多位高權重。

許久不見的的場夫人變得生氣勃勃，判若兩人。她本來就漂亮，但現在完全是個都會貴婦，雍容華貴。東京的生活才符合她的個性吧。她在土筆町的時候給人體弱多病的印象，因此我很驚訝。

「之前我跟希海見面了。」

當時我不小心這麼說，連忙閉上了嘴。在我的眼中，的場夫人現在依然是希海的母親，但希海已是蛇田先生的養女。

「這樣啊。」

的場夫人面不改色地回答，但感覺得出語氣中的冰冷。雖然無法分辨那是針對我，還是針對希海。在走廊擦身而過時，蛇田先生說：

「壽壽音小姐，妳考上東京的大學了呢。妳似乎經常跟秀平少爺見面？」

那彷彿刺探的話中也散發出一股冰寒之氣。

我是棄嬰的事實無法改變。

或許我是「藍雪」的孩子，即使不是，也不曉得是誰的孩子。

秀哥哥注視著我。

「壽壽音。」

他柔聲呼喚我的名字。

爲什麼我不能撲進他的懷裡？

秀哥哥的臉靠近，我放鬆肩膀，閉上眼睛。溫暖的觸感從唇上傳來。胸口小鹿亂撞。嘴唇離開，我被緊緊擁抱。

「你是我的初戀。」

我終於說出口。

秀哥哥鬆了一口氣似地笑道：

「那樣的話，妳應該早點告訴我啊。」

他摟著我的肩膀，我們並坐在長椅上。

「選了我好嗎？」我依然十分不安。

「我只要妳。」

我回望筆直注視著我的那雙眼睛。

我再也無所畏懼。相信秀哥哥，跟著他走吧。我片刻都不願再與他分離。原本封印的感情滿溢而出。

「秀哥哥，我喜歡你。」

再也回不去了。秀哥哥摟著我的手臂益發用力。這樣近距離感受到秀哥哥的體溫，我不可能再次與他分離。

隔天，世界彷彿煥然一新。我有了心愛的人，有人深愛著我。我從來沒有這麼幸福過。修成正果的人，每個人都是這樣的心情嗎？

秀哥哥說要立刻向大介報告我們交往的事。我覺得難爲情，表示「不用特地說吧」，馬上被打了回票。

「我們三人之間，絕不能有任何祕密。」這是秀哥哥的想法。

不過，我要求暫時不要告訴蓮見醫生他們，這一點他倒是答應了。我當然打算向他們報告，但現在還不是時候。

秀哥哥打電話來說，大介要招待我們去他工作的餐廳，希海也會去。我去了髮廊，第一次稍微染了一下頭髮，迎接這一天。

秀哥哥告訴我的那家築地的餐廳，得從大馬路進入巷弄內，位在一處安靜的地點。穿過氣派的大門，經過石板地，一名身穿和服的女子在玄關迎接我。旁邊豎著一塊看板，寫著「的場先生訂位」。

服務生將我領至和室包廂，秀哥哥和希海已面對面坐在那裡。我坐到希海旁邊。淡綠色的洋裝很適合她。

「好棒的店。」

我刻意不對秀哥哥或希海，而是模稜兩可地說。也因爲在壁龕前跪坐的關係，有些緊張。

包廂面對中庭，看得到水池。我望向玻璃拉門外，只見池裡有鯉魚悠游。

「哇，好大的鯉魚。希海，妳看，那隻好肥。」

我走到玻璃門旁，向希海招手。希海慢條斯理地站起，走到我身邊。

「眞的耶，會不會太肥？」

希海在旁邊笑著。這種感覺好懷念。

「總覺得好像回到小時候。」

後方傳來秀哥哥開心的話聲。

紙門打開，服務生進來。我連忙回到座位，在鬆軟的座墊坐下來。

「今天感謝各位的光臨。」

和服女子寒暄道，爲每個人擺放濕毛巾。飲料上桌，秀哥哥舉杯：

「來乾杯吧！」

我們開始用餐。

接連上桌的料理讓我興奮不已。第一次品嘗河豚套餐，不管是生魚片、炸物或鍋物，都美味到令人感動。

「英國一定很棒吧！英國的庭園也很有名不是嗎？哪天我也想去看看。」

「那裡好像經常下雨，即使是夏天，氣溫也不會太高，一定很舒適。」

「哥哥還幫我調查氣候和服裝，上次也陪我一起去買東西。」

希海開心地說。

「我怕希海冷到就不好了，挑了很多東西給她，她卻說用不到那麼多。」

看到他們兄妹感情這麼好，眞教人羨慕。

「一開始聽到妳要去英國留學，我實在擔心，但後來覺得既然妳想要去挑戰，還是得支持妳才行。」

「畢竟哥哥爲我擔心了那麼多……」

希海低下頭來。

「從小到大，我曾遭遇許多痛苦難過的事，但蛇田爸爸說不可以永遠這麼消極，要我去英國展開新生活。爸爸眞的很替我著想。」

大介向我提過，希海搬到東京以後，曾爲了學校生活，以及和父母之間的關係煩惱。不在規畫中的轉學與生活的變化，想必讓人難以適應。連留在故鄉的我，升上國中的時候都相當不安。被拋進沒有半個朋友的陌生環境，希海是什麼感受？光想我就心痛不已。如果那個時候可以多多支持希海就好了。

「我總覺得，父母對我這個繼承人和希海，態度相差太多了。都什麼時代了，居然還這樣重男輕女，未免太食古不化。聽到希海要給蛇田先生當養女時，我很不願意。可是希海喜歡蛇田先生，而且現在我覺得以結果來說，這麼做是對的。」

「嗯，蛇田爸爸說會保護我。」

希海直視著前方說道。感受到她蛻變新生的決心，我覺得很高興。

「希海，妳要加油。」

「謝謝。」

希海很普通地回應，我卻不知爲何有點想哭，連忙用手帕按住眼角。

「怎麼樣，我們餐廳的菜很棒吧？希海和壽壽音有好好享用嗎？」

紙門打開，大介現身。他穿著白色廚師服，腰間繫著圍裙，戴著白色廚師帽，儼然有著大廚風範。

「怎麼啦，壽壽音在哭？」

「沒事、沒事。」

我連忙把手帕拿開。

「咦，壽壽音，妳染頭髮了？女生戀愛了就會特別愛漂亮嗎？」

「戀愛？」希海望向我。

秀哥哥尷尬地低下頭。

「什麼？你還沒告訴希海？他們兩個在交往啦。」

「我正準備要說。」

秀哥哥害羞地摸著頭。

我有些難為情，不敢看希海。

「壽壽音，要是你們吵架了，就來跟我說，我絕對會罩妳的。」大介說。

「喂，男人之間的義氣去哪了？」

「這是兩碼子事。」

秀哥哥和大介面對面笑了。

「下次請你們吃一桌全部由我親手料理的菜，拭目以待吧！」

大介回廚房去忙了。

場面突然安靜下來，氣氛尷尬極了。

「咦，原來是這樣啊。壽壽音，在東京妳可以認識很多人，不用將就身邊的人啊。不覺得無趣嗎？」

那如同過去的犀利口吻，讓人感覺到希海的一貫作風，不知為何，我鬆了一口氣。

「壽壽音就交給你嘍。」

希海對秀哥哥說。聽到希海這麼說，我眞的好開心。

回家之前我去了化妝室。我和希海一起站在鏡子前。

「妳還在調查『藍雪』的事嗎？」

「嗯，妳聽秀哥哥說的嗎？」

「最好不要再查下去了。」

希海像是要打斷我的問題。

「爲什麼？這或許和亞矢的失蹤有關啊。」

「比起別人，妳更應該考慮自己。事到如今，找出自己的生母，又能怎麼樣？妳有父母，這樣不就好了？妳沒必要被過去綁住。」

「妳在替我擔心呢，我好高興。希海，謝謝妳。」

希海的心意令人感激，但我沒辦法就此罷休。

後來過了不到一個星期，秀哥哥告訴我希海出發去英國了。希海說「我不想要別人送行，替我向壽壽音問好」，一個人走了。這眞的很像希海的作風，但還是有點寂寞。

我委託神山先生幫我找一個人，那就是乃蒼的母親。她或許知道那空白的半年間發生了什麼事。

無論如何，我都想確認自己的身世與亞矢的失蹤是否有關。因爲這或許會是找到亞矢的線索。

「好的，我會查查看。」

我千求萬求，神山先生好不容易才答應下來。

我一個人又去了目白一次。我很在意乃蒼生前住的公寓屋內的情況。房東依然笑容滿面地迎接我：

「咦，妳又來啦。眞是熱心。」

「可以讓我看看乃蒼小姐生前住的地方嗎？」

「可以是可以，但那裡只放著工房以前的作業台和機器而已。」

房東一副「眞拗不過妳」的表情說。我跟在拎著鑰匙的房東後面，來到公寓前。乃蒼租的是一樓最前面一室。房東插進鑰匙，打開門。室內很暗，看不清楚。霉味有些刺鼻。

「等一下，我把窗簾打開。」

可能是來慣了，房東穿過各種雜物之間，迅速前進。「唰」一聲拉開窗簾後，室內亮了起來。牆邊擺著作業台和機器，還有一個櫃子，堆著幾個紙箱，靠放著收起桌腳的圓矮桌。

「棉被和衣服之類可能會長蟲的東西丟掉了，但櫃子和矮桌是她的。」

「這是乃蒼小姐的東西嗎？」我驚訝地望向櫃子。

「對，但裡面清空了。」

「我可以看看嗎？」

「可能有死掉的蟲喔。」

我提心吊膽地從底下依序拉開抽屜查看。雖然很多灰塵，幸好沒看到蟲。如同房東所說，是空的。

「喏，什麼都沒有吧？」

我向房東點點頭，環顧牆壁和天花板。名叫乃蒼的少女，過去在這裡生活。她怎會選擇那樣的死法？

最後，我拉開最上面的抽屜，深處有東西。我伸手進去撈出來，是個約莫二十公分大小、有著漂亮花紋的正方形罐子。應該是餅乾糖果罐之類的。

「這是什麼？」

「咦，是什麼呢？」

房東接過去打開蓋子。

「啊，這是乃蒼的東西。總覺得丟掉不太好，就這樣放在那裡了。」

「我可以打開來看嗎？」

「請。」

罐子裡裝著漂亮的包裝紙、緞帶、可愛的貼紙等等，全是女孩子會喜歡的東西。這是乃蒼的收藏品嗎？想到這是年僅十八歲就過世的少女的東西，頓時一陣揪心。

「我可以借回去嗎？會還給您的。」

「不用還沒關係啦，反正總有一天要處理掉，妳就拿走吧。」

房東瞄了罐內一眼說道。

我收下罐子放進皮包裡，環顧四周。感覺沒什麼可以看的了。

「謝謝房東。」

我向房東道謝，離開公寓。

在電車上搖晃著，皮包裡傳出細微的「叩叩」聲響。

走上絕路的乃蒼留下的物品，現下就在我的皮包裡。奇妙的是，我不覺得這是什麼可怕的東西。

回到住處以後，我打開罐子，把裡面的東西一樣樣取出來。可愛的企鵝角色貼紙和便條本、緞帶、迷你裁縫組、熊貓鑰匙圈。自動鉛筆和全新的橡皮擦、小香袋。折得一絲不苟的包裝紙、小碎花布做成的小束口袋、裝著像小胸針的物品的小盒子。

我隨手翻開有企鵝圖案的便條本，裡面夾著神籤。打開來一看，上面是大大的「大吉」兩個字。學業運欄是「努力獲得回報」，戀愛運欄則是「雖有險阻，終能開花結果」。

或許是因爲很吉利，才會收起來。

小盒子裡的胸針上刻著「東京都國中合唱比賽第三名」等字樣。乃蒼國中的時候參加過合唱團嗎？

我想起每天沉迷於戲劇社活動的自己的國中生活。乃蒼也和我一樣，有過快樂的每一天嗎？

打開束口袋，裡面裝著一樣圓形的小東西。倒過來甩一甩，掉出一顆鈕釦。黑色的鈕釦頗有厚度，是學生服的釦子嗎？會特地裝進束口袋裡，足以想像它對乃蒼來說有多珍貴。

我自己沒有這種經驗，但憶起國二的時候，有個朋友要到了崇拜的學長的制服鈕釦，簡直是歡天喜地。在畢業典禮向喜歡的男生要制服的第二顆鈕釦，這個習俗不管是現在還是過去，都是一樣的吧。

乃蒼國中的時候，一定也要到了某個男生的鈕釦。她是像我那個朋友一樣，羞紅了臉頰，鼓足了勇氣，去到學長面前嗎？她會把要到的鈕釦，珍惜地收藏起來嗎？

過去眞的有個名叫乃蒼的普通女孩。這個國中女生在合唱團和朋友們努力練唱，在比賽中贏得了第三名，開心得眼眸發亮。她把愛意深藏在心底，珍惜地懷抱著這份回憶而活。

藍雪與乃蒼。她們應該是同一個人，卻沒有關聯。她出了什麼事，爲何輕生？寫下「妳的母親是藍雪」的人，知道些什麼嗎？現在我知道有六個月的空白了，但還沒有掌握到乃蒼生產的線索。

這天晚上，我和秀哥哥通了電話。他說大介邀我們下次休假，一起去蓮見醫生家。秀哥哥愉快地說大介叫他「帶壽壽音一起來」。我沒辦法說出我今天一個人去了乃蒼生前住的公寓，就這樣結束通話。

明明在調查我是「藍雪」女兒的可能性，但想到「萬一我的母親眞的曾害死別人，該怎麼辦」，模糊的不安便如影隨形。

窗外的夜空，寂寞地掛著一彎弦月。

幾天後，神山先生聯絡我，說查到乃蒼母親的所在地了。

「她的母親名叫木寺知子，廣島人，現年六十七歲。父母已過世，沒有手足。曾因吸食毒品，三度遭到警方逮捕，現在她一個人住在茨城縣鹿嶋市，靠生活補助金過日子。乃蒼的父親是黑道分子，乃蒼剛出生，他就死於黑道火拼了。」

神山先生在前往鹿嶋市的車中告訴我。

「母親反覆在監獄和勒戒醫療機關進進出出。母女倆似乎一起生活過一段時間，但乃蒼多半是在育幼院長大。現在女兒過世了，親戚也跟她斷絕關係，她似乎過著孤單的生活。雖然是自作自受啦。」

車子穿過工業區，進入住宅區。在標示著「子櫻二丁目」的紅綠燈右轉後停車。神山先生看著記事本，確認地圖。

神山先生說，乃蒼出事以後，母親就到處搬家。在子櫻這裡安頓下來以前，也曾因吸毒被捕。都因毒品失去了女兒，卻還是無法戒除，我再次感受到毒品有多可怕。

車子慢慢地動了起來，彎過幾個十字路口，開進集合住宅前面的空地。上面掛著生鏽的看板「縣營公宅子櫻集合住宅」。

「一樓從裡面算過來第二戶，門號是一〇七。我過去看看。」

他下車的身影完全就是一名刑警。結實的體格、大平頭、白襯衫、灰色的寬鬆長褲。鞋子是穿到變形的米白色運動鞋。最重要的是，掃視周圍的銳利眼神，相當具有威懾力。

「她在家。裡面有人聲。要過去嗎？」

神山先生回到車子上問我。

「我一個人去。」

「不行，我不能讓小姐一個人去。」

「神山先生一看就是個刑警，就算你突然上門問話，她也不會透露任何事。但我去的話，她應該不會有什麼戒心。」

神山先生似乎仍不接受，但我知道他無法拒絕我的要求。

「對方是個快七十歲的老奶奶了，我一個人沒問題的。」

我堅定地接著道。

「好吧。如果有什麼狀況就大喊，我會在能立刻趕過去的位置待機。如果可以的話，玄關的門不要關。」

一走出冷氣開得很強的車子，悶熱的暑氣便籠罩全身。可能是靠近海邊的關係，空氣中摻雜著海潮香。我踩過碎石地走近集合住宅。數公尺的後方，神山先生無聲無息地跟上來。

我來到一〇七號室門前。回頭一看，和神山先生四目相接。

我做了個深呼吸，按下門鈴。

「來了！」

開門的是一名年輕女子。

玄關放著長者用的手推車和拐杖。

「啊，請問木寺知子女士在嗎？」

「請稍等。」

女子朝屋內說話，接著傳出回應。

「有客人耶。」「什麼人？」「一個年輕小姐。」「請她進來。」

女子轉向我，請我入內：

「請進。」

我讓門稍微開著，脫下鞋子。一進去就是狹小的餐廚區。隔著餐桌，有兩張椅子。我依言坐下來。

隔壁和室擺了一張西式床，從我這裡可以看到約一半的床尾。女子跪在床邊，似乎在協助床上的人起身。窗戶雖然開著，但屋內相當悶熱。

在女子的攙扶下，木寺知子在我對面的椅子坐了下來。她看上去比實際年齡更蒼老。不知道是不是毒品的影響，她很瘦，手皺巴巴的，膚色暗沉。

「有什麼事？」她啞著嗓子劈頭就問。

「抱歉突然打擾，我是來請教有關令嬡的事的。」

「我就知道是記者。」

木寺知子低喃道。

「佐江小姐，今天到這裡就可以了，謝謝。」

「那我下週再來。」

貌似照服員的女子向我輕輕頷首後離去。

「好久沒有記者上門，我還以爲大家都忘記乃蒼了。」

我決定冒充記者。因爲從木寺知子的語氣聽來，她並不討厭記者。

「這是一點小心意。」

我覺得帶點伴手禮比較好，預先買了「虎屋」的羊羹。說到東京的伴手禮，我只想得到這個。

「啊，是『虎屋』。我最喜歡和菓子了，謝謝。還有，雖然不太好意思說……」

「咦？」

「妳懂吧？」

「啊，失禮了。」

我猜她是在索討採訪費，連忙掏出錢包，把裡面的五千圓鈔票遞給她。

「這麼寒酸？唔，算了。」

木寺知子嘀咕著，還是用微微發顫的手接下鈔票。她雙頰潮紅，不曉得是有人來訪讓她情緒激動，還是收到禮物很開心。

「妳想問什麼？」

「令嫒過世前，您最後一次見到她是在什麼時候？」

「記不清楚了。喏，記憶就那個……不牢靠嘛。」

木寺知子賊笑，這表示她對自己的前半生完全不後悔嗎？我想問的只有一件事。

「聽說令嫒生了孩子，您知道這件事嗎？」

我決定單刀直入地問。

「乃蒼生孩子？什麼跟什麼啊？」

「妳知道她跟誰比較要好嗎？」

「妳認識她在育幼院或國中的朋友嗎？」

或許是白費工夫，但我接二連三提問。

「妳知道她在超市上班嗎？」

不管問什麼都只會搖頭的木寺知子，終於有了反應。

「對對對，她說過超市的事。是什麼時候啊？」

乃蒼是在國中畢業後去超市上班的。這表示至少她在過世前的三年內見過母親。

木寺知子把手伸進桌上的紙袋，取出羊羹。

「想起來了。她來過醫院。沒錯，乃蒼帶著銅鑼燒來。那是她第一次來看我。」

「那是什麼時候？妳們聊了什麼？」

「那時候，我還疑惑她怎麼變得那麼有女人味了。對對對，我問她幾歲了，她說十八歲。連女兒幾歲了都不知道，我這個母親眞是失職呢。」

乃蒼是十八歲的時候過世的。

「她看起來怎麼樣？」

「她問了奇怪的問題。」

木寺知子露出遙望遠方的眼神。

「『發現懷了我的時候，妳有什麼感覺？』」

「然後呢？」

「我說『當然很開心啊』。其實不怎麼開心，但再怎麼樣也不能太誠實嘛。」

她自嘲地笑著說：

「結果她高興地笑了。仔細想想，那是我最後一次看到乃蒼笑。」

木寺知子按住眼角，但我看不到淚光。

「她回去之前，我給她忠告：『妳也是個小女人了，千萬要當心男人啊。男人要的，說穿了就是女人的身體，女人只會被玩過就丟。』我是一片父母心，擔心她萬一淪落到像我這樣就太可憐了。」

「乃蒼怎麼說？」

「她突然爆怒，氣呼呼地說『他不是這樣的人』。看那反應，就知道是交男朋友了。」

聽到「男朋友」三個字，我內心一驚：

「她有說是怎樣的人嗎？」

「她說什麼……」

木寺知子扶額，尋思了一陣。

「啊，對了，她叫對方『阿幸』，說跟她同年，住在附近。」

她的語調突然變了。

「對，我想起來了。以前有個四人團體，唱歌跳舞的，其中有人就叫『阿幸』。我年輕的時候超喜歡他們的，所以才會記得。」

乃蒼生前有交往的對象，這件事讓我大受衝擊。

「我一直不去想乃蒼的事，但其實都還記得。果然是自己親生的孩子啊。喂，妳有在聽嗎？」

敲桌的一聲「咚」，讓我赫然回神。

「妳不是記者。」

木寺知子突然露出懷疑的眼神。

「妳沒有做筆記，而且太年輕了。不過，唔，隨便啦。有件手禮可拿，還跟人聊到天，挺不錯的。而且也想起乃蒼來看過我的事。喏，妳滿意了沒？回去吧。」

「妳知道乃蒼小姐過世前幾個月，人在哪裡嗎？」

「不知道。」木寺知子冷漠地應道。

從她這裡問不出什麼了。我起身行了個禮。走出玄關時，我回頭一看，只見木寺知子坐在椅子上，怔怔地看著前方。

神山先生立刻跑過來，「沒事吧？」

「嗯。」

我把對話內容轉述給一臉好奇的神山先生。

沒能得到乃蒼生過小孩的確實證據，但乃蒼生前有個她稱爲「阿幸」的同齡男友。

乃蒼對母親提出的問題，令人耿耿於懷。如果她懷孕了，想必非常不安。即使是那樣的母親，或許她也想要尋求支援。然而，木寺知子不知道乃蒼死前的半年人在哪裡。乃蒼到底在哪裡、做了些什麼呢？

到了和大介約好的日子，我和秀哥哥一起前往蓮見醫生家。

一個人去乃蒼的公寓，還有和神山先生去找木寺知子的事，不知怎地我就這樣沒說出來。除非我提起，秀哥哥也不會談到「藍雪」的事。或許他是體貼我，不希望我再爲這件事心煩。

「嗨，歡迎光臨。」

蓮見醫生笑著迎接我們。

「大家都來了，由利很高興。謝謝你們。」

大介先到了，傳來他和由利阿姨一起準備晚餐的歡樂交談聲。大介面對由利阿姨流露的眼神和以前一樣，把她當成生母或姊姊一樣仰慕。

由利阿姨後來沒有回到工作崗位，似乎一直相信亞矢會平安無事，等待著她回家的那一天。亞矢的缺席，無時無刻不沉重地籠罩著蓮見家。

「來吧，準備好嘍。」

晚餐是鐵板燒。剛開始用餐，蓮見醫生的手機就響了，他離席去接電話。

「我得回醫院一趟。」

他沒有詳細說明，但或許是病人的狀況急轉直下。蓮見醫生的表情很凝重。

「抱歉，由利，我出門了。」

「我沒事的，幸治，路上小心。」

玄關傳來由利阿姨送蓮見醫生出門的聲音。

「當醫生眞的好辛苦，哪像我，只要店打烊就自由了。」

「這是醫生的宿命啊。一旦病人有狀況，就必須隨傳隨到。」

「秀平，你也得有這樣的覺悟才行。」

鐵板發出滋滋聲響。煙霧另一頭，是大介和秀哥哥的笑容。由利阿姨回到座位，加入對話。烤肉的香氣瀰漫整個屋內。

然而，我就是提不起食欲。

由利阿姨剛才的那聲叫喚還留在耳中。

「幸治」。

她這麼叫蓮見醫生。我應該早就知道，但現在才又想起蓮見醫生的名字叫「幸治」。

幸治。阿幸。

不會吧？想太多了。乃蒼和蓮見醫生不可能有關係。

「壽壽音，肉烤好嘍。不多吃一點會長不大喔。」

連大介的調侃都無法讓我起反應。

確實，蓮見醫生的老家在目白，和乃蒼住的公寓很近。我記得搬家的時候，透過露營車的車窗看到過。

乃蒼去世的時候，蓮見醫生幾歲？

「蓮見醫生今年幾歲了？」我忍不住問出口。

「怎麼突然問這個？他三十七歲了。」由利阿姨回答。

「只是好奇而已。」我支支吾吾地說。

「我十八歲。」大介神氣地說。

「你跟壽壽音同年，不用說她也知道啦。」秀哥哥笑道。

「不是，我看壽壽音一臉痴呆，怕她不知道啊。」

聽著兩人的對話，某個想法占據了我的整個腦袋。

十八歲的蓮見幸治與乃蒼。兩人都住在目白，即使邂逅相識也是很自然的事。

生氣地反駁木寺知子，說「他不是那種人」的乃蒼。陷入愛河的乃蒼，把對方視爲最重要的人……

我應該看到乃蒼珍藏的物品了。特地裝進小束口袋裡的那顆鈕釦。

如果那顆鈕釦是蓮見醫生的……

眞的會有這種事嗎？不可能。

可是，我實在好奇到不行。

有沒有辦法查證這件事？

「蓮見醫生是哪一所高中畢業的？穿的是立領制服嗎？」

「怎麼了，沒頭沒腦的。」大介把帶殼帆立貝放上鐵板說道。

「下次要上演的戲，主角是高中生，我正在找制服。」我情急之下瞎掰。

「我們學校是立領制服，不過我送給學弟了。」

我心不在焉地聽著大介的回應。我想知道的是蓮見醫生的制服。

「我們學校是西裝。搞不好還在老家，要幫妳找嗎？」

秀哥哥溫柔地看著我。對了，有可能留在老家嗎？

「蓮見醫生的學生制服是不是還留著？」我果斷地問由利阿姨。

「立領制服的話，收在家裡喔。」

「咦！有嗎？」

那乾脆的回答讓我忍不住驚呼。

「一直收在幸治的衣櫃裡。好像說什麼他們學校畢業二十週年的同學會，有穿學生制服合照的傳統。」

「可以借我嗎？」

我順勢懇求。由利阿姨面露困惑，隨即笑著說「好啊，等我一下」，便離開了。

「這麼熱心，壽壽音眞的很喜歡戲劇呢。」大介傻眼地笑道。

「可是，今天晚上由利阿姨看起來很開心。你們兩個願意過來，眞是太好了。來吧，帆立貝烤得剛剛好，蘆筍也很好吃喔！」

大介忙碌地夾菜。

片刻之後，由利阿姨回來了。

手提紙袋裡露出學生制服。

「拿去吧。」

「謝謝。」

接下來，我坐立難安，話也變少了。

「怎麼了?壽壽音，妳今天怪怪的。」秀哥哥探頭看我的表情。

「吃太飽了，有點睏。」我打了個哈欠蒙混過去。

「那妳先回家睡覺吧。我會留到醫生回來，這邊交給我。」

大介說著，推了推我的背。

「我送妳。」秀哥哥這麼說，但我婉拒說「很近，不用了」，快步返回自己的公寓。

爬上戶外階梯，回到住處，我上氣不接下氣地喘著，癱坐在地。

從冰箱拿出瓶裝水喝了一口。

放在腳邊的紙袋露出學生制服。我輕輕取出，在床上攤開來。黑色制服比想像中還要大件。

從領口開始檢查。

沒有。沒有第二顆鈕釦。

從乃蒼的罐子取出束口袋，將鈕釦握在掌心。

慢慢地打開手掌，放到制服上，比對鈕釦。

旗子和鋼筆交叉的校徽，一模一樣。

怎麼會……

年齡、名字、老家的地點，還有這顆鈕釦，一切都指向蓮見醫生。除了蓮見醫生以外，不可能有別人了。

乃蒼有一段長達六個月的空白。而我剛出生就被丟棄在土筆町的柊家前面。這是因爲乃蒼的交往對象是蓮見醫生？是蓮見醫生把乃蒼帶去土筆町的？

我忽然渾身虛脫，坐倒在地上。

蓮見醫生每年都會來土筆町，難道是爲了來見我這個女兒？

腦袋一團渾沌，我心亂如麻。

我再也坐不下去，站了起來，在屋裡來回踱步。不小心踢到地上的罐子，差點跌倒。

目光落在罐中的內容物上。我忽然想到一件事，連忙翻找罐中的物品，取出小紙片。

印著「大吉」的神籤，邊角有神社的名字。

「花壽賀神社」。

我立刻打電話回家。

「媽，土筆町有叫『花壽賀神社』的神社嗎？」

「有啊，在車站另一邊，是一間小神社。」

乃蒼和土筆町連結上了。

我眞的是「藍雪」的女兒嗎？

鈕釦上殘餘的線。制服上被扯斷的線。

這兩條線原本是連在一起的嗎？

我的腦中浮現一幕情景：櫻花樹下，拿著畢業證書筒的男高中生前面，站著一臉羞赧的短髮女孩。

好久沒在鳥叫聲中醒來了。打開窗戶，眼前是自小熟悉的景致。我回到土筆町了。

暑假已結束，但我編了個理由，逃離東京。

現在我仍混亂不已，沒辦法在這種狀態下詢問蓮見醫生和乃蒼的關係。因爲我覺得這有可能傷害到拚命互相扶持的蓮見醫生和由利阿姨。

從木寺知子說的內容，可知乃蒼當時交往的對象是十八歲，住在她租的公寓附近，她都叫他「阿幸」，制服的鈕釦也符合。感覺乃蒼的交往對象就是蓮見醫生。

而且從神籤來看，乃蒼也有可能來過土筆町。

可是，還不知道乃蒼到底有沒有生過小孩。

我不一定就是乃蒼和蓮見醫生的小孩。

雖然害怕得知真相，但如果這能成為找到亞矢下落的線索，我想要查個水落石出。即便那是我不願知道的事實。

我剛出生不久就被拋棄在柊家門口，那麼應該是在柊家附近生產的。我能想到的，只有土筆綜合醫院的前身，白川產科醫院。

十八年前的紀錄是否還在呢？我第一個想到的就是直美醫生。今天是星期日，我向母親問了電話號碼，打到直美醫生的住家。

我說有私人的事想要請教，直美醫生願意明天中午在醫院餐廳跟我碰面。

看到我沒有要回去東京，父母顯得很擔心。但我現在還沒辦法展露笑容。

土筆綜合醫院以前我來過幾次，即使是現在看來，也是頗具規模的醫院。不只是縣內，似乎也有外縣市的病患遠道而來。

約好碰面的餐廳，一樓對外開放，二樓則是醫院職員專用。直美醫生不是穿白袍，而是一身米白色長褲套裝，胸口別著「院長　杉山直美」的名牌。我們走上二樓，每個擦身而過的人都向她行禮。我們在窗邊桌位面對面坐下，吃著午餐盤裡的食物，聊著小時候的事。她依然跟以前一樣隨和。

「妳來找我，是要問什麼事呢？」

她以明朗的語氣問。我下定決心說出口：

「抱歉，突然提這種奇怪的事，但我想知道自己是不是在白川產科醫院出生的。母親的名字是木寺乃蒼。能不能請院長查一下當時的紀錄呢？」

「咦？壽壽音，妳現在幾歲？」

「十八歲。」

「十八年前，這裡剛落成。白川產科醫院雖然不在了，但紀錄應該有轉移保留下來……」

「請院長務必幫我查一下。」

我深深低頭拜託。

「唔……可是就算眞的有那個人的生產紀錄，生下來的嬰兒也不一定就是妳啊。所以我沒辦法回答妳。」

直美醫生邊想邊說道。

「如果生產的紀錄不行，可以請妳查一下有沒有病歷嗎？我想知道她是否來過白川產科醫院。」

直美醫生深深地嘆了一口氣：

「壽壽音，我明白妳想要知道生母是誰的心情，可是，這還是很難做到。而且妳跟那位姓木寺的人是什麼關係也不清不楚，我不能把病患的個人資訊透露給妳。」

這樣啊，沒辦法嗎？

無可奈何，我難掩失望。

「抱歉。」

直美醫生看著我，一臉爲難。

「不會，是我不該提出奇怪的要求，對不起。」

我擠出微笑，微微行禮。

喝完餐後的咖啡後，我們起身離座。

走出餐廳，我們一起經過中庭。只見一些坐輪椅的病人在這裡曬太陽。中庭有漂亮的花圃，似乎成了一個休憩空間。中庭角落立著一尊宏偉的銅像。

「這是的場榮一先生，秀平的爺爺。這裡受到的場家歷代家主的資助。壽壽音也是讀東京的大學，對吧？妳會和秀平見面嗎？」

突然聽到秀哥哥的名字，我內心一驚，忍不住小聲否定「沒有」。

「不過，這裡的歷史眞悠久。」

我指著銅像旁邊的紀念碑，轉移話題。

「沒錯，到我是第三代了。」

紀念碑上刻著醫院的歷史，列出對醫院有貢獻的人的姓名。其中也有前身白川產科醫院的院長白川正和的名字。

如果是當時的院長，或許還記得。但他應該和直美醫生一樣，不會向我透露吧。

我像以前那樣，翻越柊家與鄰家的境界，踏入的場邸的土地。我莫名想看看被夕陽染紅的湖泊。

好懷念不曾深思自己身世的孩提時光。當時我在父母的庇蔭下，過得無憂無慮。

母鴨帶著小鴨，滑行似地游過湖面。以前我很嚮往東京，但現在覺得或許我比較適合大自然圍繞的土筆町。充滿了競爭與刺激的大都會，實在讓人窒息。

我蹲下來，眺望倒映出夕陽的寧靜湖泊。

不知不覺間，周圍已被暮色籠罩。我站起來準備回家時，的場邸旁邊冒出人影。我反射性地防備起來。我想起去目白的時候，在超市和公寓看到的可疑人物。又被跟蹤了。有什麼人想對我不利嗎？

必須逃走才行。身體做出反應，我拔腿狂奔。

視線前方，大門那裡也有男人不斷逼近。距離逐漸縮短，仔細一看，從的場邸現身的是一名長褲套裝女子。我立刻用全身衝撞上去，女子失去平衡，踉蹌了一下，隨即重振旗鼓，扣住我的手腕。

「不要反抗。」

耳邊響起男人的聲音。不知何時，男人緊貼在我的身後。

「有人在等妳。我們不會傷害妳，放心吧。」

我被女子勾著手臂，帶往的場邸的玄關。玄關的門打開，我們進入屋內。

正仰望著門廳銅像的人回過頭來。

「我正在等妳。」

寬闊的肩膀、粗眉、飛揚的細眼，是的場先生的祕書蛇田。蛇田先生以下巴示意，兩人從玄關走了出去。

「看看這威嚴十足的身影。」

他張開雙手，似乎在頌揚這兩尊銅像。

「明年我總算要以黨提名候選人的身分參選了。我花了二十五年，終於等到這一天。壽壽音小姐，請不要在這時候興風作浪。」

「興風作浪？什麼意思？」

「請不要把結束的事又挖開來。」

「亞矢還沒有找到。事情還沒有結束。」

蛇田先生假惺惺地嘆了一口氣。我瞪著他冰冷的面龐。

我想起由利阿姨那極力承受哀傷的神情。只要能查到亞矢的下落，我一定會竭盡所能。

「我知道你們想把亞矢的事當成意外事故。可是，那不是事故，或許涉及犯罪。」

「妳知道什麼？」

蛇田先生的頭微微傾斜，但表情毫無變化。

我下定決心，把浮現腦海後再也無法抹去的推測全說出來：

「十九年前，一名在超市上班的女孩，和住在附近的高中生墜入愛河。男孩的父親是歌舞伎演員，母親是政治家的女兒，是含著金湯匙出生的王子。但女孩的父親是死於黑幫火拼的黑道分子，母親是個毒蟲。女孩懷孕了，男方卻不承認。」

蛇田先生默不作聲，我繼續說下去：

「男孩的母親向哥哥求助，幾經思考，男孩的舅舅向膝下無子的朋友提議讓他們收養。然後，爲了與母親有前科的女孩永遠斷絕關係，安排她祕密產子。這只有在當地權勢非凡的政治人物、男孩的舅舅辦得到。那就是的場先生。那個時候生下來的嬰兒，就是我。」

「哦，沒想到妳居然查得到這些。」

「咦！」我失聲喊了出來。

我的想像在眼前化成了確鑿的現實。果然是眞的——一顆心陡地沉了下去。

蛇田先生的薄唇浮現笑意。是充滿自信的表情。

「難道這些都是蛇田先生安排的？」

「沒錯。因爲我的工作，就是擔任的場的左右手。可是，妳仔細想想。女孩吵著無論如何都要生下孩子。的場對走投無路的外甥伸出援手。他希望讓膝下無子的朋友，以及即將出世的孩子都得到幸福，於是指示我去處理。白川院長長年來看到許多非自願懷孕，以及迫於經濟而墮胎的女性，對此非常心痛。他認爲嬰兒也有出生的權利，雖然是醫療行爲，但他對於執行墮胎手術，內心總會經過一番天人交戰。所以，他才會答應的場的要求。這是各方皆出於善意、也都同意的圓滿解決之道。事實上，妳就在柊家備受呵護地長大，過得很幸福，不是嗎？」

確實如此，可是──

「可是，那個女孩死了。爲什麼？」

「這是我的失算。或許她無法忍受骨肉分離的痛苦。生產後，她的精神狀況似乎不太穩定。站在我的立場，我給了她一筆豐厚的金錢補償，以爲她會重新來過。」

乃蒼能夠預付半年的房租，原來就是因爲那筆錢嗎？一切都說得通了。

「親生母親是『藍雪』，這種事妳沒必要知道。身邊的人是爲了妳著想，才會隱瞞這件事數十年。然而，妳卻跑去國會圖書館、目白，甚至去找乃蒼的母親。」

我的行動完全被掌握了。跟蹤我的就是蛇田先生的手下嗎？

出生的隱情被揭露，我該如何面對才好？這個問題現在我無法思考，但我必須振作起來。問題在於，這件事和亞矢失蹤有關的可能性。

「聽我說，亞矢失蹤那天，發生了兩件事。我一個同學遭到性騷擾，我正在找那名歹徒。還有一封奇怪的信。你應該不知道信的事──」

「我知道。『**壽壽音是惡魔的小孩　妳的母親是藍雪　我永遠恨妳**』，對吧？」

那封信神山先生交給縣警的刑警了。蛇田先生連警方的資訊都全盤掌握了嗎？

「你們爲了把失蹤當成意外事故，說我同學的證詞是編造的，把這件事暗中搓掉了。因爲性騷擾犯可能是爲了『藍雪』的事，憎恨蓮見醫生的人。不只是亞矢，歹徒也盯上我。我希望你們調查藍雪事件的相關人員。」

蛇田先生再次重重地嘆了一口氣：

「妳一直在說什麼事件、案子，但妳錯了。眞沒辦法，全部告訴妳好了。畢竟要是妳再隨便亂搞，傷腦筋的會是我們。畢竟選舉就快到了。」

蛇田從口袋掏出手帕，鋪在銅像台座上，坐了下來。

「妳同學的證詞當然是眞的。性騷擾的歹徒是秀平少爺帶來別墅的兩個朋友，他們也承認了。」

「怎麼會？那指名問我在哪裡的，也是那個人嗎？」

「沒錯。其中一人對妳一見鍾情，從一開始就盯上妳。」

那年夏天秀哥哥帶來的兩個朋友，我頗爲反感。

「他們是當時的警察高官的兒子，似乎以爲不管怎麼亂搞，父親都會幫忙收拾爛攤子。把社會觀感看得比什麼都重的父親和荒唐的兒子，這種組合世上多得是。啊，不用擔心，他們和妳受害的同學早就和解了。要是被媒體挖到，亂報一通，到時候受傷的會是被害者。所以我們建議她撤回供詞，她的父母也同意了。要說這是吃案，是妳的自由，但事到如今再把瘡疤挖開來，妳的朋友應該也不樂見。」

我完全沒想到背後居然有這些事。

「妳的母親是『藍雪』這件事，蓮見醫生不用說，妳的父母也知道。六年前，在持續調查亞矢失蹤案的過程中，蓮見醫生就親口告訴警方了。因爲他和妳一樣，懷疑過兩者之間的關聯。警方徹底調查受害女星身邊的親友。的場也指示他所想到的一切組織，竭盡所能運用自身的影響力，卻找不到任何可疑人物。比方說，受害女星的丈夫鷹野宏。妳也知道，他是餐廳老闆。」

我和秀哥哥去餐廳的事也被知道了。

「被害女星與丈夫之間的婚姻關係，當時已瀕臨決裂，正在談判離婚。那天是他們女兒的生日，因爲女兒央求，母女倆才會去父親開的餐廳。鷹野在兩年後再婚。母親過世時八歲的女兒，在亞矢失蹤時是二十歲，已是當紅的星二代藝人，那年夏天爲了攝影工作，長期待在夏威夷。其他還有受害女星的父母和要好的朋友，警方都廣爲調查，但每個人都有不在場證明。偵查人員說，根本沒有人憎恨『藍雪』，恨到甚至想要對與她相關的人報復。因爲人並不是『藍雪』親手殺害的。每個人都只是感嘆女星運氣太差，沒有人表達過怨恨。」

「不可能是其他人帶走亞矢的嗎？」我小聲反問。

「這也不可能。的場邸大門的監視器拍到的車子，警方全部調查過。每一名車主都查到了，也查證了他們的身分。」

「秀平哥哥的朋友呢？」

「包括亞矢不見的時間在內，他們在許多地方被不同人目擊。記得妳也說看到他們了吧？他們沒有時間帶走亞矢。」

「那……」

「沒有人把亞矢帶走。換句話說，沒有犯罪成分。亞矢是遇上某些意外事故過世了，也有可能是遭到動物攻擊，遺體被沖進河裡。妳也記得隔天下了場大雨吧？」

與「藍雪」相關的事，警方早就全盤掌握。沒有任何被隱瞞的事實。這表示沒有其他找出亞矢下落的方法了。

「妳明白了嗎？對的場來說，亞矢是他外甥的女兒，他非常想把人找回來。居然說他硬要把她弄成意外事故，未免太血口噴人了！」

那渾厚的嗓音怒喝一聲，我啞口無言。

我溫順地低下頭。我也只能低頭了。正要轉身走出玄關，蛇田先生叫住我。

「等一下，我不是來跟妳說這些的。」

蛇田先生露出冰冷的眼神，看著停步的我。

「我是來請妳跟秀平少爺分手的。」

我震驚無比，彷彿心臟被一把揪住了。

「理由妳明白吧？秀平少爺和妳是不同世界的人。他是的場照秀的長子，隨時都有記者盯著。前些日子，妳也在目白看到可疑男子了吧？」

「那不是蛇田先生指示跟蹤我的人嗎？」

「我的部下才沒那麼蹩腳，會被妳發現。那個人是記者。他盯著秀平少爺，想要逮到的場家的八卦醜聞。如果秀平少爺交了不相配的女友，就會成爲新聞題材。」

蛇田先生別有深意地看著我。

「千鈞一髮啊。幸好我把新聞壓下來，但想到萬一事情見報，會引發怎樣的軒然大波，眞是教人頭皮發麻。妳想想，要是〈的場照秀的兒子，女友是藍雪的女兒〉這種標題四處散播，對的場家的名聲會是多大的打擊？」

話語如利針般接二連三射過來。

「不只是的場家。妳出生的祕密被揭開，媒體爲了調查妳被收養的經過，也會找上柊家和白川院長家。爲了孩子的幸福著想而做的事，會被視爲觸法，遭到追查。那百分之百是出於善意的行動啊。這一切都是爲了保護妳才會隱瞞，妳卻自己去挖開來，簡直是愚不可及。到時蓮見醫生會遭到記者追逐，由利女士會受到多大的傷害？爲了亞矢的事，她還不夠傷心憔悴嗎？

妳重視的那些人會遇到多慘的事，妳好好想一想吧。」

連呼吸都變得痛苦起來。

「秀平少爺不知世事，還是個孩子。他現在應該會認爲只要相愛，任何障礙都能克服。會說不管妳是棄嬰還是『藍雪』的女兒，他都不在乎，但妳一定能理解吧？秀平少爺懷抱著成爲小兒科醫師、踏入政界的眞誠夢想，妳不想扯他的後腿吧？秀平少爺是特別的，他注定擁有燦爛的未來。」

我想起秀哥哥述說夢想時的模樣。我不可能阻礙他的夢想。

如果我是乃蒼的孩子，就無法待在秀哥哥的身邊。我一直有著這個念頭。雖然我一直轉過頭不願正視，但現在事實就擺在眼前。

「請妳果斷地和他分手。爲了避免有所留戀，請告訴他，妳不愛他了。雖然秀平少爺會傷心，不過這都是爲了他好。」

我什麼都不想聽。我再也承受不了。

「很遺憾，妳和秀平少爺不相配。請妳踏上別的路，找到屬於妳的幸福吧。出生的祕密，就深藏在妳一個人的心底。這也是爲了回報一直保護妳的父母。」

我虛弱地點頭，落荒而逃。眞想消失不見，不想見到任何人。

秋風撲在淚濕的臉頰上。伸手一摸，臉頰的冰冷幾乎令我崩潰。每一次呼吸，冰冷沉重的事物就不斷堆積在胸口。

後來，我整整三天無法下床。「我感冒了，睡一下就會好。不要靠近我，小心會傳染。」我以此爲藉口，不讓母親靠近，一個人癱在床上。

我必須達成重要的任務。我打電話向秀哥哥要求分手，說「我交了別的男朋友，他比你更有魅力」。我道了歉，單方面掛斷電話。

後來秀哥哥再也沒有聯絡我，似乎接受了分手的事實。

這樣就好。我這麼告訴自己。

隔天，我回到東京。秀哥哥也在東京的生活讓我十分痛苦，但我不能退學。

我對蓮見醫生的感受很複雜。他對我是什麼感情？我想知道，卻也不想聽到。

唯一明白的是，我現在不想見到他。

我又重新開始了在東京的生活。

第三章

壽壽音　二十七歲

原本一片靜謐的會場，被學生們的歡喜所籠罩。旁邊的孩子抱住我哭了起來。

「太好了！」

我忍不住也跟著哭了。我和土筆高中的學弟妹只相處了兩年半，但已能共享苦樂。

「高中戲劇關東區大賽，金牌」。

贏得參加全國高中戲劇大賽的門票，是戲劇社長年來的夙願。我在學的時候，連地區預賽都無法脫穎而出，而現在學弟妹們達成了創社以來的偉業——以我寫的劇本。

八年前，我完全無法想像會有這樣的生活。那天蛇田先生對我說的每一句話，把我傷到幾乎再也振作不起來。但我最心愛的戲劇和故鄉拯救了我。

我在大學將全副身心投入戲劇，發現自己比較喜歡擔任幕後人員，沉迷於執導和劇本寫作。這或許是爲了忘掉秀哥哥，但當時的每一天都極爲充實，連睡覺都捨不得。

大介會來看公演，我們的友誼依舊，但我一直沒有和秀哥哥見面。蓮見家那裡，也自然而然地疏遠了。

我不打算告訴蓮見醫生我知道眞相了。就像蛇田先生說的，把過去挖掘出來，有人會因此受傷。

把我扶養長大的父母和由利阿姨都會受傷。

我無法憎恨蓮見醫生。

以前蓮見醫生每年都會來土筆町。他是來看我成長的模樣嗎？至少我應該不是他想要遺忘的人。我這麼認爲。

乃蒼的故事以悲劇收場，是許多人的善意交織在一起，造成意想不到的結果，沒有人應該受到責怪。

我認爲應該把事實告訴不遺餘力協助調查的神山先生。神山先生在電話另一頭愕然失聲，但他安慰我說「大家都愛著小姐，只有這件事，妳千萬不可以忘記」。

告訴大介這件事，讓我有些害怕。因爲同情我，他不曉得做出什麼事情來。秀哥哥沒有任何過錯。我們分手，是爲了彼此好。我認爲就算繼續交往下去，我們也不可能幸福。反而是我對他說了傷人的話，殘忍到家。

大介說，秀哥哥告訴他「我被壽壽音甩了」，沮喪不已。

「我不想影響秀哥哥的心情，或是讓他痛苦，所以你絕對不可以告訴他，我選擇分手的理由。我決定和他分道揚鑣。」

「對秀平有所隱瞞眞的很難受，但我不會告訴他的。因爲我明白妳的感受。」

大介得知一切以後，答應了我的請求。

大四的時候，父親過世了。他留下遺言「我會永遠在天上守護妳」，這句話到現在依然是我的心靈支柱。

大學畢業後回到土筆町，並不是個容易的決定。

社團同好們邀請我成立一個正式劇團。他們談論夢想的熱情，動搖了我的決心。

但我還是決定回到母親身邊。我想要陪在當時已高齡七十五的母親身邊。戲劇工作在「綠展館」也可以繼續，我並非放棄了打造劇團的夢想。

「老師，完成了！」

跪坐的雅人舉手說道。我穿過孩子之間走近他，看著幾乎要跳出宣紙、活力十足的兩個字「紅葉」。

「不錯喔，很活潑，就像你一樣。」

少年笑咪咪地擺好下一張宣紙。他似乎很享受書法練習。

「七成稱讚、三成指導，這是我們書法教室的作風。」五年前，母親這麼交代我。母親十年前開辦的書法教室，以當地小學生為中心，現在學生增加到三十名了。在母親的提議下，我也加入幫忙。這都多虧了父親從小嚴格教導我書法的成果。

「綠展館」、「柊書法教室」，還有家事，我和母親、小婆婆互相扶持，過著忙碌的每一天。

還有一件事，四年前我開始指導土筆高中的戲劇社活動，也付出很大的心力。當時戲劇社的新任顧問是個數學老師，他是父親同窗的兒子。骨子裡就是個數理人的老師，對戲劇一竅不通，於是跑來拜託身為戲劇社畢業學姊的我幫忙。

「有空的時候來看看就行了。」顧問老師這麼說，所以我偶爾去露個面，參與練習和劇本挑選，但愈來愈投入。我再次體驗到和團員們一起打造出一部戲的美好，感覺彷彿回到了學生時期。

戲劇社有個遠大的目標，就是打進全國大賽。首先，必須在預賽中脫穎而出。幫忙指導戲劇社的第二年，我著手撰寫參賽作品的劇本。

我拚命地寫，卻遲遲得不到成果。我左思右想，今年果斷地參考「英雄錄」的故事來寫劇本。檔案中某位英雄的故事，爲我們帶來了值得歡喜的勝利時刻。

〈一位小英雄的故事〉

劇本・導演　柊壽壽音

登場角色

幸一・小學六年級生。忙於童星工作，很少去上學。喜歡祭典。
政哥・二十七歲。祭典盆舞的鼓手。一年只會來町裡一個星期。
美里・二十二歲。爲了逃離家暴男友來到此地的女子。
雅美・小學六年級生。幸一的青梅竹馬。熱愛追星，拜託身爲童星的幸一讓她見偶像。
祐子・三十二歲。幸一的經紀人。熱心助人。
所叔・五十歲。電視劇幕後人員。負責美術與大道具。
雷太・二十九歲。四處尋找美里而來到此地的家暴男。

第一場

某個星期日。小學操場。幸一和雅美坐在司令台上。學童們熱鬧的聲音。幸一把滾過來的球丟回去。雅美專心地看偶像雜誌。

雅美 啊，小幸上雜誌了。在你旁邊的是小晃對吧？小晃好帥喔。你跟他說過話嗎？

幸一 沒有，我們才見過一次而已。

雅美 下次帶我去攝影棚嘛。你要跟小晃一起演出對吧？讓我見見他本人嘛。

幸一 嗯，我問問看。

幸一的注意力都放在操場玩耍的同學們身上，隨口敷衍雅美的話。

雅美 你每次都這樣說，可是從來沒有帶我去過。

幸一 嗯，我問問看。

球飛到附近，幸一連忙去撿，把球扔回去。

雅美 欸，你有在聽我說話嗎？

幸一 嗯，我問問看。

雅美不耐煩地在司令台周圍走來走去。

雅美 你那麼想跟大家玩，加入他們不就得了？

幸一 不用啦。

雅美 大家又沒有討厭你。只是因爲你會上電視，不好意思跟你說話而已。

幸一 沒關係啦，反正我又要請假了。

雅美 咦，又要請長假？

幸一 嗯，大概吧。

雅美 明天就是祭典了耶。政哥來嘍。

幸一 我知道。我跟經紀人交代過，祭典那三天不可以排工作，還威脅說要是排了工作，我就不當童星了。

雅美 你眞的很喜歡祭典耶。

幸一 放學後我們去盆舞會場吧。我有事想跟妳說。

雅美 什麼事？

幸一 晚點再跟妳說。

聚光燈打在幸一的身上。幸一的獨白。

幸一 我是兩年前和政哥熟悉起來的。當時在準備祭典的政哥，從高台上問我：「你要不要試著打鼓？」從那天起，政哥就成爲我的太鼓師傅……

寫劇本的時候，我從檔案中挑選出來的，是蓮見醫生的事蹟。沒錯，主角幸一就是小學六年級時的蓮見幸治。

【幸治在盆舞會場認識了太鼓鼓手，人稱政哥的男子。政哥只有在祭典期間，會從遠方來到此地。

當時幸治爲了演出歌舞伎孩童角色的工作，經常向學校請假，沒有可以在町裡的祭典中同樂的朋友。政哥邀請他，於是他爬上高台，向政哥學習打太鼓。祭典正式演出時，他也參加了幾首曲子。

幸治得知政哥心儀住在附近的女子美里，和青梅竹馬的雅美一起支持這段戀情，然而政哥沒有表白，就這樣離開了。

一年後，又到了祭典的時期，政哥再度來到町裡。幸治從政哥那裡聽說了一件事。政哥忘不了美里，跑去她住的公寓附近看看她過得如何，卻發現她的模樣不太對勁，他很擔心。美里看起來好像受傷了。政哥憂心忡忡，但他和美里素昧平生，他猶豫著是否該主動攀談。

幸治立刻聯絡經紀人祐子。因爲他知道祐子看到別人有難，絕對不會袖手旁觀。兩人一起趕到美里的住處，發現她眞的鼻青臉腫，有如驚弓之鳥。

一年前，爲了逃離家暴男友，美里搬來此地。她原本過著平靜的生活，但三天前，前男友查到她的住處，又跑來打她。前男友是長途貨運司機，後天會再度來到這裡。她說就算向警方求助，警方也愛莫能助，要是逃走，前男友仍會找到她，她早就死心認命。

幸治思考著該怎麼做才能拯救美里脫離困境，於是想出一個讓前男友無法繼續騷擾美里的作戰計畫。他請製作大道具的所叔協助，備妥必要的物品。作戰會議在盆舞會場進行，成員有幸治、雅美、政哥、祐子，以及所叔。幸治負責演技指導，眾人準備萬全，迎接當天的到來。

雅美帶著幸治預備的對講機，在車站待命。她事先從美里那裡問出，美里前男友的特徵是右臂上有刺青。

「他從驗票口出來了。」接到雅美的報告，眾人各就各位。前男友來到公寓前面的瞬間，幸治從美里的住處衝出來大喊：

「有人死掉了！」

前男友入內一看，發現美里上吊了。正好在附近的祐子也探頭看向屋內，放聲尖叫。

「警察先生，有人上吊了！」

幸治大喊，警察跑了過來。警察推開在門口附近的男子和祐子，進入屋內。

「喂，這裡是豐島區目白二丁目，發現一具女性屍體，是上吊死亡。請立刻派人支援。」

這時雅美過來，對警察說：

「警察先生，我看過他打這個女生！」

雅美指著男子說，男子後退。旁邊的所叔也大叫：

「我也看到了，就是他！」

「先生，請你配合問話。」

警察對男子說，男子狼狽不堪地拔腿開溜。警察邊追邊喊：

「站住，不要跑！」

「停下來！」

幸治和所叔跟著追上去。確認男子跑進車站後，眾人回到美里的公寓。

被放到地上的美里看起來依舊很不安。上吊的機關是大道具師傅所叔做的，祐子負責爲美里化上面色蒼白的死人妝，政哥穿的警察制服，也是所叔準備的。

「這樣一來，那個人就會以爲妳死了，再也不會來糾纏妳。」

政哥說，於是美里小聲地說：

「謝謝你。」

不久後，美里搬家了。兩人的感情是否有進一步的發展，無從得知。】

在我的劇本中，政哥和美里修成正果。

我是在高三的時候聽到這件事的。當時由利阿姨和大介也在場。印象中是我們到處發傳單，尋求亞矢下落的線索的那天晚上。發完傳單後，實在免不了情緒低落，記得是大介啓開這個話題的。他問蓮見醫生敲鐘的事蹟，到底是怎樣的內容？

蓮見醫生靦腆地講述完來龍去脈後，接著說：

「敲鐘那件事改變了我。我得到了勇氣。不久後，我辭去歌舞伎孩童角色的工作。因爲我想去上學。那次的事讓我覺得，我可以選擇歌舞伎演員以外的道路。」

當時蓮見醫生露出了遙望遠方的眼神。如今回想，或許他是感受到宿命的沉重。

他沒有繼承父業，選擇成爲醫師。但有些事情，他無法違抗父命。蓮見醫生沒能保護生下我的乃蒼，想必成了他一輩子的傷痛吧。我相信絕對就是如此。

離開東京快五年了。這段期間，我一次也沒有見過蓮見醫生和由利阿姨。最近我有時候會想：由利阿姨知道我是蓮見醫生的小孩嗎？她明明知道，暑假仍願意過來嗎？

我不可能去向她確認。

自從得知蓮見醫生是我的生父以後，我不曉得該用什麼表情面對他才好，所以不再造訪蓮見家。我有時會從大介那裡聽到兩人的狀況。他說由利阿姨抑鬱的情況愈來愈嚴重。

「聽說女生之間聊聊天，非常有助於轉換心情。壽壽音，妳可以來陪一下由利阿姨嗎？」

大二的時候，大介這麼說，於是我邀請由利阿姨在外頭見面。

我們在明亮的戶外露台吃百匯冰淇淋。我說了大學的戲劇同好鬧出的趣事，由利阿姨輕輕笑了。即使只有一瞬間也好，我祈禱由利阿姨多少能夠從痛苦中解放。大學畢業前，每年我們都會像這樣一起出去吃午餐，或去吃當紅的甜點店。記得有一次聊到我小時候的事。雖然我總會避開土筆町和會聯想到亞矢的話題，但由利阿姨唐突地說：

「幸治一直都很期待見到妳。」

我不知道該怎麼回答才好，無法出聲。

「每次從土筆町回來，他都會說『今年壽壽音看起來也很幸福』。」

只有這樣而已。後來她再也沒有提過以前的事。

由利阿姨離去的背影總是顯得十分寂寞，讓目送的我難受不已。

由利阿姨現在怎麼了呢？不知爲何想到這件事的夜晚，我接到大介的來電。

「由利阿姨過世了。」

大介的聲音異於往常。我花了好一段時間，才理解傳進耳中的訊息。記憶中的由利阿姨哀傷地微笑著。

蓮見幸治

由利永眠了。這下終於解脫了。不管是我還是由利。

躺臥的由利胸口擺著亞矢的照片。她的笑容有時會療癒我們，有時則把我們推落悲傷的深淵。有些日子我們不忍直視，甚至希望能忘記她就好了。

亞矢失蹤後，過了一年左右，警方告訴我們，她被捲入犯罪的可能性極低。警方幾乎斷定這是一起事故，縮小了搜索規模。我無法把這件事告訴相信女兒還活著的由利。

我們結縭二十二年，和亞矢一起生活的時光，卻只有短短五年。悲傷痛苦的歲月更爲漫長。

第一次和由利說話，是在我大四的冬天。

我坐在校地邊陲一張曬不到太陽的長椅上，有人向我攀談。

「你老是坐在這裡，不冷嗎？」

我至今依然記得她說這話時，那雙清澈的眼眸。

大一冬天，我得知乃蒼過世了。

她告訴我懷孕的消息時，那不安的神情，我始終難忘。

「對不起，讓我想一下。」我只能別開目光，這麼回答。我不知該如何是好，於是向母親求助。我逃進了絕對會保護我的地方。

過了一陣子，母親一臉爲難地告訴我，乃蒼堅決不肯對逼迫她墮胎的大人們點頭。母親嚴厲地命令「你也去說服」，所以我打電話給她。

「阿幸，我絕對不會給你添麻煩，我保證不會再跟你見面，讓我生下來，不要殺掉我們的孩子。」

乃蒼哭著求我。我能夠做的，只有體察乃蒼的心情，向父母低頭懇求：「就讓她生下來吧！」

乃蒼的決心很堅定。大概一個月後，母親告訴我：「決定送給沒有孩子的夫妻收養了。你的場舅舅會全部處理好，忘掉她吧。」

我放下心來，至少實現了她想生下孩子的願望。

然而，乃蒼卻跳樓自殺了。我去找了舅舅，因為我無論如何都想知道，乃蒼怎麼會死了？祕書蛇田出來見我，冷酷地說：

「明明說好讓她生下來，條件是要放棄扶養，她居然跑去自殺，實在太自私了。我們也沒料到會發生這種情況。她生下孩子的事，不能讓任何人知道。這也是為了孩子好。」

我只能點頭。乃蒼的死，波及另一個人，奪走了一條生命。雖然乃蒼的名字沒有被公開，但世人都把她當成殺人凶手。我只能祈禱生下來的孩子能夠被保護好，過得幸福。

我有活下去的價值嗎？我逃離乃蒼身邊的事實不會消失。我沒有心思做任何事，把自己關在房間裡。

這時，柊先生打電話來說：

「嬰兒決定由我們收養。到了這把年紀，居然還有機會當父親，連我自己都很驚訝。我當成是命中注定。我保證會好好珍惜她、養育她。所以幸治，你也要答應我，盡力過好自己的人生，要能夠在孩子面前抬頭挺胸。」

此後，我奮發用功。跟過去的朋友斷絕往來。雖然被人在背後指指點點說是怪人，但除了上課以外，我都在背陽處的冰冷長椅上鑽研醫學書籍。

由利向我攀談時，我覺得好久沒有聽到別人的聲音了。

「我在大學待了六年，卻不曉得有這個地方。可以坐在你的旁邊嗎？」

大我兩屆的由利即將參加醫師國考。我開始偶爾會和帶著厚重參考書的由利說話。飄著細雪的日子，由利照樣會來。明明校內有許多咖啡廳。

「妳為什麼不去咖啡廳？」我問。

「我討厭人多的地方。我喜歡孩童，但不喜歡人。或許我不適合當醫生。」

由利微笑著小聲說，像在吐露祕密。

後來我們也一直是朋友。成爲實習醫生，忙碌衝刺的由利光彩動人。同時，她具有包容一切的莫大溫柔。這個印象，和初次與她交談的那天完全一樣。晚了兩年，我通過醫師國考後，我向她坦承了過去的罪行，並表白自己的愛意。

乃蒼的死。有人慘遭波及喪命。還有得知女友懷孕，害怕逃避的膽小的自己，以及小孩被認識的人家收養的事。

幾天後我們見面，由利帶著一如往常的笑容，說：

「謝謝你願意告訴我。我也喜歡你。」

她想必煩惱很久。就算對我感到失望，也是理所當然的事。

但她還是接受了我。我暗下決心，往後的人生，我一定要成爲配得上由利的人。

我們的婚姻在實習醫生的忙碌生活中展開。由利是小兒科醫生，她總是掛念著住院病人，假日也會去醫院查看。一起生活後，我發現一件事：由利會對病人過度移情。在病人的眼中，她無疑是個好醫生，但醫生並非只診治一名病人。

她爲了每一名病人的病情和處境驚慌失措的模樣，讓人看了憂心忡忡。

婚後，如今已離世的岳父曾對我說：

「由利用情太深，會對別人的痛苦感同身受。幸治，你一定要保護她。」

岳父深知由利的心太過纖細。

暑假會去土筆町，也是由利的建議。

「要是壽壽音永遠不知道她的身世，維持現狀或許是最好的。可是，如果哪天必須告訴她眞相，這樣她就能明白你一直照看著她的心意，會明白自己絕對不是被拋棄的。就算一年只有一次，還是去看看她吧。」

每年能夠見到壽壽音一次，對我來說是個救贖。只要壽壽音幸福，就算是補償了乃蒼。考上東京的大學後，壽壽音擔心由利，有時會帶她出門。

亞矢失蹤後，由利一直停職在家。她說不曉得亞矢什麼時候會回來，不肯踏出家門。我去上班的時候，總是牽掛著一個人在家的由利。我暗自期待由利和壽壽音能聊聊天，或許可以排解一下心情。然而，情況沒有任何改變。由利的心已瀕臨破碎。

「亞矢還活在某個地方。」

爲了讓由利活下去，我給了她希望。這樣做眞的是對的嗎？連她能抱持希望到什麼時候，都沒有人知道。十年過去，她再也不提「如果亞矢回來」。我爲她施的魔法已失效。

「我好想死。」

她幽幽地說。我再也無法將目光從她身上移開片刻。同時，我發現自己的內心有著相同的想法。

「欸，警察怎麼說？警察沒在找亞矢了嗎？」

某天，她唐突地問我。由利從未提過警察。她一直避免去接觸警方的說法。一定是因爲不願讓希望破滅吧。我第一次告訴她，從警方那裡得知的資訊。

「你也覺得亞矢死了嗎？」

她定定地看著我問，我答不出來。

「希望至少我們能葬在同一座墓裡。」她說。

我摟住由利纖瘦的肩膀。

「我們三個一起入土為安吧。」我說。

眞的辦得到嗎？但這是我們最後的悲願。

「撐到亞矢二十歲的生日吧。如果她還是沒有回來，我們就一起去找她。」

不知不覺間，我們定下期限。要是沒有這樣的目標，由利再也熬不過艱辛的日子。

我辭去工作，一天二十四小時都陪伴著由利。我們一起看相薄，或哭或笑，在餐桌上擺滿亞矢愛吃的食物，一起去三個人去過的地方。

雖然只有兩個人，卻是三個人共度的時光。然後，那天終於到來。

客廳桌上擺著生日蛋糕，我們一起吹熄二十根蠟燭。由利的眼中已看不到淚光。好久沒看到她這麼平靜美麗的臉龐了。

世人會說，這是一對夫妻因失去孩子而絕望，一起踏上了絕路。可是，我們只是去找亞矢而已。我們滿懷著能夠再次見到亞矢的希望，踏上旅程。

我們雖然運氣不好，但絕非不幸。

儘管短暫，我們三人共度了幸福的時光。

由利抱著亞矢的照片，躺在床上。我把點滴針扎進由利乾瘦的手臂。

「謝謝你。」

我們同時說了一樣的話，相視而笑。

我目送由利離去後，輕輕地親吻她。

將我們一起寫下的遺書放到邊几上，我在由利身邊躺下來。「我不會讓妳孤單一人。」

我將點滴針扎進自己的手臂，閉上了眼睛。

壽壽音

俗名　蓮見由利　平成三十年　十月二日　享年四十八歲

一早下的雪，在墓上薄薄地積了一層。大介細心地揩去積雪，但雪花仍不停落下。

「眞是沒完沒了。」大介嘆氣。

「嗯，可是這雪很乾淨。」

我插上線香，合掌膜拜。由利阿姨去世以後，就快過四個月了。

那天晚上接到大介的電話，我搭乘隔天的首班車趕往東京。

「由利阿姨死了。蓮見醫生正在接受緊急手術。」

大介滿是不安的聲音在耳邊復甦。

醫院候診室裡，除了大介以外，還有秀哥哥。這是我時隔八年再次見到秀哥哥。僵硬地互相頷首後，我在兩人對面坐下。

「情況怎麼樣？」我問。

「在加護病房。還沒有恢復意識。」

秀哥哥回答。大介一臉蒼白地望著半空中。

「到底出了什麼事？」

大介沒說話，秀哥哥為我說明：

「昨天傍晚，由利阿姨打電話給大介，聲音聽起來怪怪的，所以大介下班後去了他們家。可是按門鈴無人回應，總是亮著的玄關燈也沒開。大介打破玻璃窗進去，在主臥室發現兩人。大介叫了救護車，但那時候由利阿姨已過世。大概是施打藥物致死。」

「約莫一個月前開始，由利阿姨整個人變得很平靜，感覺開朗了一些，我以為是好的徵兆。她開心地說亞矢的生日快到了，沒想到居然是做了這樣的決定……」

大介咬牙擠出話聲。

「我在電話裡說『我今天會過去，不過可能會有點晚』，結果由利阿姨說『今天不要來』。我還在奇怪為什麼叫我不要去。我應該丟下工作，立刻趕過去的，那樣由利阿姨或許就不會死了……」

大介緊握的拳頭，在膝上劇烈顫抖。

「蓮見醫生是確定由利阿姨走了以後，才自己打藥吧，所以勉強保住一命。」

秀哥哥看起來很冷靜，但眼睛底下冒出了黑眼圈。

我完全幫不上忙，隔天就回土筆町了。

後來，蓮見醫生恢復意識，逐漸好轉，兩個月後終於出院，但隨即又因腦梗塞住院。

蓮見醫生的病況，大介會逐一通知我。我也透過大介，得知秀哥哥身為醫生的意見。

蓮見醫生的身體雖然有恢復的徵兆，但精神狀況很不穩定。只有自己活下來，讓由利阿姨一個人離開，這讓蓮見醫生痛苦萬分。他還需要繼續住院。延長住院時間，是秀哥哥的決定。

聽說親戚都擔心蓮見醫生是否觸犯了幫助自殺罪，在這種狀況下，最爲親近地照顧他的就是大介和秀哥哥。

我會來到東京，是因爲大介聯絡我說「妳可以來看看醫生嗎？我有事想告訴你們兩個」。不同於平時，大介的聲音異常嚴肅。他說蓮見醫生出院了，正在自家療養。去蓮見家之前，我先去了由利阿姨的墓地，在那裡遇到大介。由利阿姨的墓地離蓮見家很近。時隔五年，漫步的街道沒有改變，煎餅店的木製大招牌映入眼簾。

突然間，我憶起和由利阿姨一起挑選口味眾多的煎餅的情景。

並肩走在一旁的大介十分安靜，看起來憔悴許多。

「你還好嗎？」

大介兒時在火災中失去了父母和妹妹，視他如己出的蓮見一家又接連遭逢不幸。他的人生經歷太多悲傷了。看著他沉痛的側臉，我忍不住關心地這麼問。

「嗯。」

大介應聲，沒有看我。

久違的蓮見家變得比以前更冷清了。

客廳隔壁的和室擺著照護床，蓮見醫生躺在床上。一片靜寂的室內，空氣淒冷。

蓮見醫生醒著，望向我們，臉色比我之前趕到醫院時好太多了。只是，他的白髮變多，眼神虛弱無力。

「壽壽音。」

沙啞的聲音傳入耳中。

蓮見醫生還活著，太好了。看到眼前的蓮見醫生，我由衷這麼想。

「之前沒有來探望醫生，對不起。」

我只能這麼說。

大介輕撫我的肩膀，示意我在椅子坐下來。接著，他調高床鋪的靠背，幫蓮見醫生調整好姿勢。

「我有話要告訴你們。」

大介只說了這句，便低頭不語。那異於平常的態度，讓我感覺是相當嚴重的事。片刻後，大介抬起蒼白的臉，說了起來。

「我一直隱瞞著一件重大的事。」

我第一次聽到大介如此沉痛的聲音，心中隱隱不安。

「是亞矢不見那天的事。那年夏天，我每天都待在紀念塔的塔頂。因爲秀平帶朋友來，沒辦法像以前那樣大家一起玩。傍晚，我聽見的場先生的藍哥吉普車的引擎聲，他從山上回來了。那輛吉普車的引擎聲很特別，我一聽就知道。我想在近處看看那輛稀罕的車子，連忙跑下螺旋梯。」

我知道大介喜歡車子。他總是能一一說出路過的汽車品牌，自豪是全校最精通車種的人。那天，我上去塔頂和大介說過話。後來發生亞矢失蹤的悲劇，我一直不願再想起。

「我跑下去，躲在東門的樹木後面。一會後，藍哥吉普車從東門開進來，停在原地。蛇田先生從駕駛座走下來。」

「你躲起來？爲什麼？」

「我不喜歡的場先生，也不喜歡蛇田先生。我想看藍哥吉普車，但又不想碰到的場先生。」

的場先生曾開車載我們上山一次，秀哥哥也一起。當時我覺得的場先生刻意忽視大介，感覺不太舒服。

「接著，的場先生也下車了，兩人走進倉庫。蛇田先生很快就出來……就在他的懷裡。」

「在他的懷裡？什麼東西在他懷裡？」

「亞矢。」

「你說什麼!?」

蓮見醫生猛地朝大介靠過去，差點沒從床上摔下來。

「請冷靜下來，先聽大介說完吧。」

我安撫蓮見醫生，同時也是爲了要自己鎭定。

「我以爲他們要把睡著的亞矢帶去屋裡，但蛇田不是把她抱到後座，而是放進後車廂。然後，他又回去倉庫。我靠過去想要查看亞矢的狀況，摸她的臉頰，發現她已沒有呼吸。」

「怎麼會……」

蓮見醫生摀住臉。

「我聽見倉庫門關上的聲音，來不及跑，情急之下鑽進車子裡。我從後車廂翻過放著各種物品的後座椅背，躲在座椅下面。我感覺到車門關上的聲音和震動，接著車子動了起來。大概開了一個小時左右吧，車子停下來，兩人下車了。我等了一會，從車窗往外看，只見蛇田在黑夜裡用鐵鍬挖洞。的場蹲在旁邊。」

「等一下，你是說他們一起埋了亞矢？」

蓮見醫生揚聲逼問。

大介發出痛苦的呻吟，點點頭。

「你爲什麼不馬上說出來⁉」

蓮見醫生凶神惡煞般逼問。大介低著頭，身體縮得小小的。

「你看到亞矢死掉，也看到凶手，爲什麼不說出來？爲什麼？」

我也抓住大介的手臂搖晃。

「爲什麼？告訴我們啊！」

大介閉上眼睛，咬著牙繼續說下去。

說出接下來發生的事，以及他選擇沉默的理由。

「車子從山上返回，停了下來，我聽到鐵捲門降下的聲音。一片漆黑中，我蜷蹲在座椅間，嚇得一動都不敢動，不久後，腳步聲消失了。我心想得快點通知蓮見醫生才行、得告訴大家亞矢死掉的事才行，於是溜出車子，慢慢地推起鐵捲門，爬了出去。確定外面沒有人以後，我拔腿就跑。可是看到招待所的時候，我不禁停下腳步，想像起由利阿姨崩潰大哭的模樣。怎麼辦？我該怎麼說才好？心臟都快跳出胸口了。一走進招待所，就聽見由利阿姨的尖叫聲：

『要是亞矢死了，我也要去死！』

我整個人彷彿當場凍結，無法動彈。『我也要去死』這句話不斷在腦中重播。

『大大，亞矢呢？』

由利阿姨問我，我沒辦法回答。

警察問我，我也反射性地說『不知道』。我非常害怕。亞矢死掉了。明明看到的場和蛇田把亞矢埋在山裡，我卻保持沉默。

一切都太可怕了。

我拚命告訴自己：『要是說出看到的事，由利阿姨就會死掉，所以什麼都不要說。』死掉的亞矢，她的臉和我死在火場的妹妹美由紀的臉，重疊在一起。我的爸爸媽媽都死了。爲了不讓由利阿姨死掉，我只能沉默。

不知不覺間，我要自己相信保密是爲了由利阿姨。

可是隨著時間經過，我發現自己三緘其口並不是爲了由利阿姨，而是因爲我再也無法承受失去至親。對於繼續隱瞞事實，我開始猶豫，好幾次想要說出眞相。但面對相信『亞矢還活著』的由利阿姨，我實在說不出口。」

「那個時候，由利的確說過『要是亞矢死了，我也要去死』。」

蓮見醫生說完，陷入沉默。

告白一切之後，大介目不轉睛地注視著由利阿姨的遺照。

大介的哀傷，逐漸感染我的思緒。這不是對或錯的問題，我甚至看出他令人不忍直視的心情。

「由利阿姨什麼都不知道就走了。這樣眞的好嗎？我不知道。醫生，對不起。」

大介低頭，全身微微顫抖著。

蓮見醫生咬住嘴唇，直瞪著前方。

沉重的寂靜中，時間分秒過去。

「我也是同罪。」

終於，蓮見醫生勉強擠出聲音。

「我對由利說，找不到遺體就證明亞矢還活著，給了她希望。我認爲這是讓她活下去的唯一方法。我一直苦惱著，這是不是反而更折磨她，但又沒有別條路可走。我滿腦子只想要由利活下去。我沒有資格責備大介。」

兩人的眼眶都紅了，卻都拚命忍住淚水。

「我想要實現遺書上的內容，實現由利阿姨的願望。」大介熱切地表示。

蓮見醫生和由利阿姨的遺書上寫著，如今他們只希望三人能葬在一起。

「你知道亞矢被埋在哪裡嗎？你要告訴警察嗎？」我問。

「不，我不知道地點。就算告訴警方，畢竟過了這麼多年，而且當時我還小，我不認爲警方會相信我的說詞。」

「我再問你一次，你看到的眞的是的場舅舅和蛇田嗎？」

「是的，這一點千眞萬確。」

「到底是爲什麼？我完全不懂。他們爲什麼要殺害亞矢？」

蓮見醫生抱住了頭。我也無法想像。蛇田先生給人的印象雖然冷漠可怕，但並不是個壞人。更何況，的場先生爲什麼非殺亞矢不可？

「上星期我去了的場邸。我決心把一切告訴蓮見醫生，所以想要再次確認那天發生了什麼事。我站在東門前，記憶漸漸恢復。我記得自己蹲在後座底下，隨著車子搖晃，從平整的馬路變成碎石路。結果，一個疑問冒了出來。」

「什麼疑問？」

「壽壽音應該也知道，上山的那道門一向鎖著。那道門是開車上山唯一的路，平常都要先下車開鎖，等通過了門再下車鎖上。通過那道門的時候，一定要下車兩次。每次從紀念塔看到這幕景象，我都覺得有夠麻煩的。可是，那天不一樣。」

「哪裡不一樣？」

「我躲進車子以後，車子往前開，卻只停下一次。通過門之後，蛇田才下車鎖門。」

「什麼意思？」

「也就是說，他們開車上山的時候，門是開著的。因爲蛇田他們從山上回來的時候，讓門開著，沒有關起來。」

「是打算立刻就要回去山上嗎？」

「沒錯。的場他們接到某人通知，說亞矢死在倉庫，所以連忙從山上趕回來。由於決定立刻開車把亞矢載到山上，便沒有把門關上。」

「換句話說，他們只是搬運屍體，殺害亞矢的另有其人？」

「沒錯。我一直認定他們兩個是凶手，實際上不是。那個時候蛇田進入倉庫，一下子就出來了，根本沒有時間做什麼。我認爲是殺了人的凶手，把這件事告訴在山上的的場和蛇田。」

「凶手打電話給他們其中之一，也就是凶手知道他們的手機號碼……」

蓮見醫生欲言又止。

「而且是他們必須保護的人。」

聽到大介這句話，我背脊發涼。腦中浮現秀哥哥的臉，但我隨即抹消念頭。絕對不是。不可能是秀哥哥。

我暗自列出知道他們手機號碼的人。

的場家的人，的場阿姨、秀哥哥和希海，我的父母。就算是我，只要查看父親的記事本，也能查到的場先生和蛇田先生的手機號碼。借宿在的場邸的杉山夫妻，還有秀哥哥的朋友，他們知道號碼嗎？那天在的場邸的每個人，可說都是嫌犯。

蓮見醫生的臉色很糟。

我去廚房泡了茶，端給兩人。

我自己也渴極了。三人都默默以茶水潤喉。

「我會找的場舅舅談一談。」

我理解蓮見醫生的心情，但不認爲的場先生會老實承認。

「這我也想過，但沒有證據，他實在不可能坦承。」大介說。

寂靜的屋裡，幾道深沉的嘆息重疊在一起。

大介緊握雙拳，站了起來：

「我不會放棄。我一定會找回亞矢，所以請給我一點時間吧。我不會讓由利阿姨和亞矢永遠分隔兩地。醫生，請不要再尋短見，好好看我表現吧！」

大介很害怕蓮見醫生再次追隨由利阿姨離去。

一直閉目沉思的蓮見醫生，小聲地說：

「我知道了。」

大介一再點頭，強而有力地揮拳，像要鼓舞自己。

「我也要幫忙。」

回程的路上，我啞聲低語。我累到無法正常發聲。

「壽壽音，妳還好嗎？妳的臉色好差。」

爲了讓大介放心，我努力回答「不要緊」，和大介道別了。

一回到土筆町的家，我立刻倒在床上。太令人震驚了。亞矢眞的死了，還得知意料之外的新事實，我整個人方寸大亂。

可是，我想要支持大介的想法。爲了找到亞矢，我能做什麼？

流過電車窗外的景色，我實在喜歡不起來。因爲從田園突然冒出都市的變化，會激起我的不安。今天我和大介約在東京都三鷹市的井之頭公園見面。

可能是大介吐露的事實帶來的衝擊太大，這陣子我的身體一直不是很舒服，今天早上也吐了好幾次。我麻煩母親看家，趕往車站，但沒趕上預定要搭的那班電車。

後來這兩個星期，我和大介幾乎天天通電話。我和大介決定一起行動，設法實現由利阿姨的願望。

阻擋在前方的牆壁又厚又堅固。如今我們很難直接見到的場先生，即使見到了，也不曉得該從哪裡突破。怎麼做才能達到目的？老實說，我們一籌莫展。

總之，即使只有一步也好，爲了往前進，我們決定只找神山先生商量。大介去見他，向他說出事實。兩人透過「英雄錄」，從以前就認識。

「反應如同預期。」

即使隔著電話，也聽得出大介的不甘心。

「神山先生相信我的說詞，但認爲這不可能讓警方有所行動。除了的場以外，現在蛇田也成了政黨的重要人物。當時讀國一的小孩，過了十五年才跑出來說這種話，警方不可能當眞。他說這次實在無能爲力，雖然明白我們想要找到亞矢的心情，可是非常困難。」

神山先生似乎難得說了重話。不過，大介還是懇求他協助調查秀哥哥的朋友，小松原和立山。

我們一致同意，他倆是最可疑的人。如果能查出凶手，或許就能找到與的場先生的關聯之處。

小松原隆，現年三十歲，沒有工作，一個人住在三鷹市的老家。父親小松原正隆從警察廳退休後，夫妻倆一起搬到妻子位在高知縣的娘家。

立山順治，任職於墨田區內的大町區民事務所，三年前結婚，去年剛生了女兒。

神山先生又補充了一些事實。

兩人鬧出對國一女生猥褻的案子，當時被列爲重要關係人，受到調查。小松原的父親是警察廳長官官房參事官，應該受到相當的禮遇，但似乎確實針對他進行過完整的調查。兩人被排除在嫌犯名單之外，是因爲從時間上來看，他們不可能犯案。

下午三點半左右，開始玩捉迷藏。四點左右，由利阿姨和回到招待所上廁所的亞矢說過話，此後就沒有人看到亞矢了。這代表亞矢在四點以後遇到某些事。

四點二十分，小松原和立山猥褻國中女生。五點的鐘聲響起的時候，我從樹上看到兩人經過。五點二十分，兩人回到的場邸，小婆婆迎接他們。後來，小婆婆和秀哥哥看到他們在客廳看電視。

他們沒有時間把亞矢遺棄到沒人找得著的遠處，才會被排除在嫌犯名單之外。可是，從大介的告白可知，有人開車幫忙棄屍，因此只論殺害的話，他們是有辦法犯案的。

殺了人的兒子驚慌地聯絡父親。父親拜託老朋友的場先生幫忙湮滅證據。警察幹部的兒子殺人，而且凶案現場就在自己的土地上，萬一東窗事發，將會鬧得滿城風雨。這個理由足以促使的場先生幫忙掩蓋犯罪。

然後，的場先生命令蛇田先生棄屍。如果是蛇田先生，任何指示都會聽從吧。

雖然大介承諾神山先生不會亂來，但我們不可能袖手旁觀。我們決定調查小松原的背景。

電車靜靜地被吸入車站大樓，停靠月台。可能是過了通勤時段，車站內人影稀疏。走出驗票閘門後，我看見大介百無聊賴地站在那裡。

「抱歉，我遲到了。」

「知道他家在哪裡了，可以用走的過去。」

「你查到了？」

「我提早到車站，在附近晃晃，問了一下店家，對方馬上就告訴我了。小松原家在這一帶似乎很有名。警方的高層果然是當地名士吧。」

大介難得語帶嘲諷。我追上往前走的大介。這裡不同於都心，有許多樹木，是新舊房舍錯落的住宅區。

小松原家距離車站徒步約十五分鐘，是被木頭圍牆環繞的雙層獨棟樓房。建築物整體陳舊古樸，與屋主的高官身分格格不入。不過，寫著「小松原」的豪華門牌散發出一種威嚴。

經過大門後，我們從圍牆縫隙窺探裡面。感覺不到有人，一片寂靜。二樓的晾衣竿沒有晾曬衣物。屋子後方有座小庭院，但雜草叢生，角落堆積著廢棄的家具和物品，顯示出頹廢的生活樣貌。

大介指著斜前方。那是一棟雙層木造公寓，水泥空心磚牆上掛著看板「大和公寓　住客招募中　大和不動產」。

「我們過去看看吧。」

回到車站前，很快就找到「大和不動產」。大介毫不猶豫地打開拉門。

「歡迎光臨，請坐。」

五十多歲的婦人請我們在進門處旁邊的沙發坐下。我和大介並坐在一起。店內沒有別人。

「兩位要租屋嗎？」

「對。」大介立即回答。

「我請社長過來，請稍等。」

婦人很熱情，還端茶給我們。

我們不是刑警，要怎麼調查小松原？這件事我們在電話裡討論過許多次。大介的作戰計畫是這樣的：

首先，大介在小松原的住家附近租屋，監視他的生活模式，慢慢地建立起關係，再深入交流。如果小松原就是殺害亞矢的凶手，極有可能是戀童癖。大介會表現出讓他以爲是同好的言行，與他親近，設法得到某些資訊。或許可以問到與犯罪有關的證詞，甚至取得物證。

大介起勁地說：我和小松原只有在那年夏天打過照面，連話都沒說上。過了十五年，他不可能認得現在的我，絕對想不到我正爲了亞矢的事在調查他。

大介辭掉工作了十年以上的餐廳。我拚命阻止他，勸他不要辭職，但他斬釘截鐵地說「我工作到現在有存款，妳什麼都不用擔心」，讓我無法再繼續說什麼。一旦下定決心，就要貫徹到底，大介的個性從以前就完全沒變。

「讓兩位久等了。」

一名上了年紀、看起來很和善的清瘦男子，在對面坐下來。

「兩位要找什麼樣的房子？」

「哦，我想要租大和公寓。」

「但那裡只租單身人士……」社長交互看著我們，抱歉地說。

「不，是我一個人要住。這是我妹妹，今天是陪我來的。」大介指著我說。

「這樣啊，兩位感情眞好，實在令人羨慕。一個人住的話，上個月正巧空出來一戶。」

社長在桌上打開厚重的檔案，開始說明。他也介紹了其他物件，還有鎮上的觀光勝地、推薦的餐廳，甚至炫耀起自己的孫子，話匣子關不住。一直耐心聆聽的大介，抓緊社長話中的空檔，提問：

「聽說前警察廳參事官的住家，就在大和公寓附近？」

「您是聽誰說的？」社長露出觀察的眼神。

「剛才附近店家有人提到……」

大介含糊其詞，牽制對方的反應。

「既然要租屋，還是想瞭解一下周遭環境嘛。」

「哦，那是很久以前的事了，現在那裡沒問題的。」

「意思是，以前有什麼問題嗎？」

或許是心理作用，社長稍微傾身向前，說了起來：

「大和公寓的斜對面，確實是前警察廳參事官的家。現在只有他兒子一個人住。這話不好說出去，不過大概十五年前，他兒子還在讀國中的時候，鬧出不少問題。唔，父親地位不凡，備受矚目，所以傳聞也被加油添醋了。」

「是什麼問題呢？」

「簡而言之，就是個不良少年啦。小松原先生工作忙碌，鮮少在家，太太一個人似乎很辛苦。像是家暴、偷竊、跟蹤騷擾女孩子，鬧出許多事。有人說他是警察高官的兒子，不管做什麼都不會有事。他們夫妻人是很好啦。當地人私底下都說，小松原先生退休後一定會從政，沒想到他倒放得下，就這樣退隱，搬到太太位於高知的娘家。」

「現在那兒子怎麼樣了呢？」

「沒看到他出去工作，但很久沒鬧出問題了。出問題是十五年前的事了，您儘管放心。這地方很平靜，治安很好的。」

社長連珠炮似地接著說：

「大和公寓住的多是單身上班族，所以相當安靜，我非常推薦。這一帶最近滿搶手的，要租要快，不然馬上就會被租走嘍。」

最後，他以生意人的推銷話術煽動大介。

大介說希望能盡快搬進去，很快便談妥了。社長立刻要帶我們去看房子，於是我們前往大和公寓。空出的是二樓的邊間。玄關旁邊是小廚房，沒有浴室。整體只有四張半榻榻米大，但空無一物，所以感覺十分寬敞。入內之後走近窗戶，能清楚看到小松原家的大門。

「什麼時候可以搬進來？」

大介看著窗外問。

「正式的契約流程要跑三天，但您明天就可以搬進來。我看您是個老實人嘛。其實這裡的房東是我本人，我就住在大和公寓的對面。」

我們回到「大和不動產」，簽約辦手續。

大介說明天會搬東西進來，想趁今天先打掃一下，房東也答應了。

「那麼，今天就把鑰匙交給您。不過明天才會有電。」

我們向豪爽的房東道謝，去超市簡單採買後，回到大和公寓。沒有日照的屋內實在稱不上舒適，但總算是踏出計畫的第一步了。我們一起吃了買來的三明治。這段期間，大介也緊盯著窗外。

「幸好房仲很健談。剛才你突然說我是你妹妹，嚇我一跳。」

「爲了讓小松原相信我是同道中人，不希望他以爲我有女朋友。房東感覺很愛到處聊八卦，說妳是我妹妹比較好。因爲這些話不曉得會在哪裡傳進小松原的耳朵，小心爲上。」

大介那不同於平時的語氣，顯示出他無論如何都要親近小松原的決心。

「不要太亂來喔。」

看到大介這樣不顧一切，我不禁擔心起來。

「我知道。我會謹愼行事。」

大介回頭看我的眼神，瞬間轉爲溫和。

「妳回去吧。妳要先去蓮見醫生那裡再回家吧？這樣會很晚。」

「好。」

我走在返回車站的路上，想著獨自留在空無一物的屋裡的大介。一直帶著失去由利阿姨的悲傷而活，實在太教人難以承受了。我想幫忙大介。我告訴自己，現在只想著這件事就夠了。

展開監視行動後，兩個星期過去了。大介報告說，小松原幾乎不會跨出家門。他抓住丟垃圾的機會向小松原打招呼，但對方沒有反應。聽街坊鄰居說，小松原關在家裡已超過十年。但就像房東說的，似乎都很安分，沒鬧出什麼問題。

小松原一週出門一次，去徒步三十分鐘路程的國道旁的大型電玩商店，在陳列著遊戲軟體的架子前挑選約一個小時，然後回程去車站前的超市採買食物。他總是揹著和樸素的服裝格格不入的黃色背包，大介說是跟蹤時很醒目的記號。

爲了陪蓮見醫生去醫院，今天大介必須離開公寓。蓮見醫生在家裡療養，但得定期接受診察。我希望自己至少在這種時候能派上用場，於是攬下監視任務。

從窗戶俯瞰，對面大門沒有人進出。大介考慮下次小松原去遊戲商店時，果斷地向他攀談。

上午有許多老人經過，因爲路很狹窄，沒什麼行車。到了午後，可能是從幼稚園回來，有幾個騎自行車載小孩的母親經過。到了三點左右，揹著書包的小學生路隊出現。緊盯著這些景象，進行監視，需要莫大的耐心。我再次感受到，每天生活在這裡的大介的執念。

我有點累了，目光對著戶外，腦袋倚靠在窗框上。片刻之後，一名男子走向這裡。

我忍不住抬頭，是秀哥哥。

他怎會來這裡？是大介告訴他的嗎？我困惑地看著，只見秀哥哥在小松原家前面停下腳步，按下門鈴。

很快地，玄關的門打開，小松原露臉了。秀哥哥跟著他進入屋內。雖然只有一瞬間，但小松原好像笑了。

目睹的景象實在讓我無法置信。看起來不像久別重逢，原來他們一直都有聯絡？

我最害怕的現實，在眼前發生了。儘管一直存在於心底，我卻不斷否定，不敢說出口。我一直相信秀哥哥不可能和亞矢的事有關。

可是，萬一……

心跳猛然加速，汗水泉湧而出。我再也站不住，一陣天旋地轉，摔倒在地。

「壽壽音，妳怎麼了？」

回頭望向聲源處，只見大介站在玄關，擔心地看著我。

「秀哥哥他……在小松原家……」

我知道自己的聲音在發抖。

「冷靜下來。」

大介攙扶著我，讓我靠牆坐下。我把剛才目睹的景象告訴他。

「他還在裡面？」

我無力地點點頭。我明白我們想到了同一件事。

「接下來換我監視，妳休息一下。反正現在也沒辦法做什麼。如果小松原和秀平很要好，就必須重新擬定作戰計畫才行。如果我親近小松原，可能會被秀平發現。等妳稍微恢復冷靜，再來想想該怎麼做吧。」

我全身虛軟，使不上力，呼吸困難。

「壽壽音，妳有辦法獨自回去嗎？待會我送妳吧？」

「我沒事。」

我不想聽到大介的看法。現在我不想談秀哥哥的事。感覺要是說出懷疑的言詞，就會成爲現實，太可怕了。我想一個人獨處。

「我可以先回去嗎？」

「好。走後面的巷子去到大馬路喔。」

我知道大介的用意，千萬不能被秀哥哥發現。

「回家路上要小心。如果不舒服，最好坐計程車。」

我腳步踉蹌，仍盡快離開公寓。接著坐上計程車，前往上野站，極力什麼都不去想。

呼吸漸漸急促起來，我愈來愈難受，感覺實在沒力氣撐到土筆町。我請司機改開到根津。今天住在蓮見醫生家吧。

玄關的門打開，蓮見醫生出來了。我連站著都很難受，朝蓮見醫生的身上倒了過去，下一秒，眼前的景象整個扭曲了。

意識朦朧中，我聽見蓮見醫生的聲音：

「請到東京醫療研究中心。」

警笛聲作響。

「沒事的，我陪著妳。」

手上感覺到一陣溫暖，我在救護車上搖晃著。

「要是再晚個三天，可能就性命不保了。」

從加護病房轉移到普通病房時，醫師這麼說。

我被診斷爲慢性腎衰竭末期，是五階段裡最嚴重的「G5」。腎臟似乎和肝臟一樣，並稱爲「沉默的器官」，但回想起來，我有好幾次察覺生病的機會。眩暈和嘔吐感，我都當成是疲勞所致。母親警告我應該去做個健康檢查，我卻當成耳邊風，實在是後悔莫及。

「壽壽音……」

母親強忍淚水，握著我的手。我不能丟下年邁的母親死去。

蓮見醫生和主治醫師神情凝重地討論著，但我不知道他們在說什麼。感覺仍置身夢中，圍繞著我的人們身影逐漸變得模糊。

被送進醫院後，過了兩週，我才總算清醒過來。醫生彷彿在等待這個機會，來到我的枕畔說明：

「我們已開始進行緊急血液透析，可是妳的腎臟失去大部分的功能，不會再恢復了。必須盡快進行腎臟移植。」

這段宣告恍若惡夢，我的理解力無法跟上。在單獨一人的病房裡，我不安極了。

「我和妳母親討論過，決定告訴妳。妳恐怕會相當震驚，但攸關妳的性命，請好好聽我說。」

蓮見醫生一臉苦惱，對躺在病床上的我說。

「我有重要的事想告訴妳。」

從醫生嚴肅的語氣，我知道他要透露我的身世。一旁的母親也神情肅穆。爲什麼要現在告訴我？是想趁我還活著的時候，表明他是我的父親嗎？這讓我體認到自己命在旦夕，內心沉重不已。

「妳是我的女兒。礙於一些苦衷，我把妳託付給柊家。一直瞞著妳到今天，眞的對不起。」

看著蓮見醫生深深低頭行禮的樣子，我的心情極爲複雜。在我的心裡，總覺得或許會有聽到他說出眞相的一天。

「我知道。」

這話脫口而出，蓮見醫生和母親都倒抽了一口氣。

「妳知道？怎麼會？」母親立刻追問。

「我懷疑亞矢的失蹤和我的身世有關，所以四處調查了一下。」

我簡短說明發現親生父母是誰的經過，兩人張口結舌了好半晌。

「沒想到妳會知道。」

蓮見醫生低聲說道。

「害妳經歷了這麼多痛苦，我對不起妳。」

蓮見醫生向我低頭道歉，我不知該如何回答。

「或許妳會覺得太遲了，但可以讓我認領妳嗎？」

這話實在出人意表。

「只要有親子關係，我就可以捐贈器官給妳。」

我想起護理師告訴我的移植相關知識。

移植的管道有兩種，活體腎臟移植和屍腎移植。

活體腎臟移植，就是從活著的人身上取得一顆腎臟。捐贈者僅限親屬。所謂的親屬，指的是六等親以內的親人及配偶，還有三等親以內的姻親。母親年歲已高，而且患有高血壓，從一開始就被排除在外。

屍腎移植，是從腦死或心臟停止的人身上取得腎臟。相對於等待移植的人，登錄為捐贈者的人數是少之又少，必須等上好幾年。有人等不到移植，就這樣離世了。

「壽壽音，讓蓮見醫生捐腎給妳吧。」母親握住我的手。

「都交給我吧。」蓮見醫生說道。

懇求的目光交會在我身上。我感受到兩人深深的愛。

「那就拜託了。」

我交互看著兩人，行禮說道。

幾天後，換成母親低垂著目光，開口道：

「壽壽音，我有一樣東西要給妳。」

她遞過來一只用繩索繫住的小盒子。

「是妳的臍帶。妳的生母留下的遺物。」

這突如其來的狀況，讓我不知所措。

「她一定是想留下和妳的連繫吧。我一直沒有交給妳，是擔心妳看到這臍帶，就會想起自己是被拋棄的。」

爲了不讓我傷心，母親如此爲我設想。母親善體人意的做法讓我感動不已。

「這是妳和生母寶貴的連繫，所以我一直小心收藏著。既然妳已知道事實，我認爲應該交給妳。我覺得它一定會守護妳，妳要收好。」

我的生母乃蒼，會保護我……

可是，對我來說，我的母親依然是眼前這一位。我不能讓母親傷心。我懷著這樣的心思，收下裝有臍帶的盒子。

後來，蓮見醫生也經常來病房探望我。我住院之後，過了一個月，某天蓮見醫生客氣地問：

「明天開始，我可以每天來看妳嗎？」

「每天來不會太累嗎？」

蓮見醫生的心意我很感激，但我擔心他的身體狀況，不希望他勉強自己。

「其實我要住院一段時間。一方面也是爲了保險起見，要進行檢查，妳不用擔心。」

或許是爲了活體腎臟移植的事。這個推測掠過腦海，但我沒有說出來。

隔天開始，我們每天都會聊天。可能是爲了讓我放心，蓮見醫生表現得非常有精神。如果他能順利康復，就太令人開心了。

「我很好奇，太鼓師政哥和美里小姐後來怎麼了呢？」

某天，我這麼問。

「好懷念。妳居然還記得他們。」

在我的劇本中，有情人終成眷屬，圓滿收場。

「其實大概十年前，我偶然遇到政哥。是以醫生和病人的身分。我正奇怪這病人怎麼一直盯著我的名牌，結果他劈頭就問：『你是那個時候的小學生嗎？我是打太鼓的政哥。』」

蓮見醫生笑逐顏開，愉快地說。

「我們話起當年，聊得好開心，惹得護理師用古怪的表情看我們。不過遺憾的是，他和美里小姐沒有順利交往。」

現實無法像劇本一樣。不過，他們確實拯救了美里小姐。

「那棟公寓不曉得還在不在。」

蓮見醫生低喃，露出遙望遠方的眼神。

「想知道妳母親的事嗎？」

他重新轉向我，問道。雖然有些害怕，但我想知道蓮見醫生眼中的乃蒼，是個怎樣的人。我緩緩點頭。

於是，蓮見醫生一點一滴地述說年輕的兩人的往事。

「我們是在圖書館認識的。我好幾次看到她一臉認眞地在挑書。不知爲何，一眼就讓我留下了印象。某天，有隻蜜蜂飛進圖書館，乃蒼嚇得到處跑。我連忙想幫她趕走蜜蜂，反而惹得蜜蜂盯上我，結果我們一起逃出了圖書館。蜜蜂飛走以後，我們覺得很好笑，笑成了一團。後來每次在圖書館遇到，我們都會去隔壁的公園聊天。」

其他日子，蓮見醫生告訴我曾發生這樣的事：

「有一次，我把政哥的事告訴乃蒼。她聽得眼睛發亮，激動地說『你們好勇敢，太厲害了』。我說美里小姐以前住的公寓叫『和平莊』，就在這附近，她嚇了一跳。因爲乃蒼居然就住在『和平莊』。我覺得頗爲懷念，過去一看，公寓還是跟以前一樣。之後，我偶爾會去乃蒼的住處玩。」

得知兩人是像這樣連繫在一起，我有些感動。

「高中畢業典禮的前夕，乃蒼扭扭捏捏地跑來跟我說：『我想拜託你一件事。』還以爲是什麼事，原來她想要我的制服的第二顆鈕釦。她滿臉通紅地說『不要給其他女生』，那模樣眞是可愛極了。」

乃蒼的情意實在惹人憐愛，令人揪心。我想像少女把收到的鈕釦，小心翼翼地收藏在束口袋裡的模樣。

「我也把土筆町的事告訴她了，希望有一天能帶她去看美麗的風景。可是，我完全沒想到，她會是以那種形式去到土筆町。」

蓮見醫生低下頭，哀傷地閉上眼。感覺他似乎會說出後悔或反省的話語，我立刻轉移話題。因爲聽了也只會徒增難受。兩人相愛過，光是知道這件事，我就很幸福了。

我在病床上忍受著肉體上的不適，對未來惶惶不安。在這樣的狀況中，與蓮見醫生相處的時光，格外珍貴。

我反覆住院又出院，四個月過去了。

在看不到希望的曙光的情況下，只能等待捐贈者出現。日子一天天過去，蓮見醫生忽然話聲開朗地前來報告登記手續完成的消息。

「謝謝醫生。」我出聲道謝。

「放心，妳一定會康復。」

蓮見醫生看起來神清氣爽。我回握他笑著伸過來的手。

由利阿姨獨自離世，又得知亞矢的死訊，蓮見醫生的悲傷與痛苦，是不可能消失的吧。但感覺我們相握的手強勁有力，如果蓮見醫生萌生活下去的意志，實在是值得高興的事。

「現在開始準備移植手術。」

那個時刻唐突地到來。院方向我和母親確認接受移植的意願，我們做出肯定的答覆。術前準備匆促地進行，醫生講解過程，陪在推床旁邊的護理師出聲鼓勵，這些話語都從左耳進右耳出。我望著手術室的白光，感受到冰冷的注射針頭扎進背部。

我無暇感受不安或恐懼，意識便逐漸遠離。

我全身哆嗦，冷得受不了。張開眼睛一看，母親的臉出現。

「手術順利結束了。壽壽音，太好了。」

母親溫柔地摩挲我的手。我得救了嗎？我得以續命了嗎？

母親似哭似笑的表情道出了答案。

手術後過了兩天，我回到普通病房。這時，母親才告訴我：

「妳接受了蓮見醫生的屍腎移植。」

「咦？」

「妳從過世的蓮見醫生身上移植了腎臟。」

「蓮見醫生死掉了嗎？怎麼會？」

「聽說他在家裡突然身體不適，送到醫院時，已回天乏術。蓮見醫生登記了優先提供親屬的器捐同意書，所以妳才能接受移植。」

我無法消化這個訊息，頓時啞口無言。

「壽壽音，妳還好嗎？」

蓮見醫生死掉了……

「我不能接受……」

我搖著頭說，母親安撫我：

「妳不能辜負蓮見醫生的心意。他爲了救回妳的命，預先設想好一切的可能性。」

我原本猜想蓮見醫生是爲了進行活體腎臟移植而住院檢查，沒想到他連自己猝死的狀況都考慮進去了。

蓮見醫生深切的父愛，讓我的胸口一緊。

手術後過了快三個星期，雖然我仍無法完全接受蓮見醫生去世的事，但身體順利恢復，醫生告知兩天後就可以出院。

這天早上，我在週刊雜誌上發現一小則報導，不禁懷疑自己看錯了。

〈因注射藥物殺人，石田大介（二十八歲）遭到逮捕〉。

報導中提到，受害人是蓮見幸治。

大介殺害蓮見醫生？

我立刻打電話給神山先生。神山先生先詢問我的身體狀況，接著嘆了口氣，無奈地說：

「大介是在七月三日，小姐手術結束的隔天自首的，他聲稱殺了蓮見幸治。警方申請司法解剖，結果如同大介供稱的，遺體驗出藥物。經過連日的偵訊，警方正式逮捕大介。被捕後，大介一直保持沉默，因此動機依舊不明。」

神山先生沒有透露更多。他說得含糊不清，是因爲他也還無法釐清，該如何面對這件事才好嗎？

「我不相信，一定有什麼理由。」

「小姐不要多想，好好休養吧。」

我很感激神山先生的心意，但我整個人思緒大亂。

「好的。」

道謝之後，我掛了電話。剛剛自己說的那句「一定有什麼理由」沉重地壓在心上。

大介殺害蓮見醫生，我實在無法相信，但實際上大介自首了。如果這是眞的，理由是什麼？

蓮見醫生死了，我接受移植手術。這是事實。

我想起自從發現患有腎衰竭以後，讀到的書上的內容。

・自殺者的「器官優先提供親屬」將不予執行。

・必須交由偵查機關相驗、勘驗、司法解剖等情形，將難以進行器官移植。

一個駭人的想法掠過腦海。爲了拯救我的生命，大介奪走蓮見醫生的生命，布置成會讓人以爲是病死的狀態。

我知道大介擁有近乎莽撞的正義感，也知道他會爲了某人，不顧一切的個性。可是，再怎麼說他都不可能行凶。

難道……

腦中浮現另一種想像。

我從護理師那裡聽說過，蓮見醫生過世前的健康狀況。蓮見醫生自殺未遂後，又發生腦梗塞，留下我所不知道的後遺症。檢查的結果，發現他的左內頸動脈完全阻塞，並有重度的動脈硬化、腦部血流量減少等等，狀況相當嚴重。若是再次發生腦梗塞，不可能撐得過去，由於隨時都有可能發作，能不能再活上三年，都很難講。護理師說，蓮見醫生很清楚自己來日無多。

得知我需要移植後，他提出想活體捐腎給我，爲此開始辦理各種手續——我一直這麼以爲。

然而，我錯了。

雖然蓮見醫生的腎臟功能沒有問題，但他的身體無法承受手術，根本不可能活體捐腎給任何人。若是想要把腎臟移植給我，唯有「死後優先提供給親屬」這個方法。

如果死了，就可以提供腎臟。但自殺不行，因此他要求大介協助。蓮見醫生被當成病死，移植手術順利結束。

如果他們兩個是爲了救我一命，而想出這樣的計畫並執行，我該如何自處？移植手術順利結束，存活下來的喜悅、蓮見醫生死掉的事實，以及大介遭到逮捕的衝擊，讓我的腦袋混亂不已。

對秀哥哥的懷疑也尚未釐清。我好似一個人被拋棄在伸手不見五指的黑暗當中。一股從未感受過的孤獨鋪天蓋地而來。

「好久不見了，壽壽音。」

這時，一名年輕女子走進病房。短頭髮、鮮豔的口紅、招搖的大花圖案褲裝，是誰？

「哎，妳認不出我？」

那雙大大的眼睛直瞅著我。

「希海？」

睽違數年，希海變得判若兩人。

希海去英國留學後，剛開始我們會互相寫信，也會通電話，但後來漸漸疏遠了。希海在英國的生活一定也很忙碌吧。

自從在大介工作的餐廳吃飯後，我們就不曾見面。

完全看不出過去的面貌。最大的變化是髮型，還有眼鏡拿掉了。說到希海，她的正字標記就是一頭筆直的長髮和黑框眼鏡。然而，現下在病床旁蹺起腿的她美豔奪目，感覺就是個活力十足的女子。

「妳的狀況怎麼樣？」

她用左手摸著自己的耳垂問。看來，摸耳垂的習慣還是沒變。雖然外表截然不同，但懷念之情依然湧上心頭。對我來說，希海是特別的人。

小時候身邊的人都對我很好，卻也有種刻意小心待我的氛圍。因爲每個人都知道我是棄嬰。只有希海不會對我另眼相待，總是有話直說，讓我感到十分自在。

希海跟父親和哥哥分開生活，感覺從小就一直懷抱著某些煩惱。

可是，她絕口不提自己的煩惱。我總覺得她好堅強。

「後天就可以出院了。妳怎麼知道我住院？」

「我好久沒回來，打電話到妳家，是小婆婆告訴我的。不曉得有多少年沒被人叫『小姐』嘍。」

小婆婆來到我們家以前，在的場家做了很多年的幫傭，從希海出生的時候就認識她了。

「我看到大介的新聞了，發生什麼事？什麼大介殺害蓮見醫生，嚇死我了。」

希海還是一樣，說話直來直往，眞的很像她的作風。我並不排斥，那種直爽反倒令人安心。

「我也不曉得是怎麼回事。」

「妳也不知道內情？」

她那雙大眼睛注視著我。淚水突然湧上眼眶，強烈的不安讓我想要說出一切。

「告訴我，出了什麼事？」希海溫柔地握住我的手。

「蓮見醫生是我的生父。」

我再也克制不住，脫口而出。我是「藍雪」和蓮見醫生的孩子，不是棄嬰，而是被託付給柊家。蓮見醫生和由利阿姨意圖自殺，卻只有由利阿姨離開人世。我滔滔不絕，希海默默聆聽。

聽到我接受死去的蓮見醫生的腎臟移植時，她臉色驟變。我一說完，她立刻說：

「大介可能是爲了救妳才殺害蓮見醫生。」

她果然也有一樣的想法嗎？從大介的個性來看，實在想不到其他理由。

「如果是大介，很有可能這麼做。只要是爲了妳，感覺他什麼事都做得出來。」

被一語道破，我說不出話來。

「但我覺得妳沒必要自責，是大介擅作主張。蓮見醫生也是，能夠救回女兒的命，他應該死而無憾了。」

這話聽起來有點像是隨口敷衍。

「我一直納悶到底出了什麼事，這下總算弄清楚。妳心懷感激，收下兩人的好意，健健康康地活下去吧。」

希海倏地起身，走向門口。

「等一下，還有一件重要的事。」

這件事只能拜託希海。不曉得我們何時才能再見面，這是唯一的機會。既然大介不在，只能由我來做。

我早有覺悟。

「那天，大介看到有人把亞矢的遺體埋在山裡。」

希海倒抽了一口氣。她會感到震驚是理所當然的。

「妳是指亞矢失蹤那天？」

「對。」

我把大介目擊到的情景，以及他長年隱瞞的理由全說了出來。包括埋屍的是的場先生和蛇田先生的事。

「妳說我爸和蛇田殺了亞矢？不可能，一定是大介撒謊。他是因爲殺人被警方逮捕耶，他說的話能信嗎？」

希海厲聲反駁。

「我們不認爲是他們殺了亞矢。」

我仔細說明我們的推論。

從車子經過上山的門時的動靜，可以看出凶手另有其人。

「你們覺得他們是爲了隱瞞某人的犯行，才把屍體處理掉？」

我點點頭，希海在病床旁的椅子重新坐下。

「希海，我想拜託妳一件事。這件事只能拜託妳。我希望妳問出亞矢的遺體埋在哪裡。」

「咦！」

希海瞪大了眼睛直盯著我。

「由利阿姨的心願是找回亞矢，一家人葬在一起。比起抓到凶手，這才是她最大的心願。我想實現由利阿姨的願望。」

「等一下，妳是叫我問他們把亞矢埋在哪裡？就算他們眞的這麼做了，妳以爲他們會老實承認，說『對，我們把她棄屍在這裡』嗎？雖然我完全不信他們會做這種事啦。」

也難怪希海會這麼說，但我現在依然相信大介的那番告白。

「希望妳能把我提出的交易，告訴的場先生或蛇田先生。」

我和大介討論過，把和的場先生他們直接談判當成最後的手段。包括要怎麼向他們提出，都仔細考慮過了。然而，要直接見到他們困難重重，原本已放棄，但如果能透過希海，或許可以把我們的要求帶給他們。

「交易？」

「只要在地圖上做記號就行了。挖出亞矢以後，我們會偷偷把她下葬，不會讓任何人知道。我們不會把的場先生和蛇田先生埋屍的事，洩漏給任何人。」

「妳要他們相信這種話？搞不好他們一說出地點，妳就會跑去報警，這根本稱不上交易吧？」

「不用擔心。就算告訴警方，知道埋屍地點的我也會成爲頭號嫌犯。即使宣稱是的場先生告訴我的，也沒有證據。他們應該一直在害怕哪天遺體會被發現吧？只要偷偷把遺體挖走，他們就再也沒有後顧之憂了。因爲他們掩埋的遺體已不在山上。」

我一口氣說道。

「沒有遺體，就沒有命案，也沒有棄屍的事。也就是說，他們想要包庇的人，可以永遠高枕無憂。」

「沒錯，我會協助他們抹消罪行，代價就是把亞矢還給蓮見一家。我覺得這是個不錯的交易。」

「居然敢跟他們談交易，妳意外地膽子很大嘛。不過，這個點子不壞。現在蛇田滿腦子都是最近的選舉，應該會想避免醜聞纏身。蛇田是個非常精明的人，與其一直如鯁在喉，或許他會答應和妳交易。」

希海冷靜地補充：

「前提是，大介說的是眞的。不好意思，比起大介，我更相信我爸。我不說我爸是聖人君子，他眞的有很多讓人厭惡的地方，但我不認爲他會做出那麼恐怖的事。可是我會幫妳，畢竟我也想知道眞相。最後或許會證明是大介撒謊，這樣也無所謂嗎？」

我點點頭。希海說會再聯絡我，離開了病房，只留下她的香水餘香縈繞在房中。

出院以後，每週要回診一次，因此我和母親暫時住在東京的蓮見醫生家。

蓮見醫生生前和親屬交代過，由我來繼承這棟房子，親屬也答應了，鑰匙已交給母親。

我對著和室裡的蓮見醫生的骨灰罈合掌膜拜。決定住在這裡，並非只是爲了回診方便，也是想要保護蓮見醫生的骨灰。我不忍心讓骨灰孤零零地留在無人的空屋裡。

聽說蓮見醫生沒有舉行葬禮，是蓮見家的人悄悄將他火化了。蓮見醫生沒有進入歌舞伎的世界，從醫之後，和老家似乎就漸行漸遠。

而且後來還發現這是一起命案，大介自首被逮捕，蓮見醫生的周圍風波迭起。親屬會這樣處理，是爲了避免被媒體糾纏吧。對於蓮見醫生認領的我，感覺他們也不想有任何瓜葛。

和由利阿姨偕同自殺之前，蓮見醫生就準備好他們自己的墓地了。將蓮見醫生的骨灰送進由利阿姨長眠的墓地，是我——蓮見醫生的女兒的責任。若是能夠，我想把亞矢也送去團聚。

「飯煮好嘍。」

一樓傳來母親的呼喚聲。

我住在二樓的和室，母親則住在一樓的客房。

「好，馬上下去。」

我經過蓮見醫生和由利阿姨生前使用的主臥室，走下階梯。

廚房兼餐廳的餐桌上，我最愛吃的奶油燉菜正冒著蒸氣。

待在這個家裡，我就會忍不住想起，和蓮見醫生一起聽到大介告白的那一天。

大介現在怎麼了呢？他眞的犯了罪嗎？

不管怎麼想，我都無從得知。

現在我的腦袋全被託付給希海的交易占滿了。對方會如何回應？在不知道大介和蓮見醫生之間發生過什麼事的情況下，我擅自行動了。

我接到希海的聯絡，約好明天在附近的公園碰面。聽到答案的時刻，分分秒秒逼近。

久違的陽光令人心情愉快，清爽的風拂過面頰。

腎臟移植的成果明顯可見，我的身體狀況好到不行。腳步也變得輕盈，但一來到碰面的地點附近，我便緊張得全身冒汗。

希海一身休閒裝扮，白色棉衫搭配牛仔褲，坐在長椅上。

「不好意思，讓妳跑一趟。」

「沒關係啦，在飯店房間無所事事，我實在膩了。」

這麼說來，我完全沒問候希海的近況。我一門心思都被自己的事占據了。

我知道大學畢業後，希海仍留在英國生活。

「妳會暫時留在日本嗎？」

「我打算整個假期都待在這裡。回去以後又要變忙了。」

「妳還是想要從政嗎？」

我想起以前她談論夢想的明亮聲調。

「很難說……」

她的神色似乎有些沉了下來。

被蛇田先生收養時，她滿不在乎地說「我很慶幸被蛇田收養，因爲的場家不需要我」。

如今蛇田先生已是一名中堅議員。原本以爲他收養希海是期待她繼承自己的位置。希海是不是不想繼續活在他人的期待中了？

「我待在英國的時候，蛇田生了兒子。他們一直沒有小孩，才會收養我，眞是諷刺。一生下來就被決定要繼承父業，也是很痛苦的。這下我就能自由自在，爽快多了。」

希海的語氣和當時一樣，乾脆俐落，但她是不是受傷了？她總是被大人任意擺布，我覺得她眞是可憐極了。

「我都不知道發生了這些事。」

「現在我沒了繼承人的責任，蛇田還是一樣疼我，有利無弊啦。我正在考慮創業，從英國進口商品在日本販賣，不覺得挺不錯嗎？」

希海的語氣開朗，我鬆了一口氣。

「嗯，相當適合妳，很棒的點子。」

希海總算將人生掌握在自己的手中，我眞心支持她。

「在妳這麼關鍵的時候，還拜託妳這種事，實在抱歉。」

「我理解妳的心情。我跟蛇田說過了。」

希海正襟危坐。我調整呼吸，等待她說下去。

「妳告訴我的事，我都說給蛇田聽了。蛇田全盤否認，說大介在撒謊。他大動肝火，罵大介胡說八道，欺人太甚。既然大介含血噴人，他也要說出大介的祕密。」

「大介的祕密？」

「蛇田參與了妳出生到送養的過程，妳知道吧？妳被柊家收養了，但還有一個妳不知道的事實。那就是生下來的孩子不只一個，而是雙胞胎。」

這些話宛如晴天霹靂，我一時不知所措。

「妳的雙胞胎手足……」希海筆直地看著我，「就是大介。」

我無法理解她在說什麼。

「妳在說什麼？大介有家人，雖然他們在火災中過世了。」

「聽到的時候我也大吃一驚。」

「到底是怎麼回事？」

「雙胞胎被託付給不同的家庭。處理這一切的，就是的場當時的祕書蛇田。收養大介的夫妻不幸過世了，但蓮見醫生特別照顧大介，這是有理由的。」

確實，蓮見醫生對大介視如己出，不像是單純的醫病關係。大介是蓮見醫生的孩子？是我的雙胞胎兄弟？許多場面快轉般在腦中浮現。

他闖進教室大吼「我不允許有人欺負壽壽音」。他一直遵守約定，沒告訴秀哥哥我決定分手的眞正理由。不管是什麼事，他總是無條件地幫我。

「我不信。就算是眞的，大介有什麼必要編造出看到埋遺體的事？」

「蛇田確信大介的養父母告訴過他，所以他知道自己的身世。大介憎恨拋棄生母的蓮見，還有幫忙蓮見的的場，才會信口開河，編造出一套目擊證詞，想要害的場垮台。蛇田是這麼說的。」

和秀哥哥分手那時候，我就知道蛇田先生雖然冷酷，卻是個能夠冷靜判斷情勢的人。

「蛇田還說，那天大介一個人很晚才回來。大介聲稱自己在紀念塔上睡著了，但沒有人能證明。雖然因爲那不是小孩子能獨力做到的犯罪，大介沒有受到懷疑，但事實如何，沒有人知道。」

「難不成，妳是指大介對亞矢做了什麼？」

希海垂下目光，拿起手中的保特瓶喝了一口冰茶，繼續說下去：

「妳一定不懂大介的感受。因爲每個人都愛妳，妳是在幸福中成長。但大介呢？他在火災中失去家人，被送進孤兒院。不管蓮見醫生對大介有多好，都無法改變他拋棄兒子的事實。亞矢受到父母寵愛，衣食無缺，完全就是個幸福的小孩。就算大介對她萌生恨意，也是情有可原。不斷在心中蔓延的憎恨與怒火，因爲某些契機，在那年夏天爆發了。」

希海的雙眼布滿血絲。

我好想摀住耳朵。這會是眞相嗎？

「蛇田沒有斷定是大介殺死了亞矢。但聽到大介自首的消息，他說這下總算可以放心了。他一直擔心大介的恨意會轉移到哥哥或我身上。最後蛇田說：『壽壽音不需要知道這些，可是萬一她被大介的謊言蠱惑，做出不該做的事，受傷的會是她，所以我只好說出一切。』他勸妳最好跟大介撇清關係。」

希海站起來，轉身就走。我無法追上她，也沒辦法叫住她。

希海的那番話，把我推入混亂的深淵。

我一個人待在房間裡，再次爬梳蛇田先生對大介的指控。

大介得知生母在生下自己之後自殺，怨恨的場先生拆散他們母子。蓮見醫生雖然很關照他，卻只把亞矢一個人當成自己的孩子養育，大介才會憤而對亞矢下手，並編造虛假的目擊證詞，告訴蓮見醫生。

蛇田先生的分析看似合情合理。

可是，我無法相信大介會做出這種事。

大介遭到逮捕的現況，也讓我徬徨不安。

我從公車裡眺望著熱鬧的築地街景。彎過那條巷子，就是大介以前上班的河豚料理餐廳。今天我要拜訪的，是大介死於火災的父親生前工作的中華餐館。我沒有去過，但以前聽大介提過店名。

如果我們眞的是雙胞胎，那麼就和我被柊家收養一樣，養育大介的父母和蓮見醫生或的場先生應該也有某些關聯才對。

調查之後，我發現「喜昌中華食堂」仍在營業。

我再也坐不住，決定出門。

在目的地的公車站下車，夏季濕悶的空氣籠罩全身。「喜昌中華食堂」應該就在這個公車站附近。

我記得很清楚，大介雖然不太會提過世的家人，但曾說「我爸的炒飯是天下第一」。

穿過感覺得到歲月的褪色紅短簾，進入店內。可能是因爲我刻意避開中午時段，店內沒有客人。

大介的家人是二十年前過世的，店裡還有人知道他父親的事嗎？

「歡迎光臨！」朝氣十足的女聲立刻招呼。

店內有吧檯座位和四張桌子，牆上貼滿手寫菜單。富士山型的吧檯旁邊，陳列著幾張泛黃的簽名板。

我走到吧檯最裡端，坐到圓凳子上。

我向端水過來的小姐點菜：「請給我一份炒飯。」廚房裡年約四十的男子抓起中華鍋開始炒飯，熱鬧的鍋鏟聲和撲鼻的香味傳來。

我默默吃著兩三下就端上桌的炒飯。

吃完後，我小聲說「謝謝招待」，男子瞄了我一眼。

我下定決心攀談：

「請問，您認識二十年前在這家店工作的石田先生嗎？」

男子露出訝異的表情，想了一下，有些抱歉地說：

「這家店是三年前爺爺過世後我接下來的，以前的事我不太清楚。」

「石田先生因為火災不幸過世……」

「哦，這件事我聽說過，爺爺直說太可憐了，火災眞是可怕。可是，我不認識那位過世的先生。」

「這樣啊，謝謝您。」

結完帳後，我離開前又問了個問題：

「您聽說過有政治人物光臨這家餐廳嗎？像是的場照秀議員……」

「不不不，才沒有呢。看就知道了吧？這裡不是那種大人物會光顧的餐廳。」

「可是牆上有很多簽名板……」

「那是附近拳擊場的選手簽名啦。爺爺喜歡拳擊，很支持他們。不過都不是什麼知名的選手。」

走出店外，沒能找到任何線索，我反倒鬆了一口氣。或許我有些害怕，萬一找到暗示大介的父母和的場先生有關聯的事物，該怎麼辦？

大介小時候經常和妹妹一起來這家店嗎？

我想像兄妹倆津津有味地吃著父親做的炒飯的模樣。

大介開始在築地的餐廳工作時，曾說「感覺好像可以讓我爸看到我努力的樣子，我很開心」。

我無法相信大介說的都是謊言。

希海告訴我的事，該怎麼看待才好，我依然沒有頭緒。

我乘上剛好到站的公車，在窗邊座位坐下。車裡的冷氣很舒服。馬路另一頭出現造型特殊的建築物。

發現那是歌舞伎座的瞬間，我想起了一件事。

蓮見醫生的父親是歌舞伎演員，而大介的父親在這附近的飯館上班。一股無以名狀的不安湧上心頭。

離開根津車站，我一面走回家，一面反覆推敲。

怎樣才能查證我究竟是不是雙胞胎？

回到家以後，我依然心神不寧。

我下定決心問母親：

「我是雙胞胎嗎？」

「沒頭沒腦的，問這什麼問題啊？」

母親驚訝地說，隨即轉爲關心的語氣：

「我沒聽說過妳是雙胞胎。壽壽音，妳還在爲了自己的身世煩惱嗎？」

「不是。抱歉，問這種怪問題。我要去睡了，晚安。」

我逃離般跑上二樓房間。

母親看起來不像在隱瞞。我害她擔不必要的心了，眞後悔，不該問她的。

母親有些猶豫地追了上來：

「因爲我把臍帶給妳，讓妳又在想自己的身世了嗎？」

「不是這樣的。媽，別擔心。」

我這麼回答，卻未能消除母親的不安。接著，她就回去樓下了。

之前在病房，我擔心自己的病情，憂慮能否活到接受移植手術。在這樣的不安當中，母親給了我臍帶。

母親說「它會保護妳」，後來我一直珍藏著存放臍帶的小盒子。我把小盒子取了出來。

爲了自己的身世，我的內心再次紛亂不已。

我是乃蒼生下來的，原本我們以這盒子裡的臍帶相連在一起。我湧出一股想要親眼看看的衝動。

解開牢牢打結的繩索，慢慢地揭開蓋子。小心翼翼地取出來一看，裡面有兩小包東西。我依序打開確認，兩包裡都是臍帶。

臍帶有兩條？怎麼會……？

兩條臍帶，證明了我出生時是雙胞胎嗎？希海告訴我的話是眞的嗎？

難道大介……

不，我不想相信。大介眞的把亞矢……？

不可能有這種事。

有人羨慕、嫉妒、憎恨亞矢。那個人就是大介嗎？

我注視著眼前的小盒子，陷入一片茫然。

我思索好幾天，想到或許可以把臍帶送去做ＤＮＡ鑑定，確定是否屬於一對兄妹。只要能證明我出生時是雙胞胎，表示蛇田先生說的是眞的。

我渴望能夠相信的事物。

我立刻打電話給直美醫生。

「我有事想拜託醫生。」

「什麼事呢？」

「其實，我出生的時候好像是雙胞胎。前些日子，我第一次打開裝臍帶的盒子，發現裡面有兩條臍帶。我想要做ＤＮＡ鑑定，弄清楚我到底有沒有雙胞胎手足，這有辦法做到嗎？」

「臍帶可以做ＤＮＡ鑑定。同卵雙胞胎ＤＮＡ會一樣，但異卵雙胞胎不同。這種情況，可以用父親的ＤＮＡ和臍帶進行比對，確認親子關係。只要證明兩條臍帶的親子關係都一樣，那就是雙胞胎了。」

我不知道還需要鑑定父親的ＤＮＡ。

「我父親最近過世了，用骨灰可以嗎？」

「沒辦法。如果有他的毛髮或是牙刷就可以。」

蓮見醫生的物品都還保留著，沒有丟棄。我還沒辦法把他的東西整理或清理掉。

「這我可以準備。」

還有一件讓我介意的事。

「請問，一男一女的雙胞胎，是異卵雙胞胎，對吧？即使是異卵，只要是雙胞胎，就會長得很像嗎？」

我覺得大介跟我長得完全不像。

「異卵的話，就跟一般手足一樣。有些兄弟姊妹長得很像，也有些完全不像，不是嗎？跟這是一樣的。」

「原來是這樣。」

我不小心嘆氣了。

「我明白妳想要瞭解自己身世的心情。上次沒辦法幫妳，我一直覺得很抱歉，如果要做DNA鑑定，我可以幫忙。」

直美醫生溫柔地說。

可是……我忍不住退縮了。

直美醫生是白川院長的女兒。雖然我不想懷疑，但白川院長一直隱瞞著乃蒼生產這件事。雖然可能是我多慮了，但我無法把證明自己出生祕密的重要證物交給她。

「我再考慮一下，謝謝醫生。」

我連忙掛掉電話。

直美醫生好心指點我，我卻懷疑她，這讓我陷入自我厭惡的狀態。

蛇田先生說的話似乎有可能是真的，對大介的疑心愈來愈深，我已不曉得現在到底該相信誰才好了。

我將臍帶、牙刷和梳子上的頭髮，寄送到DNA鑑定機構。我打電話詢問，對方說大約兩週就會收到鑑定報告。如果我希望，寄送鑑定報告時，寄件人會使用工作人員的私人名義，而不是鑑定機構名稱。我不想害母親瞎操心，毫不猶豫地請他們這麼處理。

我不願相信蛇田先生的話是眞的。現在只能靜待鑑定結果。

如坐針氈的日子一天天過去。每天早上，我都提心吊膽地等待郵件上門。

鑑定報告終於寄來了。

我火速回到自己的房間拆封，緊張到心臟都快蹦出來。我克制著急切的心情，慢慢展開折起來的報告。

上面陳列著許多數字和英文字母，底下是說明。

從鑑定報告可以看出，兩條臍帶的DNA並不吻合，但分別都與蓮見醫生有親子關係。換句話說，這兩條臍帶屬於一對異卵雙胞胎。

我眞的是雙胞胎。蛇田先生說的是眞的。

拿著報告書的手抖了起來。

可是，我的眼睛盯著另一個完全料想不到的事實。

也就是兩條臍帶的性別，都是「女」的記述。

兩個都是女孩……那就不是大介了。

和希海告訴我的不一樣。

雙胞胎都是女孩，這件事證明蛇田先生撒謊。

也就是那套說法是編造的。

蛇田先生爲了讓我相信大介的目擊證詞是無中生有，想出一套把大介塑造成壞人的情節告訴我——利用大介被警方逮捕，無法澄清的狀況。

一定是這樣的。絕對就是這樣。

居然被蛇田先生那種說法迷惑，陷入不安，懷疑大介，我實在太沒用了。我真是愧對大介。

證明是一派胡言後，蛇田先生的話反倒形同承認了他的罪行。

大介是真的看到了。的場先生和蛇田先生真的掩埋了亞矢的遺體。

我想起進入小松原家的秀哥哥。

蛇田先生的謊言洗清了我對大介的懷疑，卻導向了對秀哥哥的懷疑。一顆心不斷往下沉。

隔天是回診日。我對陪我前往醫院的母親說「不必一直陪著我，偶爾去妳想去的地方逛逛吧」。母親猶豫一下，聽從了我的提議。

「那麼，我去逛書法展。」

母親向我揮手，我們在醫院前道別。

做完幾項檢查後，我坐到主治醫生面前。

「恢復得很順利，兩週後再來回診吧。」

醫生對我的態度很冷漠，櫃檯人員和護理師看我的眼神也怪怪的。我知道是爲什麼。蓮見醫生是被人殺害。命案死者會被送去驗屍，這樣就難以進行移植了。換句話說，原本不應該執行我的移植手術。

該如何處理我，院方應該很頭大。我也滿懷歉疚，逃離醫院。

根據ＤＮＡ鑑定的結果，我得知蛇田先生撒了謊。他想要誣賴大介，並欺騙我，這卑劣的行徑讓我更憎恨他。敵人是誰，其實很清楚了。

就像大介原先計畫的，只能從小松原的周圍下手了。

那年夏天，還有一個人——立山順治也來到別墅。之前，神山先生提供過立山的資訊。立山國中的時候因為個性軟弱，被小松原當成嘍囉使喚。他原本就讀從小學到大學的私立一貫學校，但升上高中時，選擇轉學去其他學校就讀，理由應該是想要遠離小松原。十五年來，他和小松原都沒有連繫。後來他成為公務員，在職場的風評也不差。三年前結婚，去年生了孩子。

從這些資訊拼湊出來的人物形象，實在不像個壞人。我決定去會會立山。他和小松原斷絕往來的事實，也推了我一把。當然，還是必須做好萬全的防備。即使他現在成了老實人，也無法抹消那年夏天他犯下猥褻罪的事實。

他在東京墨田區的大町區民事務所上班。我想在公家機關裡有人的地方和他談。如果他個性軟弱，也有可能從他口中問出什麼。不管再怎麼旁枝末節的事都好，我想要線索。我只能一塊一塊地蒐集真相的碎片。因為大介不在，能夠採取行動的只剩下我了。

區民事務所是一棟比想像中更小巧的建築物。入內一看，人影稀疏，但不知何處傳來音樂聲。一群高齡婦人經過我旁邊。公告欄上，張貼著合唱與社交舞的海報。一樓似乎有當地區民集會活動的空間。伴隨著建築物深處傳來的打拍子聲，我從樓梯走上區民辦公處所在的二樓。

有幾個服務窗口，裡面的辦公空間有三排兩兩相對的辦公桌，約十名職員正對著電腦辦公。立山應該就在其中，但我認不出來。立山的長相我根本就記不清了。

前面的長椅上坐著三個人，似乎在等待叫號。這個空間日照不佳，簡陋而安靜。與東京匆忙的印象不同，散發著悠閒的氛圍。

我走到最裡面的服務窗口。

「請問立山先生在嗎？」

「是，請問您的大名？」窗口小姐問。

「我姓柊。」

我反射性地回答，緊接著後悔或許不該報上本名，但爲時已晚。不過，立山總不可能一聽到我的名字，便突然拔腿就逃吧？

只見服務窗口的小姐在跟一名白襯衫男子說話。

男子瞥了我一眼，離開辦公桌，朝我走來。

「柊小姐，請問您是……？」

語氣惴惴不安。

「我是柊壽壽音，住在土筆町。」

「妳、妳來做什麼？」

「你還記得我，是吧？」

「請過來這裡。」

立山驚慌失措地走向樓層深處。他打開掛著「會議室」牌子的門，催促我進去。我不想和他獨處，但在這裡的話，只要大叫，應該會有人聞聲而來。我判斷不會有危險，順著他的意思進入房間。比起會議室，這裡似乎更像會客室。我在沙發上坐了下來。

「對不起！請原諒我！」

立山一關上門，便對我下跪。

「是小松原命令我的，我怕被他揍，迫於無奈才那麼做的。」

我嚇一大跳，忍不住站了起來。

「第一個女生出面告我們的時候，我很害怕，以爲妳一定也會說出倉庫裡發生的事。可是妳沒有說，但我不認爲妳沒有說就是原諒我們了。我一直很擔心有一天妳會來找我。」

害怕我？我完全聽不懂他在說什麼。

「我只是在倉庫用袋子罩住妳而已，沒有再對妳做任何事。剩下的都是小松原做的。」

原來立山和小松原在倉庫還犯下另一起猥褻案嗎？

那天歹徒問遇害的同學「壽壽音在哪裡」，情急之下她說我在倉庫。因爲她知道我絕對不會去倉庫，才撒這種謊。小松原和立山信以爲眞，把倉庫裡的某人當成我，猥褻了對方。

一股無以名狀的憤怒湧上心頭。

「把那天發生的事全部說出來。不說的話，我就在櫃檯把你幹的好事告訴所有人。」

爲了問出一切，讓他以爲被害人就是我，或許才是上策。

立山坐在地上，眼珠慌亂地亂轉，安撫似地匆匆說：

「好、好，我全部說出來，妳不要聲張。」

「就看你的表現了。」

我狠狠瞪他一眼，立山嘆了一口氣，說道：

「小松原想要用以前在電影中看到的手法摸女生。他說只要從後面用袋子罩住頭，對方就不會知道是誰幹的，叫我幫忙。小松原攻擊了第一個國中女生，問出妳在哪裡。他從第一眼見到妳，就對妳有意思。」

無比的嫌惡讓我全身發麻。

「我從國一的時候，就一直被小松原霸凌，他會打我，還逼我偷東西，命令我入侵女生的房間。他有恃無恐，說『我爸是警界高官，不管我做什麼，他都會幫我打點』。那年夏天，其實我根本不想去。不出所料，最後鬧出那麼可怕的事。」

那麼可怕的事，是指亞矢的事嗎？這是我最想知道的。

「亞矢也是你們下的手吧？」

我沉聲冷靜地問。

「絕對不是！」

立山壓低音量，堅決否認。

「小女孩的失蹤，跟我和小松原都沒有關係。警方懷疑過我們，畢竟我們做出猥褻行爲，可是我們根本沒有時間把那個孩子帶走。把遺體帶走的另有其人，所以「沒時間」這個藉口行不通。我相信大介的目擊證詞。警方也同意這一點。」

「亞矢是在倉庫裡被殺的。你們當時就在倉庫。」

我果斷地揭露事實，進行刺探。

「我不知道她在倉庫裡被殺。我只是用袋子罩住兩個女生的頭而已。後來摸她們、拍照片的都是小松原。」

「你們拍了照片？」

朋友確實說被掀開體育服，摸了身體。但她的頭被罩住，無從發現自己被拍照了吧。他們卑劣的行徑再次讓我怒火中燒。

「當時小松原帶著拍立得相機，他在蒐集照片。可是，他對小女孩完全沒興趣。警方也懷疑過我們，但我跟小松原都沒有戀童癖。」

這番反駁，我無法盡信。

「有可能在你不知道的時候，他對亞矢做了什麼。」

「不可能的，那天小松原一直跟我在一起。如果不是這樣，我也會懷疑他。」

我思量起來，沉默不語。立山再次低頭懇求：

「我的小孩去年才剛出生，我不能惹上任何麻煩，也不能丟掉飯碗。請不要把過去的事拿出來到處說。我求妳了。難道妳是要錢嗎？如果不是太多，我拿得出來。」

立山居然以爲我是來勒索金錢的，這讓我氣憤不已。我俯視著他，尖聲說：

「要是發現你撒謊，我會把過去的一切都在你的職場公開。」

「我沒有撒謊，壞事都是小松原做的。我跟他早就沒有關係了。國中畢業以後，我就再也沒有見過他了。」

把自己的惡行全部推到他人身上，這種態度實在教人無法原諒。我受夠面對這個卑劣的傢伙了。

最後，我提出內心的擔憂：

「你們拍的照片是怎麼處理的？」

「我不曉得小松原把那些照片怎麼了。」

我站了起來，眼尖地瞥見立山露出鬆一口氣的表情。

「今天就先放過你，或許我還會再來找你。」

我瞪著立山，轉身離開。

搭上回程的電車後，我實在抵擋不了席捲而來的疲憊。幸好有空位，我幾乎是倒下去似地坐了下來。

從立山那裡聽到的事實，讓人對小松原（當然也包括立山在內）輕蔑不已。沒想到倉庫裡有另一個人遭到猥褻。立山和小松原以爲受害人就是我。兩人把我朋友那天說的「壽壽音在倉庫」信以爲眞了。

那天是返校日，學生都穿一樣的體育服。如果在陰暗的倉庫，從後方用袋子把人罩住，將別的女生誤認成我也不奇怪。恐怕是碰巧在倉庫的某一名同學慘遭猥褻了吧。

因爲受害人絕口不提，這件事從來沒有曝光。不敢說出口的心理，也不是無法理解。

至於亞矢的失蹤，立山完全否認與他們有關。可是，遺體是從倉庫搬出來的。小松原和立山去過倉庫的事實，加深了他們的嫌疑。

我暫時閉目，隨著電車搖晃。聽見到站廣播，睜開眼睛時，站在前方的西裝男子正在看的晚報標題躍入眼簾。

〈注射藥物命案，獲緩起訴釋放〉。

報導全文看不清楚。我一下車，便前往販賣處買了晚報，隨即在站內的長椅坐下，翻開瀏覽。一下子就找到那篇簡短的報導了。

「涉嫌以注射藥物殺害蓮見幸治而遭到逮捕起訴的無業男子，日前檢方做出緩起訴處分，獲得釋放。檢方僅說明理由是『因查明嫌犯有確實的不在場證明』。」

大介被釋放了。我的胸口充滿喜悅與安心。我立刻撥打他的手機，但他沒有接聽。

我傳訊息表示「想跟你見面談談」。回到蓮見家的路上，我一再查看手機，卻沒有收到任何回應。

「這麼晚了妳還沒有回來，我擔心得要命。還好嗎？妳看起來很累。」

出來迎接我的母親關心地問，但我冷淡地應著「沒有啦，我沒事」，走向二樓房間。

「不可以因爲覺得身體好了就輕忽大意，別勉強自己。」背後傳來母親的叮嚀。其實我累壞了。不管是在精神上，還是肉體上。

躺下後，我想到的依然是大介。爲什麼他什麼都不告訴我？發出的訊息還沒有回音。可是大介已被釋放，一定能見到他。這讓我再次體認到，大介被警方逮捕，對我造成了多大的不安。

一閉上眼睛，也許是疲勞過度，我很快就睡著了。

窗外天空泛白前我就醒了。我抓起手機查看，還是沒有大介的回覆。他是在躲我嗎？可能是睡過一覺，腦袋清爽多了。我想要冷靜地整理一下至今發生的事，於是在書桌前坐下來。

一、大介的告白。
　　的場和蛇田掩埋了亞矢的遺體。殺人犯另有其人。
　　是的場和蛇田必須保護的人。
二、大介和我的計畫。
　　在「大和公寓」窺探小松原的行動，查出秀哥哥和小松原的關係。
三、蓮見醫生的死亡。
　　我的腎臟移植手術。大介自首。死因是注射藥物。
四、來自希海的情報（蛇田的說法）。
　　大介的目擊證詞是假的。大介和我是雙胞胎。大介殺害了亞矢和蓮見醫生，動機是怨恨。

五、DNA鑑定的結果。

我有個雙胞胎手足是事實，不過是女孩。希海告訴我的蛇田的說法是假的。是為了否認棄屍而編造出來的嗎？

六、與立山的談話。

有另一個遭到猥褻的被害人。拍立得照片。

七、大介獲釋。

檢警查出大介有不在場證明。大介為何知道蓮見醫生的死因是注射藥物？他為什麼要自首？還有這些謎團待解。

像這樣寫出來，感覺兩起命案（亞矢命案和蓮見醫生命案）之間並沒有關聯。

關於殺害亞矢的凶手，做出猥褻行為的卑鄙的小松原還是難以排除嫌疑。小松原的父親和的場先生關係密切。現在仍與小松原親密往來的秀哥哥，他的嫌疑也沒有消失。

難道秀哥哥和小松原是共犯？立山知道這件事，所以和他們兩人拉開距離？也有可能是受到恐嚇。

蓮見醫生的死亡，最大的謎團是大介為什麼要去自首。如果大介不去向警方自首，根本不會有人發現蓮見醫生是遭到殺害。如果大介是清白的，表示對蓮見醫生注射藥物的另有他人。大介怎會知道蓮見醫生的死因？他自首的目的又是什麼？我想要盡快見到大介，向他問個明白。

整理好儀容後，我前往廚房。

「早，睡得好嗎？」

「嗯。我餓了。」

我朝氣十足地說，稍微勉強自己，一早就多添了一碗飯。母親露出放心的表情。

「這一帶買東西很方便，也有不少寺院，很幽靜。媽找到一家感覺像是百年老店的和菓子店，下次買個糯米糰子好了。」

母親悠哉地喝著茶說。

用完早餐後，我匆忙做好出門的準備。對著正在洗碗的母親背影匆匆丟下一句「我出門一下」，便逃也似地離家了。

我只想快點跟大介見面說話。或許他早就回來了，我懷抱著期待前往大和公寓。不知道秀哥哥會不會來找小松原。我想避免狹路相逢的危險，在後巷下了計程車。快步登上戶外階梯，按下門鈴，但沒有回應。我從皮包取出備份鑰匙，開門入內。

窗簾拉上的屋內很陰暗。

大介坐在窗邊。

「是壽壽音嗎？」

那聲音聽不出是驚訝或是早有預期。大介的臉頰凹陷，布滿鬍碴，看起來彷彿一下子老了好幾歲。

「你還好嗎？」我忍不住問。

「妳才是，跑來這種地方不要緊嗎？」

大介重新對我投以觀察的視線。

「我的身體狀況不錯。這都多虧了移植手術。」

「那太好了。」

大介露出僵硬的笑，別開目光。

怎麼回事？感覺難以親近。大介的背影像是在說「什麼都不要問」。

我壓抑著想要詢問蓮見醫生的死因，和他為何自首的衝動，先說明我這邊發生的事。我陸續吐出希海告訴我的、把大介塑造成壞人的說法，以及從立山那裡聽到的事。

大介露出啞然的表情，但大致上反應平淡地聆聽。

不過，提到我去見立山時，他明顯地皺起眉頭。

「壽壽音，別再這樣了。」

「別再怎樣？」

「自從妳病倒以後，蓮見醫生一再叮囑我，叫我忘了亞矢的事。他說我會辭掉工作、妳會沒發現自己生病，都是他的責任。他不想看到我們一直被過去綁住。」

「就算是這樣，難道你能放棄嗎？由利阿姨最後的心願怎麼辦？蓮見醫生給了我這條命，我想要向他報恩。」

「我不會再做任何事了。想想醫生的心情，我們應該要放手才對。妳得保重自己的身體才行。這才是醫生的願望。」

大介的想法我可以理解。我總是害母親擔心，蓮見醫生的心意，也痛切地打動了我。

可是，這樣下去我會後悔。我會無法再往前進。

或許沒辦法將凶手繩之以法。但不論使出任何手段，我都要找回亞矢的遺體。這個決心不會動搖。我以為大介跟我一樣，沒想到……

「壽壽音，妳回去吧。什麼都別做。」

大介把我趕到門口。

「告訴我，出了什麼事？爲什麼你會自首？蓮見醫生爲什麼會死掉？告訴我！」

我逼近他質問，大介痛苦地瞪了我一眼，說：

「給我一點時間，拜託。」

大介甩掉我，開門走了。

大介還有事情瞞著我。爲什麼他不肯告訴我？

困惑逐漸轉爲煩躁。我握緊拳頭，跑出門外。四下張望，大介已不見蹤影。

這時，黃色的背包躍入眼簾。

我記得大介說過「小松原揹黃色的背包，容易跟蹤」、「他一週會出門一次，一次出去兩小時左右」。揹著背包的小松原拐過轉角不見了。這意想不到的狀況讓我做出了決定：這是不是溜進屋裡的好機會？

立山說小松原拍了照片。如果小松原對亞矢做了什麼，可能也有亞矢的照片。只要能找到，就是一項有力的證據，應該會成爲取回遺體的關鍵。我不能放過這個機會。

我東張西望，伸手去推大門。大門無聲無息地打開了。我溜進門內，躲到圍牆內側。我蹲低身體拉了拉玄關的門，但門鎖上了。

躡手躡腳繞到屋後，面對後院的落地窗也打不開。要是打破玻璃，肯定會製造出聲響，萬一附近鄰居報警就糟了。翻過棄置在庭院的家具雜物後，我把身體擠進隔開鄰家的圍牆與屋牆之間。手摸得到的高度，有一扇小窗。我走到窗戶下方，伸手一推，窗戶開了。雖然大小勉強可以讓身體鑽過去，但沒有東西墊腳，爬不上去。

我把身體擠過圍牆，再次回到庭院，踩在家具雜物上，輕鬆爬上圍牆。我本來就很擅長爬高。沒想到小時候爬樹的經驗，能在這種時候派上用場。

打開小窗探頭一看，是廁所。我從腳開始，讓整個身體滑進窗裡。腳踩到馬桶時，我鬆了一口氣，慢慢讓全身落地。

小松原才剛出門，時間充裕得很。爲了讓心跳平靜下來，我這麼告訴自己。打開廁所的門一看，對面是浴室。打開走廊左側的紙門，和室裡只有兩個櫃子和一座三面鏡。是搬走的父母的主臥房嗎？

我打開右邊的玻璃拉門，看到廚房和餐桌，裡面有電視和沙發。餐桌上雜亂地丟著杯麵容器和空保特瓶。很明顯是單身男子的獨居空間。

不想被人看到的照片，不可能收在客廳。小松原的房間想必在二樓。

我正要爬上階梯，眼角餘光忽然捕捉到一樣黃色物體。

往餐桌底下一看，竟是個黃色背包。

瞬間，恐懼貫穿全身。剛才在外面看到的揹黃色背包的人，原來不是小松原？小松原在家？

彷彿全身血液流光一般，我動彈不得。

得快點離開才行。

頭頂上似乎傳來聲響。要離開的話，從玄關最快。總之，快點出去吧。

儘管心急如焚，但我留意不出發出聲響，安靜地從客廳前往走廊。

這時，我清楚地聽到樓梯傳來一道「吱嘎」聲。

我反射性地縮起肩膀，猶豫該跑向玄關，還是該找個房間躲起來？

只能從玄關離開了——就在我要行動的瞬間，樓梯傳來一陣咚咚腳步聲，眼前陡然冒出一個手持金屬球棒的男子。

「妳在做什麼?妳是誰?」

對方步步近逼，我一邊後退，一邊抓起架上的獎盃防備。

「不要再靠近了!我一叫，外面的人就會進來!」

情急之下，我脫口而出。對方雙眼充血，視線游移起來。

「我要報警。」

小松原的聲音很沙啞，顯然大受動搖。

「好，你報警啊。」

我壓抑著恐懼反瞪回去。

「隨便闖進別人家裡，妳是誰?」

我猶豫著該不該說出身分，但看到小松原害怕的反應，頓時下定決心。要追問眞相，就只有現在了。

「十五年前，你在土筆町做了什麼事?全部說出來!」

小松原抱住頭，呻吟起來：

「放過我吧……外面的人是秀平，對吧?」

突然冒出秀哥哥的名字，我嚇了一跳。

「爲什麼你認爲是秀哥哥?」

「我差點被他宰掉，妳看看我這張臉。」

仔細一看，他的臉上有傷。

「鼻子複雜性骨折，眼睛也差點視網膜剝離了。」

他的鼻子確實歪了一邊。

「妳不知道嗎？妳是秀平的朋友吧？」

「是啊。」

我在不明就理的情況下回答。他說差點被秀哥哥宰掉，是怎麼回事？

「總之，妳放下獎盃吧。我不會對妳做什麼。我討厭暴力。妳也勸勸秀平，叫他不要再對我動粗了。」

小松原放下金屬球棒。可是不能輕忽大意。我依然握著獎盃問：

「你說他對你動粗，是怎麼回事？他對你做了什麼？」

小松原毛毛躁躁，上下打量著我：

「難不成……妳是壽壽音？」

小松原叫了我的名字，我一陣噁心，但還是點點頭。

「我知道秀平來找過你。你們一直很好嗎？」

「沒有，他是今年才突然跑來找我的。之後，他幾乎每個星期都來。我們一起玩電動，起先還滿愉快的。可是他來過幾次以後，我就發現他的目的了。他問我在土筆町發生的事。那個小妹妹，她叫什麼……？」

「亞矢。」

「對，他問我對那個叫亞矢的小妹妹做了什麼。他說跟我是同類，既然是同好，不如好好相處。」

秀哥哥是在懷疑小松原，想刺探他嗎？這不是跟大介的計畫一樣嗎？

「你對亞矢做了什麼嗎？」

「我什麼都沒做好嗎？我對小女孩才沒興趣。可是，秀平在懷疑我。」

秀哥哥想要逼小松原坦承罪行嗎？

「我說什麼都沒做，他就突然打我。他騎在我身上，叫我從實招來，拚命揍我。明明我眞的什麼都沒做啊。我還以爲會被活活打死。他根本不正常。」

可能是想起當時的情況，小松原整張臉都白了。

「我才不相信他會對人動粗。」

「是住附近的人衝進來制止的。要是那個人沒來阻止，我可能早就沒命了。」

「你能證明嗎？你不是在騙我吧？」

「鄰居聽到吵鬧聲，叫了救護車。當時鬧得很大，大家都知道，妳去附近問問就能確認了。」

在我住院的期間，居然發生這種事？

「那個叫亞矢的小妹妹的事，警方也判斷與我無關。我一直和立山待在一起，妳去找立山問一下就知道了。雖然我也不曉得如今他在哪裡。」

「可是，那天你們做了可惡的事。」

跟立山的說詞一樣。

「對妳和另一個女生，我覺得很抱歉。本來只是想惡作劇，結果卻失控了。以前我總是逞威風，以爲做什麼都會被原諒，但後來我開始害怕社會大眾的目光，不敢再踏出家門。」

「那時候你拍了照片吧？把照片給我。不給我，我就叫人。」

小松原憤憤地轉身背對我。傳來走上樓梯的聲音。片刻後，他拿著一只信封回來。我一把搶過來。信封裡疊放著兩張拍立得照片，是頭被袋子罩住的女生照片。瞥見深藍色的運動服和膚色，我隨即別開目光，把照片塞回信封。想像著朋友和被誤認爲我的某人是何感受，我心痛不已。

我拿著信封走向玄關，注意到小松原盯著我沒脫鞋的腳，但沒理他，逕自前進。小松原是個卑鄙無恥、愚蠢又沒種的人，然而直覺告訴我，他沒有殺害亞矢。

走出玄關後，我加快腳步，只想盡快離開這個地方。回頭確認小松原沒有盯著我後，前往大和公寓。我開門查看大介是否回來了，但他不在屋裡。

小松原家確實發生過暴力事件。詳情是入夜以後總算見到的大和公寓房東告訴我的。

「當時就是我叫救護車的。我記得那是四月初的事。小松原家的玄關傳來哀號聲，我過去一看，發現他們家的兒子流血倒在地上。」

房東打開話匣子，興奮地說著，甚至顯得喜孜孜。那口氣像是在炫耀小松原被救護車送走，是他的功勞。

「大概過了一個月，我去找小松原家的兒子打聽出了什麼事，他說歹徒是一個陌生人。他們在家門口發生爭執，歹徒闖進家裡揍了他一頓，但他說自己態度也不好，所以沒有報警，看上去不想把事情鬧大的樣子。」

只要出一點差錯，使用暴力可能會被吊銷醫師執照。秀哥哥不惜冒這樣的險，已足以洗刷他的嫌疑。

他和蓮見醫生的關係，以前交往的時候就聽他說過很多。小時候，爲了讓名字被列入「英雄錄」，我們引發了一場大騷動。秀哥哥熱切地說，當時蓮見醫生給他的那一巴掌，改變了他。決定要從醫時，也是蓮見醫生堅定地支持他。

我大學畢業回到土筆町後，就再也沒有見過蓮見醫生和由利阿姨了。這段期間，秀哥哥和大介肯定是挖空心思，不斷設法減輕蓮見夫妻的悲痛。

秀哥哥看過兩人的遺書。他應該是爲了實現由利阿姨最後的心願，才會接近小松原吧。一直重重籠罩在心上的疑雲終於完全散去。確認我認識的秀哥哥才是眞的秀哥哥，實在太開心了。我想要快點告訴大介這件事。

小松原和立山也不太可能是凶手。如同神山先生的調查，這十五年來兩人一直斷絕連繫。他們的說詞並沒有矛盾之處。而且我是毫無預警地出現，他們沒有機會串供。

從小松原那裡聽到的內容，洗刷了我對秀哥哥的疑心，然而找回亞矢的路卻被封閉了。或許再也沒有辦法實現蓮見醫生和由利阿姨的願望。

我就著路燈走過夜晚的馬路，和一對牽著童稚的女兒的夫妻擦身而過。我立刻別開目光，然而三人幸福的表情卻烙印在眼底，揮之不去。

來到蓮見家的玄關門前，我嘆了一口氣。一摸到門，門就倏然打開，傳來母親的斥喝：

「這麼晚了，妳跑去哪裡？」

「對不起。」

我無話可說。害母親擔心，是我不對。

「妳那傷是怎麼回事？」

母親的表情頓時一變。

「咦？」

「妳的手肘都破皮了。」

看看左肘，確實有一道擦傷。是在溜進小松原家的時候弄傷的嗎？當時我太專心，沒有發現。

「沒事，這沒什麼。」我小聲回答。

「妳到底在搞什麼？該適可而止了！」母親厲聲罵道。

母親留下怒吼聲，轉身離去。嬌小的背影消失在走廊另一頭。

我回到房間，抱著膝蓋一動也不動。要去跟母親道歉嗎？如果告訴她一切，她會諒解嗎？

過了一會，輕緩的腳步聲靠近房門。

「壽壽音，我進去了。」

門外傳來母親平靜的聲音。

「剛才吼妳，對不起。」

一杯溫熱的紅茶擺到我面前。

「不會。是我不該讓媽擔心，對不起。」

「傷口讓我看看。」

我把左手伸向母親。

「得消毒才行。」

母親離開房間，提著急救箱回來。

「好懷念。小時候妳就愛爬樹，整天帶著擦傷回家。」

母親微笑著說，替我處理傷口。

「每次妳受傷，我都會挨妳爸的罵。」

「爸會罵妳？」

見我四處奔跑遊玩，父親從來沒說什麼。

「別看他那樣，他非常擔心妳，總是跟我說『萬一留疤怎麼辦？小心點』。明明罵我也沒用啊。」

我都不知道。我還以爲父親是個處變不驚的人。

「養兒育女是一件天大的事。第一次抱起妳的時候，我感動不已，覺得我們必須一起保護好這個小生命。這是比什麼都重大的責任。」

母親露出遙望遠方的眼神。

「當然，妳也爲我們帶來了許多喜悅，那是一段幸福的時光。我打從心底感謝能得到妳這個女兒。」

「媽……」

我百感交集。父母揹我時溫暖的背部，把我牽在手裡時的安心感。我總是在父母慈愛的目光下受到保護。

母親重新轉向我，表情變得有些僵硬：

「大介爲何被逮捕、後來爲何被釋放，我完全不清楚。我不知道妳想要做什麼，可是只有接下來的這段話妳要聽進去。這是妳爸和蓮見醫生最後的遺言。」

「遺言？」

「前些日子，蓮見醫生深深向我低頭行禮說：『我沒能爲那孩子做什麼，往後也請繼續照顧壽壽音。』」

蓮見醫生把他的命給了我。

「妳爸在離世前也說：『妳要保護壽壽音，我把她交給妳了。』毫無疑問，他們兩個都是妳的父親。」

柊源治郎和蓮見幸治，我有兩個父親。

「要是妳出了什麼事，我就沒臉去見他們了。我去到另一個世界的時候，他們不會原諒我的，會把我打得稀哩嘩啦。」

母親笑了。

「壽壽音，拜託妳，好好想一想。」

母親恢復嚴肅，注視了我片刻，靜靜地走出房間。

淚水滑下臉頰。

我回顧自己的行動。我居然不經大腦地溜進小松原的家。我也有可能遭到小松原攻擊。大介也叫我「什麼都別做了」，還說「妳不能辜負蓮見醫生的心意，要保重身體」。

我重新體認到蓮見醫生已死的事實，頓時感到無比悲傷和寂寞，忍不住放聲大哭。回想起那段在病房裡交談的珍貴時光，我們確實是父女。

母親和兩個父親的關愛，深深地沁入我的心底。

接受移植手術後，快滿兩個月了。對於不熟悉的東京的生活，母親似乎感到相當疲累。

雖然母親沒有對我說什麼，但她想必牽掛著土筆町的家和一個人留守的小婆婆。我和母親決定回去土筆町。

夏季接近尾聲，庭院初綻的秋玫瑰迎接返家的我們。果然這裡才是我的家。我看著小時候最愛的鞦韆，走向玄關。

「妳比想像中更有精神，我好驚訝。眞是太好了。」

幫忙看家的小婆婆噙著淚說。

「抱歉，讓您擔心了。放心吧，我沒事了。」

就像小婆婆說的，我的身體狀況非常穩定。

許多蜻蜓交錯盤旋，高山湖水，與隨風搖擺的樹葉，撫慰了我的心靈。

土筆町平靜的日常一天天過去。

後來，我和大介一直沒有聯絡。

我嚴肅面對母親的那番話，告誡自己不可以輕率行動。

但每次看到月曆，我的心情總是會動搖。由利阿姨的祭日快到了。由利阿姨在亞矢二十歲生日的那天，去了另一個世界。對我來說，亞矢也是有血緣關係的妹妹。

十月二日，是絕對不能忘記的重要日子。那個日子一天天近了。

由利阿姨想要和亞矢葬在一起，我可以就這樣對她的心願視若無睹嗎？

這樣下去是不對的，心中另一個我吶喊著。

「以前對他的印象，都是守在的場先生後面，完全就是個祕書，但最近愈來愈有氣勢了。」

母親看著電視，和小婆婆聊天。朝電視畫面一看，是蛇田先生上電視了。那是幾名政治人物齊聚一堂，進行討論的節目。

「蛇田先生，你應該好好說出事實。國民不會接受你這種欺瞞的言論。」

其中一人激動地指控。

「請不要任意抹黑，你太沒禮貌了，我的話句句屬實。」

蛇田先生並未情緒激動，而是四兩撥千金地回應對方。

「請仔細聽——」

不管對方如何指責，他都條理分明地躲避指控。對方想方設法攻出破口，卻被輕易駁倒。我注視著電視螢幕上，蛇田先生那也像是洋洋得意的表情。

我知道這個人撒的謊。

他說大介和我是雙胞胎手足，已被證明是假的。

他的目的是摧毀大介說的目擊棄屍的證詞。同時，他暗示我的雙胞胎兄弟出於怨恨，殺害了亞矢。

但這些謊言中，是否不期然地洩漏了眞相？

或許還有我能做的事。

幾經苦惱之後，我挖出畢業紀念冊。

上面印著那天在的場家一起玩捉迷藏的朋友們的笑容。這幾天以來，我每天都想到當時的四個朋友。

國中畢業後，過了十三年，但記憶中的她們，和國中那時候一樣。我一邊確認姓名，一邊仔細端詳她們的面貌。

世上有我的雙胞胎手足。乃蒼留下的臍帶，證明我的另一個手足是姊妹。

還有一件事，那天放在大門、也可以解讀爲恐嚇信的那封信，重新向我揭示了重要的意義。

貼在信上的文字，是從發給當地居民的《土筆町的歷史》這本書上剪下來的。製作那封信的人，極有可能是土筆町的居民。

知道我是外界稱為「藍雪」的乃蒼的小孩的人，極為有限。柊家的父母、的場和蛇田、白川院長、蓮見醫生和由利阿姨。這些人當中，實在不可能會有人送那種恐嚇信給我。

那時候一起玩捉迷藏的朋友，每一個都有機會在大門放信。

如果其中一人是我的雙胞胎姊妹，並且怨恨著我……

我還是必須往前進才行。我想要抓起最後的這條線索，看清楚究竟連上哪裡。

當時一起玩捉迷藏的有弓子、和美、小光與惠美，這些國一班上的四名同學，再加上希海。如果我的雙胞胎姊妹是她們其中之一，那麼她應該是被收養的。我的情況是因為父母年紀相當大了，才沒有隱瞞，但其實沒有必要特地告訴孩子。

和美有個大她一歲的哥哥。如果已有個一歲的孩子，不太可能再收養其他孩子吧。希海也有個大她兩歲的哥哥，最重要的是，事發當天她有不在場證明。小婆婆證明那天她不到四點就回家了。在亞矢失蹤的時間，四個同學都沒有明確的不在場證明。

弓子和我一樣是參加戲劇社。我們上了不同的高中，聽說她考上東北地方的國立大學。和美與惠美到高中都是同校，但我不曉得她們畢業後的出路。小光是後來跟小松原達成和解的猥褻案被害人。國中畢業後，小光一家遷離了土筆町。

小光有沒有兄弟姊妹，我不記得了。弓子和惠美都是獨生女。

還有一件不能忘記的事。那天，這四名同學中，有人被誤認為我，遭到猥褻。問話時必須謹慎措辭。無論如何都必須避免挖開傷口，害對方想起痛苦的往事。

先打電話給獨生女的弓子吧。雖然不知道她是不是還住在老家，但或許她的家人會告訴我聯絡方式。

這麼說來，弓子的祖父以前當過縣議員，是不是可能和的場先生有某些關係？當地應該還有幾個和的場先生有所往來的人吧。就算他們協助的場先生隱瞞，也不令人意外。

聽著電話鈴聲，心臟怦怦跳了起來。我有辦法順利問出想知道的事嗎？鈴聲停止，傳來回應聲：

「喂，這裡是佐佐木家。」

「您好，我叫柊壽壽音，請問弓子小姐在嗎？」

停頓了一拍後，響起活潑的話聲：

「咦！是壽壽音嗎？好久不見！」

「好久不見。抱歉，這麼晚突然打電話給妳。」

「才九點而已，一點都不晚。」

她的聲音和語調都和記憶中一樣。懷念之情自然而然地沖淡了緊張。

「怎麼啦？是來約同學會嗎？要在哪裡辦？」

急躁的個性和那連珠炮般的說話方式，還是沒變。

「不是啦，只是好奇妳現在過得如何。」總不能劈頭就問：「妳是養女嗎？」

「我嗎？我很好啊。每天都滿晚才下班，週末還得幫忙照顧我奶奶，挺忙的。妳呢？」

「嗯，我很好。」

我正猶豫著該說什麼，弓子主動打開話題：

「眞是懷念。不曉得戲劇社的朋友們現在怎麼樣了。我跟妳大概也有十年沒聊天了吧？好想找個時間大家聚一聚。」

「要不要碰個面？」我馬上提議。

「如果妳可以來我家就行。我週末都在家。我也很想念妳。啊，乾脆約後天吧，妳覺得呢？」

事情兩三下就決定了。約好兩天後的星期六，我去弓子家拜訪。

星期六一早就是好天氣。我搭乘公車前往弓子家。我說要去找老同學弓子，母親沒有反對，照常送我出門。

九月已進入尾聲，但今天陽光依舊熾烈，近乎炎熱。

弓子特地到公車站等我。她用手帕擦著額頭的汗水。

「哇，壽壽音，妳都沒有變！我一眼就認出來了。」

這麼說的弓子完全變了副模樣。染成褐色並燙過的髮型和過去形象不同，但最明顯的是體型變得非常渾圓豐腴。

「我胖成這樣，把妳嚇了一跳，對吧？我在點心食品公司上班，結果體重愈來愈重，眞是傷腦筋。」

嘴上這麼說，弓子卻哈哈大笑，沒有一點困擾的樣子。回家的路上，神采奕奕地談起參與開發的新產品，還有開發新點心的辛苦，以及自己的點子被採用時的喜悅等等。與在電話中感覺到的一樣，不管是聲音或口吻，都絲毫沒變，十分不可思議。

「不光是我們公司的試作樣品，爲了研究對手公司的產品，也得多方試吃，眞的很不容易。」

「不過，可以吃到許多好吃的零食，不是很棒嗎？」

「每個人都這麼說。要是吃不胖就萬萬歲了。有的同事就是吃不胖，眞是氣死人。明明應該吃了一樣多的東西啊。」

「可是，妳看起來十分幸福。」

「還好啦。我滿喜歡現在的職場。」

抵達弓子家後，弓子的母親出來門口迎接。

「咦，是壽壽音嗎？好久不見，變漂亮了。慢慢坐啊。」

看到弓子和母親站在一起，我頓時說不出話。因爲兩人幾乎是同一個模子印出來的。

「怎麼了？」

弓子露出疑惑的表情。

「沒有，沒事。打擾了。」

我連忙回道。弓子實在不可能是養女。她們是母女，長得像是裡所當然。我從來不覺得自己和柊家的父母長得像，也沒人說過我們像。我們不可能長得像。我第一次體認到，這就是血緣的力量。

弓子開朗地說起國中時的回憶、職場的趣事，甚至是照護奶奶的辛勞。我們無憂無慮地暢談著，淚水忽然奪眶而出。我居然懷疑弓子，想要調查她，這讓我歉疚極了。

「壽壽音，妳怎麼了？」

「抱歉，只是突然覺得好懷念。像這樣跟妳聊天，我很開心。」

「我也很開心。要再來玩喔！」

弓子送了我大一堆自家公司的零嘴當禮物。

我道了謝，離開弓子家。弓子站在母親旁邊揮手道別。

回程的路上，內心輕盈了一些。約莫是久違地接觸到他人的溫暖的緣故。之前一直疑神疑鬼，我的心整個變得僵硬了。

我要走的路依舊險阻重重，但我一定能走到最後。總有一天，要再像今天這樣和朋友們歡聚談笑。

抱著一堆紙袋往前走，我的腳步卻無比輕快。

吃完晚飯，回到房間，我再次看起畢業紀念冊的照片。弓子和她的母親長得一模一樣，這下就可以排除弓子了。

一個想法唐突地浮現腦海。

給認識乃蒼的人看小光和惠美的照片，或許對方會發現什麼。去找那個人吧。去找乃蒼的母親——木寺知子。

上次前去拜訪的時候，我不確定乃蒼生過小孩，也不確定那就是我，但現在我知道那些是事實。

在血緣上，木寺知子是我的外婆。那天她看到我，卻沒有任何反應，或許希望渺茫。可是，爲了那一絲可能性，還是去看看吧。

如果要行動，就必須向母親說明清楚才行。

「明天我要去茨城。媽，有件事我非做不可。我保證絕對不會草率對待大家救回的這條命，所以再給我一些時間，請妳默默地守護我吧。」

我行禮懇求，卻沒有得到回應。

「拜託了，相信我吧。」

「不要胡說。」

看來，母親無論如何都不肯答應。只能一意孤行了，這也是沒辦法的事。我正要如此宣告，母親突然帶著嘆息開口：

「壽壽音，妳就跟妳爸一個樣。妳爸成天丟下家裡去旅行，有一次我向他埋怨，問他到底是去哪裡做什麼？那是我們都還很年輕的時候。」

「爸怎麼回答？」

「他一臉驚訝地說『我沒告訴妳嗎？』，還笑說『我以為早就告訴妳了』。明明對我來說，一點都不好笑。」

母親臉上浮現笑容。

「我就是在那時候第一次聽到《柊家之記》的事。」

「媽聽完怎麼想？」

「當然大受感動啊，我覺得身為柊家第十五代的妳爸，實在令人驕傲。」

母親望向佛壇上的父親遺照，抬頭挺胸地說。

「妳爸總是說：『比起對錯，更重要的是，是否對做出這些行動的自己感到驕傲』。」

這也是烙印在我心中的父親的教誨。

「妳是為了幫助別人，對嗎？」

母親嚴肅地注視著我。

「如果不去做，妳就會後悔，對嗎？」

我用力地點點頭。

「妳果然是妳爸的女兒。我懂了，去吧。」

母親的目光轉為溫柔。

「路上小心。」

隔天早上，我在母親溫暖的送別下出門。比起不顧母親反對硬是離家，這樣心情輕鬆太多了。真的很感謝願意相信我、送我出門的母親。

距離上次來的時候，約莫已過十年。我祈禱著木寺知子會在家，抵達了縣營公宅子櫻集合住宅。我想起以前的對話，帶了羊羹當伴手禮。

按下沒有門牌的一〇七號室門鈴。等了一會，傳出沙啞的話聲：「是誰？」

「請問木寺女士在嗎？敝姓柊，以前來過一次。」

「門沒鎖。」

光聽聲音，認不出是不是本人。我開門探看屋裡。

陰暗的屋裡坐著一名老婦人，正用湯匙吃著塑膠盒裝的便當。她轉過頭來，我認出是木寺知子。

「抱歉，在您用餐時打擾，您還記得我嗎？」

「沒印象。」

她瞪了我一眼。那雙眼睛裡看不出感情。老婦人淡淡地繼續用餐。我站在玄關，等她吃完。

「吃飽了。」

木寺知子雙手合十說道。

「喂，可以幫我收拾一下嗎？」

她突然這麼說，我有些不知所措，但還是脫下鞋子，進入室內。

「拿到門外，晚點便當店的人會來回收。」

這似乎是外送的便當。我照著她的指示做。

「我們聊過乃蒼小姐的事，您還記得嗎？」

我回到她身旁，又問了一次，接著遞出裝羊羹的袋子：

「啊，這是一點心意。」

「哎呀，是羊羹。」

她突然笑逐顏開。

「噢，妳是以前來過的女生。還有什麼想問的事嗎？」

她似乎想起來了。

「是的。後來我查到妳女兒生過孩子，可以請妳看看這些照片嗎？」

我遞出小光和惠美的照片。

前來這裡的路上，我決定不說出乃蒼生下的是雙胞胎，而且其中一個就是我。我實在不想和木寺知子相認。

「這兩個人長得像妳女兒嗎？」

「不像。」

木寺知子只瞥了一眼，便冷冷回答。

「妳說她生過孩子，是眞的嗎？她十八歲就死了，什麼時候生的？」

「過世前幾天。雖然跟人家說好要送養，但生下孩子後，她無法忍受和親骨肉分離，選擇走上絕路。」

說出來也不能怎麼樣，但我想把乃蒼最後的心情傳達給她的母親。

「原來發生過這樣的事啊。眞是個傻女孩。」

身爲她的母親，應該還有別的話好說吧？我一陣氣憤。

「那麼，當時她懷著孩子嘍？」

木寺知子視線飄移，發現什麼似地說。

「我就覺得奇怪，她怎會跑來找我？這樣啊，因爲懷了孩子，才會來找我，也才會問那種問題啊。」

我還記得乃蒼曾問母親：「發現懷了我的時候，妳有什麼感覺？」

木寺知子恍惚了好半晌。

「她一個人生下孩子，一個人死了嗎？」

她喃喃低語，撕開羊羹的包裝。

「喂，妳要喝麥茶嗎？冰箱裡有。」

「不用了，謝謝。」

「這樣啊。我要吃這個當飯後點心。那邊有刀子，幫我切。」

我切著羊羹，她在後面說：

「乃蒼生下來的孩子怎麼了？過得好嗎？是剛才照片裡的哪一個？再讓我看一次。」

對於自己的外孫女，她多少有些感情嗎？

我把切好的羊羹放在小碟子上端過去，將照片並排在桌上，然後在對面的椅子坐下，仔細觀察她的反應。

「果然兩個都不像。」

木寺知子把照片拿起來端詳後，搖了搖頭。

沒有任何線索。沒什麼好問的了。

「她的孩子應該在養父母那裡過得很幸福。」

至少養父母把我當成掌上明珠養育。我只想告訴她這件事。

「那就好。」

她拋也似地把照片還給我。

我把照片收進皮包裡，忽然靈機一動。這裡有沒有乃蒼的照片？只要知道乃蒼的長相，或許就能找出和她相像的人。

「請問有沒有乃蒼小姐的照片？」

「啊，這麼說來，妳上次回去以後我找了一下，眞的找到了。」

「方便讓我看看嗎？」

我不禁提高話聲。

「在床邊的抽屜裡。」

我起身走近床鋪。「最上面，我用手帕包著。」後面傳來指示聲。

我靜靜地拉開抽屜。取出來後，放在手心，輕輕掀開手帕。

「那是她到醫院看我的時候，護理師幫我們拍的。她只留下這一張照片。」

沙啞的話聲持續著，卻無法傳入我的耳中。

照片上有兩個人。坐在病房床上的木寺知子，和在一旁微笑的短髮年輕女子。

那張臉與我最近見過的某人極爲相似。那就是時隔數年再會的希海。

我實在難以置信，目不轉睛地盯著照片。不管怎麼看，都像是同一個模子印出來的。我帶著紊亂的思緒，走向玄關。

「我先告辭了。請保重。」

我只能勉強擠出這些話。根本沒有餘裕去感受她是我的外婆的這個事實，也沒有任何感傷。我只希望平安無事地回到家。

為了平復情緒，我在玄關門前大大地深呼吸。

「我回來了。」

聲音走了調。

「妳回來啦。」

母親從廚房探頭看我一眼，又繼續準備晚飯。看來，我成功裝出了不致引起疑心的笑容，鬆了一口氣。我正要回房間，母親的聲音再度傳來：

「對了，神山先生來過電話。他說打了妳的手機，卻沒人接。」

我掏出手機查看，有好幾通來自神山先生的未接來電。去找木寺知子之前我轉成靜音，忘了切換回來。

我一進房間立刻回電。鈴聲還沒響，馬上就被接起：

「小姐，秀平被逮捕了。他涉嫌殺害蓮見醫生。」

我以為自己聽錯了。神山先生的口吻不似平時那般冷靜，有種緊迫感。

他告訴我截至目前得知的資訊。

【蓮見幸治的死亡地點，是位於東京根津的住家。發現遺體的是前往看診的秀平。上午八點十分，秀平為蓮見幸治做出死亡宣告。因為蓮見幸治生前簽署過器捐同意書，隨即被送往「東京醫療研究中心」，當天就進行了移植手術。

隔天大介向警方自首，宣稱是他殺害蓮見幸治。驗屍結果，檢驗出大介供述的藥物。

警方經過搜查，發現了幾項證據，也瞭解了現場狀況。

點滴袋的橡皮栓部分的保護膜上，有針刺過的痕跡，但沒有找到摻入藥物的針筒及藥品容器，應該是凶手帶走了。

蓮見家的玄關和建築物後方圍牆，各設有一台監視器。兩台監視器都沒有拍到大介，但經過勘驗，發現監視器有死角，有辦法避開監視器的鏡頭，從後門進入屋內。大介承認他有後門的鑰匙。

經過連日偵訊，警方決定逮捕大介。但遭到正式逮捕後，大介卻一改先前的態度，行使緘默權，無法問出他的動機和具體的行凶手法。

幾天後，大介突然開始否認涉嫌。他提出不在場證明，說「案發前一天我在沖繩，蓮見醫生過世的隔天我才回到東京」。沖繩的飯店留有大介和員工的合照，在周邊的餐飲店也找到有大介的照片，並問到目擊證詞。大介的不在場證明得到證實，檢方決定做出緩起訴處分，予以釋放。

最後，大介對刑警說：

「的場秀平對蓮見醫生懷恨在心。是秀平殺了醫生。」

蓮見家的監視器，拍到蓮見幸治死亡前一天晚上十點左右，秀平進入蓮見家中。那天除了秀平以外，沒有其他人來訪。

警方向秀平問話，但秀平說：

「那天我從醫院下班以後，去蓮見醫生家看診，爲他施打點滴等等。他的狀況不太好。我是醫生，又是親戚，所以蓮見醫生把自家玄關大門的鑰匙交給我，並叫我隔天早上再去看他一次。我去了之後，卻發現他的呼吸心跳已停止。我嘗試急救，但無力回天。身爲醫生，這是天經地義的行動。我不知道什麼藥物。我沒有殺害蓮見醫生。」

秀平全面否認涉案。

點滴袋上驗出秀平的指紋。住家並無強行入侵的痕跡。有機會對蓮見幸治注射藥物的，只有秀平一個人。釋放大介以後，警方愼重地進行調查，最後決定逮捕秀平。】

神山先生又補充：

「警方應該是想要祕密行事，但被媒體得知消息，也是遲早的事。的場身邊一片兵荒馬亂。或許會有記者把這件事和十五年前的失蹤案連結在一起。大介雖然獲得緩起訴釋放，但並非完全被排除涉案。因爲蓮見醫生被注射只有凶手才知道的藥物，他怎會知道？理由尙未查明。小姐，請暫時不要輕舉妄動，以免受到波及。一有新消息，我一定會通知妳。」

最後我問了大介的下落，但神山先生說不知道。

掛斷電話後，這個震撼的消息讓我一陣啞然。

看來，秀哥哥會遭到逮捕，是大介設的局。大介的行動太不自然了。如果他沒有去自首，蓮見醫生就會被當成病死處理，命案不會曝光。

蓮見醫生與大介爲了讓移植手術順利進行，計畫隱瞞自殺的事實。蓮見醫生死後，大介深深自責，於是出面自首——如果是這樣就說得通。

如果目的只有進行移植手術，事情應該就到此結束。然而，結果卻是秀哥哥遭到逮捕。

大介認爲，秀哥哥至今仍與犯下猥褻案的小松原還有往來。他恐怕誤會兩人是共犯，的場先生爲了包庇兒子，協助處理亞矢的遺體。

至今爲止發生的種種事情，全都連繫在一起。

從我的移植手術到秀哥哥被逮捕的發展，會不會是大介與蓮見醫生聯手擬定的縝密計畫？蓮見醫生把秀哥哥叫過去，在監視器留下紀錄。秀哥哥回去以後，蓮見醫生自行注射藥物自殺。隔天早上，依約再去看他的秀哥哥，將蓮見醫生送去醫院，進行移植手術。隔天，從沖繩回來的大介自首。警方驗屍，發現蓮見醫生是他殺身亡。很快地，警方查出大介有不在場證明，證明了他的清白，嫌疑落到唯一有機會殺人的秀哥哥身上。如果兒子成了殺人犯，不光是政治生命，連延續多代的的場家聲望也會徹底破滅。即使他們殺害亞矢的罪行不會遭到追究，一樣可以達成復仇的目的。

爲了救我一命，蓮見醫生選擇了死亡。然後，大介協助蓮見醫生，利用他的死亡，完成復仇。這源自駭人執念的計畫，令我渾身戰慄。

可是，大介錯了。秀哥哥不是殺害亞矢的凶手。

秀哥哥和大介一樣，想要實現由利阿姨的願望，現在卻針鋒相對。無論如何，我都必須阻止他們才行。

吃晚飯的時候，我依舊震驚難平。雖然不時應和著母親和小婆婆的話，但今天受到的第二次衝擊，影響了整顆腦袋。乃蒼的照片意味著什麼？秀哥哥被逮捕，又代表了什麼？與這件事有關的重要人物，就在眼前。

「怎麼了？妳沒食欲嗎？」

小婆婆收拾著還剩下半碗飯的碗，擔心地問我。

「我傍晚吃了蛋糕，抱歉沒吃完。」

「沒關係啦。」

小婆婆把碗放到托盆上，端回廚房。我注視著她的背影。

小婆婆……

如果有人知情，恐怕就是小婆婆了。

深夜，等所有人都入睡後，我前往小婆婆的房間。雖然不忍心把她叫起來，但我想要盡快進行確認，同時也想在母親不會發現的情況下，問個水落石出。

「我有事想問您，非常重要的事。」

「這種時間有什麼事？怎麼了？」

小婆婆面露不安，但仍請我在座墊坐下來。

「我和希海是雙胞胎，對吧？」

聽到我唐突的話，小婆婆肩膀一顫。

「妳在說什麼？」

她立刻移開目光。

「抱歉，嚇到您了。生母留給我的臍帶有兩條，所以我發現了這件事，也私下送去做DNA鑑定了。」

正確地說，透過DNA鑑定知道的事實，只有我是雙胞胎，另一個手足是女孩而已。爲了問出生產的經過，需要故弄玄虛一下。

小婆婆嘴抿成一字形，不肯看我。

「是白川院長爲我和希海接生的。白川院長爲無法養育孩子的母親，和想要收養孩子的夫妻牽線。我被送到柊家，希海被送到的場家。爲了孩子著想，的場家想要把孩子當成親骨肉。而柊家因爲母親年紀太大，沒辦法說是我的親生母親。的場夫人當時還很年輕，因此在白川院長的協助下，演了一場在自家生產的戲，對吧？」

「我不知道。」

小婆婆堅持不肯承認，是考慮到希海和我，還是不願背叛一直保守祕密的人們的善意？即使如此，我無論如何都必須問出來。

「秀哥哥被警察逮捕了。因爲涉嫌殺害蓮見醫生。」

「怎麼回事？大介不是被釋放了嗎？」小婆婆瞪圓了眼睛。

「明天或許就會上新聞。我沒時間了，必須快點救出秀哥哥才行。秀哥哥是清白的。我想要幫助秀哥哥，所以小婆婆，我必須確認事實究竟爲何。」

「秀平少爺……」

「拜託，請告訴我。這樣下去，秀哥哥會變成殺人凶手。」

「怎麼會……」

小婆婆驚慌失措，聲如細蚊。

「我只能依靠您了。」

小婆婆布滿皺紋的手環抱在胸前，不住地顫抖。

「小婆婆，求求您。」

「如果我說出來，可以幫到秀平少爺嗎？」

「沒錯，只有您能幫這個忙。」

小婆婆仰頭看了一下天花板，深深嘆息。

「好吧，我把知道的告訴妳。」

點點頭後，她筆直望向我，濕了眼眶。

「您知道的場夫人並沒有生孩子，但的場家交代不可以說出去，對吧？」

我鎮定情緒，平靜地問。

我一直以爲，小婆婆是爲了出生的孩子而配合撒謊，沒想到她搖搖頭：

「不，一開始我毫不知情。我做夢都想不到，太太懷孕竟是裝的。太太到現在可能還不曉得我早就發現了。」

原來的場夫妻連小婆婆都欺騙嗎？這個祕密就是如此滴水不漏。

「太太懷上秀平少爺時，我一直在身邊照料她。太太孕吐得很厲害，替她清理的我也很辛苦。可是懷第二胎時，太太就沒這種狀況了。但她一個人關在房間裡，誰都不肯見。獲得允許進去房間的，只有定期來看診的白川院長。我被嚴命進房間前一定要先出聲，取得同意。太太總是躺在床上，但有一天我看到浴室玻璃門裡面的太太身形，肚子完全是平的。明明都臨月了。」

小婆婆觀察著我的反應，繼續說下去。

「從幾個月前開始，就有客人住在招待所。是個非常年輕的孕婦。」

那是乃蒼。

「這兩件事兜在一起，我想到的場家是計畫把對方生下來的嬰兒當成太太的孩子。秀平少爺出生後，我聽到他們說太太很難再生第二胎。年輕孕婦一定是有什麼無法養育孩子的苦衷吧。因爲秀平少爺體弱多病，我猜想應該是院長替無論如何都想要第二個孩子的的場家結緣。我裝作什麼都沒發現。畢竟每個人都爲了出生的孩子，做了最好的選擇。」

這裡也有一個希望嬰兒獲得幸福的人。

爲了讓孩子變成親骨肉，的場家想出萬全的計畫。原本我不明白爲什麼有了秀哥哥，還要再收養孩子，得知的場夫人難以懷上第二胎，才茅塞頓開。

這下就很清楚了，希海並不是的場家的親骨肉。

「後來我去招待所一看，生產完的那位小姐的房間裡有兩個嬰兒。我忍不住訝異地說：『原來是雙胞胎啊！』那位小姐說：『順利生下她們的喜悅是兩倍，但離別的痛苦也成了兩倍。』嬰兒在母親的身邊待了四天。讓嬰兒喝到初乳是很重要的。」

「她們母女一起相處了四天嗎？」

「是的，母親一個接一個抱起她們，餵她們喝奶，看起來很幸福的樣子。」

乃蒼度過身爲人母的短暫時光。但這件事或許更加深了她不願與孩子分離的意志。

「原來那個盒子裡，裝有兩條臍帶。」小婆婆喃喃低語。

「您知道那個盒子嗎？」

「是我交給柊太太的。」

「什麼意思？」

「那位小姐準備離開招待所時，這麼拜託我的。她拜託過白川院長，希望讓嬰兒留著臍帶，但院長拒絕說『其中一戶人家絕對不會收』。她說至少要留給另一個嬰兒，把信封託給了我。信封裡只裝著一個臍帶盒。那天早上，聽聞在柊家門口發現棄嬰，我立刻明白那是另一個嬰兒，於是我把信封交給了柊家。因爲柊家的人一定能夠理解做母親的心意。不過，我不曉得盒子裡裝著兩條臍帶。」

小婆婆兀自點著頭，繼續說下去：

「那位小姐離開的前一天晚上，把兩個臍帶盒放在一起，哀傷地盯著看，我便把古來的說法告訴她。像是臍帶不光象徵母親和嬰兒的連結，據說嬰兒生病的時候，拿去煎藥服用就能痊癒，或是對夜啼很有效。還有，身上帶著手足的臍帶，可以驅邪除厄。她一定是聽了這些，才把兩條臍帶放在一起。」

原來臍帶是這樣送到我的手中的嗎？

然後，希海成為的場家的孩子，我成為柊家的孩子。

「臍帶的保祐功效或許是眞的。壽壽音小姐在柊家過得很幸福，但希海小姐小時候就過得不是很好了。其實，太太私底下會虐待她，對她說些殘忍的話……我也看過希海小姐背上有許多傷痕。聽到希海小姐被蛇田先生收養時，我眞是鬆了一口氣。」

希海居然遇到那種事……

雖然非常震驚，我還有一件事必須確認。

「十五年前，亞矢失蹤那一天，您說看到希海在四點前回家，後來一直跟她母親在一起，這是眞的嗎？您眞的看到希海了嗎？」

小婆婆瞬間皺起眉頭，像在回溯記憶，然後說：

「坦白講，我沒有看到她回來。是太太說警察很囉唆，交代我這麼作證。當時包括我在內，每個人都受到調查，感覺就像被懷疑做了壞事一樣，我非常生氣，於是立刻答應，照太太的話作證。因為我們這些人當中，不可能有人會傷害亞矢小姐啊。」

我深深地嘆了一口氣。希海的不在場證明消失了。

我爲三更半夜打擾致歉，離開了房間。

「我做錯了嗎……？」

聽見小婆婆的喃喃細語，我安靜地回頭，擠出聲音說：

「小婆婆，我眞的很感謝妳。」

小婆婆的疑問，沒有人知道答案。

回到自己的房間後，我的心仍搖擺不定。

希海和我是雙胞胎。

小時候，我們的右頰都有酒窩。超市店長說乃蒼也有酒窩。這是乃蒼送給我們的、微小的連繫。

我完全不知道希海過著那麼坎坷的日子。

講述蛇田編織的謊言時，希海曾對我說：

「每個人都愛妳，妳在幸福中成長……亞矢完全就是個幸福的小孩……不斷在心中蔓延的憎恨與怒火，在那年夏天爆發了。」

那是希海自身的想法嗎？其實她非常恨我？

宛如惡夢般的現實，讓我難以接受。

我希望希海不曉得自己身世背後的眞相。如果她不知道，就不可能對蓮見醫生、我，或是亞矢懷有恨意。

有辦法得知希海眞正的想法嗎？

我望向窗外。黑暗中，的場邸的門燈朦朧浮現。我想像著希海在那偌大的豪宅裡生活的每一天。

如今回想，希海是個不太會表露感情的孩子，從來沒有看過她放縱歡鬧的模樣。她總是十分冷靜。

但我看過她開心的笑容。我們兩個會一起偷偷玩她帶來的玩具。

「這隻就當成我們偷偷養的狗。牠叫露露，好嗎？」

希海緊緊抱住狗布偶，在我們的祕密基地微笑著。

爲什麼會把玩具收在那裡？因爲她不想待在有可怕的母親的家裡？

因爲希海需要一個只屬於自己、不會被任何人侵犯的場所。

在我再也不敢踏進去的那個地方，或許隱藏著眞正的希海。

我拿著手電筒跑出玄關。靠著微弱的燈光，跑過深夜的黑暗。我無暇調勻呼吸，直接推開倉庫的門。

門發出令人發毛的吱呀聲打開了。

倉庫裡，在手電筒的燈光照射下，蜘蛛網閃閃發亮。我按下門邊的開關，但燈沒有亮。我拿起看到的釣竿撥開蜘蛛網，往深處前進。

希海和我的祕密遊戲。「夢幻寶盒」的回憶。

我把手電筒放在架子上，大膽地拖出目標的紙箱。打開蓋子一看，裡面裝著扮家家酒的玩具、玩偶，還有小小的娃娃屋。

我逐一取出，發現最底下有本像書的東西。我拿起手電筒一照。

《土筆町的歷史》。

翻頁的手微微顫抖。

航空照那一頁，到處都有裁切的痕跡。

腦中浮現希海用美工刀製作信件的樣子。我搖搖頭，想要把腦中浮現的身影趕走，反倒更清楚地看見希海扭曲的表情。

「壽壽音是惡魔的小孩　妳的母親是藍雪　我永遠恨妳」。

我拋下一切，逃出倉庫。

我回到自己的房間，平復呼吸。

希海早就知道自己出生的祕密了。相較於她的際遇，我看起來是那麼幸福快樂，於是她製作出那種信。然後，連無憂無慮地過著幸福生活的亞矢，也成了她憎恨的對象嗎？

亞矢的遺體是從倉庫搬出去的。行凶現場就是倉庫。

那天，倉庫發生了另一起猥褻事件。

我取出早前收起來的信封。裡面裝著我原本想燒掉的、從小松原那裡搶來的拍立得照片。我不忍直視，只瞄過一眼而已。我重新拿起照片，上面拍到胸罩被拉開而裸露的胸部。我定睛細看。

側腹一帶，有許多瘀青和傷疤。我想起小婆婆說希海身上有傷的事。

這是希海。那天希海在倉庫裡。

這個事實教人難以承受。我害怕承認這是事實。

我呆呆地看著逐漸泛白的窗外，等待早晨的到來。

我決定前往東京。無論如何都要找到大介，把我查到的真相告訴他。

在冰涼的秋風吹拂下，我搭上清晨的首班列車。

抵達東京的時候已過了通勤尖峰，但電車和車站大樓都人滿爲患。我斜背著肩包，閃避人潮。東京的人潮再次讓我感到驚奇。

若是想見到大介，就只有這個地方了。我快步穿過井之頭公園站的驗票閘門。

大介不在大和公寓的租屋裡，我大失所望。

我會來這裡是有理由的。大介或許還有目標尚未達成。如果他認爲小松原和秀哥哥是共犯，那麼他的復仇行動就還沒有結束。被憤怒支配而失控的大介，應該不會輕易放過小松原。

我前往小松原家。雖然不想再見到他，但現在無暇管那麼多了。我猛按門鈴。一會後，玄關的門慢慢打開，門縫間露出一張臉。門鏈沒有解開。

「又是妳。有什麼事？」

口氣很不耐煩，但眼神透出戒心。

「有人要害你，你最好躲起來。」

我不是想保護小松原。我給他忠告，是不希望大介變成罪犯。

「什麼跟什麼？秀平不是被警察抓了嗎？那傢伙果然不正常，幸好我沒被他宰掉。」

「你待在這裡很危險，眞的。」

「囉唆，快滾回去！」

小松原不悅地關上門。

我在附近的超市買了食物和報紙，回到大和公寓。報紙上說的場先生住院了。這是名人逃避媒體的慣用手法。至於命案，報導說的場秀平否認犯案。

我監視著小松原家，等待大介現身。對的場家的復仇已結束，大介會對下一個目標——小松原，設下什麼圈套嗎？萬一他想要取小松原的性命……

這是我最害怕的事。絕對不能讓大介殺人。

找到大介以前，我絕對不回去。我如此下定決心。

我守在窗邊的固定位置打發時間，迎接第二個夜晚。我憑靠在窗框，幾乎徹夜監視，但體力已瀕臨極限。

街道落入夢鄉，人影和聲響也消失了。在寂靜的黑暗籠罩下，腦中浮現那個夏夜。

大介、秀哥哥和我執行了那場「河童大作戰」，在對黑夜與熊的恐懼中，三人顫抖著，相互依偎。我們在森林裡餓到肚子咕嚕作響，一起笑了起來，相信不管遇到任何困難，只要團結一心，都能夠克服。雖然我們長大了，但應該和那時候一樣，並沒有改變。只是齒輪偏移了而已，一定可以回歸原位。

淚水湧出眼眶，戶外的燈光暈成一片。「你在哪裡？」我閉上眼睛，在心中呼喚大介。

「喀噠。」

我慌忙抬頭，一瞬間不知道自己身在何處。不妙，我好像睡著了。我看見窗外送報員的自行車，時鐘指著四點三十分。戶外依舊陰暗。即使只睡了一下，我仍後悔不已，但戶外依然一片沉靜。

十月二日。我在見不到大介的情況下，迎接了這一天。今天是由利阿姨的祭日。我有預感，大介會去墓地。可是，不能放鬆對小松原的監視。我決定執行想到的方法。

我拿著果汁罐，躡手躡腳地靠近小松原家。確定四下無人後，我舉起果汁罐，用力朝玻璃窗扔去。

「鏘！」

玻璃破碎的聲音響徹四周。我連忙回到公寓。小松原應該嚇壞了。他會把這件事和我的忠告連結在一起，嚇得魂飛魄散吧。

或許他會想要躲起來。只要他離開這裡，大介就難以找到他。

聽到玻璃破碎聲，附近居民聚集到馬路上。小松原不安地從窗戶探出頭。鄰居左右張望，又各自回家。接下來，只能等待小松原心生害怕，離開家裡。

朝陽升起，街道活絡起來。小松原遲遲沒有如我期待般現身。時間不斷過去。就在我考慮再次動手做些什麼的時候，只見小松原左顧右盼地走出門外。他揹著背包，提著旅行袋。我連忙追上去。

「你要離開這裡？」

我環顧周遭，確認大介不在之後問他。

戴上白口罩和墨鏡的小松原全身一震，回頭看我。

「我會聽從妳的忠告，暫時不會回來了。」

他表情苦澀，憤憤地說完，朝車站走去。這下大介就不會知道小松原的下落。接下來就去由利阿姨的墓地，等大介過來吧。他一定會現身。我離開住了幾天的大和公寓。

轉乘電車，前往墓地。走出車站後，只見淨是上坡的這一帶散布著許多寺院。經過花店，轉進巷弄。進入寺院境內，穿過成排的墓碑之間。可能是因爲彼岸（註）已過，沒看到掃墓的人。

我遠遠地以目光梭巡位在中央一帶的由利阿姨的墓。在許多凋萎的供花中，看見一束格外搶眼的美麗鮮花。我加快腳步，靠近一看，是由利阿姨的墓。線香仍香煙裊裊。

大介來過了嗎？香才剛點燃不久，或許他還在附近。我轉身穿過境內，跑過錯綜複雜的巷弄。這一帶剛好位在兩個車站中間，大介往哪邊的車站去了？我把命運交給老天爺，隨意選了一條路。就在走出大馬路的瞬間，瞥見正要搭上計程車的大介。

「大介！」

我喊道，但計程車的門關上開走了。不能讓他走掉。我攔下接著過來的計程車，展開追蹤。

前方的計程車開往都心。約二十分鐘後，駛入有大型白色建築物的土地。建築物上有「大手町紀念醫院」幾個大字，前方道路擠著大批媒體。啊，是的場先生療養的醫院。

大介走下計程車。我也連忙下車追過去。入口處，警察和警衛正監視著周圍。

我小心不撞到人和輪椅穿梭前進，抓住正在等電梯的大介的手。

大介驚訝瞪大眼睛。

「妳怎麼會在這裡？」

「我有重要的事想跟你說。」

「現在不是時候。」

他扳開我的手，小聲回答。

「你想對的場先生做什麼嗎？」

「只是去跟他談談而已。我跟他約好要見面。」

註：以春分或秋分爲中心的一星期稱爲「彼岸」，爲日本傳統掃墓時期。

「我也一起去。如果你不答應，我就大聲叫人。我不會讓你一個人去。」

我使盡全力抓住大介的手臂。警衛關注著我們。

大介和我手挽著手，坐上電梯。電梯裡擠滿了人，無法交談。好不容易只剩下我們兩個，我正要開口，電梯已抵達最頂層。門外站著兩名隨扈。大介附耳對其中一名低語，對方隨即向我們招手，於是我們往裡面走。盡頭處的大門前，站著另外兩名隨扈。

「請把身上的物品交給我們保管。口袋裡的物品也全部拿出來。」

隨扈指著桌子說道。

大介從口袋裡掏出手機和錢包，把背包放到桌上。我也拿下斜背的包包，放到旁邊。

「雙手舉起來。」

另一人用金屬探測機，掃描我們的全身上下。經過嚴格的安檢後，門總算開了。

「壽壽音，妳不要說話。」

大介在我耳邊低聲吩咐。

眼前的房間大得一點都不像病房，擺著皮革沙發，整面玻璃窗透著近乎刺眼的陽光。

「壽壽音也一起來了？」

坐在沙發上的是希海。旁邊那名熟悉的壯漢，是一頭白髮的蛇田先生。

「你們還是一樣，感情那麼好。」

希海語帶嘲諷，起身拉上窗簾，指著對面的沙發說：

「喏，坐吧。」

我有好多話想對希海說，也有好多問題要問她。

可是，現在只能聽從大介的話，靜觀其變。

「的場先生呢？」

大介冷靜地問。希海望向隔壁的門。的場先生似乎在隔壁房間。

「有什麼事，跟我和我爸說就好。你說有辦法挽救的場家，是什麼意思？」

聽到希海的話，蛇田先生的嘴歪了一下，但昂首睥睨的態度依然不變。面對蛇田先生，大介到底想要做什麼？

「我手上有揭露蓮見醫生死亡眞相的影片。我先聲明，影片我沒有帶來。因爲要是被你們搶走，就血本無歸了。」

「眞相？」

「蓮見醫生是自殺。那是證明這個事實的決定性影片。只要公開影片，秀平就會被釋放，的場家便能全身而退。」

這果然是兩人的計畫嗎？

「爲了陷害秀平、威脅我們，所以蓮見自殺了？他眞是瘋了。」

希海目瞪口呆地說。

「啊，也是爲了救壽壽音一命嘛。眞是感人至深的父女之情。」

與其說是讚賞，聽起來更像譏諷。希海的精神世界是什麼時候扭曲成這樣的？

「蛇田先生，說出你們把亞矢埋在哪裡。只要能接回亞矢，我不會再做任何事。」

蛇田先生的眼珠動了一下。

「埋？你在說什麼？」

他用刺探的眼神看著大介。

希海果然沒有把大介目擊到的事告訴蛇田先生。

當時聽到的謊言，全是希海捏造出來的。

「那天，我看到你們把亞矢從倉庫裡搬出來。情急之下，我躲進車子裡，目睹你們把她埋在山上。你再抵賴也只是浪費時間。要告訴我地點，還是讓秀平變成殺人凶手，你選吧。」

蛇田先生臉色大變。他瞪大眼睛，與大介對峙。

「看來你也清楚，就算現在把你當年目睹的事告訴警方，也不能如何。你是放棄將凶手繩之以法，想換回遺體嗎？」

「沒錯。」

兩人凶狠地互瞪。

「就算我告訴你地點好了，誰能保證你一定會公開影片？找到遺體後，你可能會直接銷毀影片。這樣就無法證明秀平的清白。這種交易，我不可能答應。」

大介相信秀哥哥就是殺害亞矢的凶手，他很有可能這麼做。這麼做不僅可以換回亞矢，也能達成對的場家復仇的目的。

「要這麼懷疑，是你的自由，我無所謂。即使什麼都不做，如今的場家也只有死路一條。影片我交給可以信任的人了。我指示對方，如果三十分鐘內我沒有聯絡，就把影片銷毀。等到影片屍骨無存再來後悔就太遲了。」

「先讓我看影片。等秀平無罪釋放，我再告訴你地點。」

「不可能。想清楚，只要你說出地點，就再也不會有人被問罪，不覺得這是很划算的交易嗎？的場先生，你說是吧！」

大介大聲說道，讓隔壁房間的的場先生也能聽見。

大介眞的會讓秀哥哥重獲自由嗎？他說的話眞的能信嗎？蛇田先生一動也不動，默不作聲。蛇田先生是敵人，但他在想的事恐怕和我一樣。

我知道大介是爲了實現由利阿姨的願望而行動。但如果不讓他弄清楚秀哥哥並非凶手，後果將不堪設想。沒時間了。三十分鐘後，影片就要被銷毀，那就無法拯救秀哥哥了。

「大介，你聽我說。」

在場眾人的目光都聚集到我身上。

「如果你以爲殺死亞矢的是秀哥哥，那就錯了。」

希海伸手摸耳垂。那是希海不安時的習慣。

「希海，是妳殺死亞矢的，對吧？」

「怎麼可能？」大介驚呼。

我正在阻撓賭上了性命的蓮見醫生和大介的計畫，但我不能對秀哥哥見死不救。

「我和希海其實是雙胞胎姊妹。透過假生產，希海成了的場家的女兒，但她發現自己的生父其實是蓮見醫生，對他懷恨在心。然後，她把無辜的亞矢……」

吃驚的只有大介一個人。蛇田先生非常冷靜。他當然知道。因爲那天就是他接到希海的聯絡，幫忙搬走遺體。

希海低聲笑了起來：

「呵，虧妳看得出眞相。沒錯，殺了那孩子的就是我。大介，怎麼辦？這樣你還能銷毀影片嗎？你沒辦法讓無辜的秀平變成殺人犯吧？你就是這種人。是你們輸了，快點把影片交出來。」

「壽壽音居然會幫我們，眞令人意外。那麼，這件事不用再談了。」

蛇田先生得意洋洋的竊笑，我的心底湧起一陣懊恨與憤怒，氣得都快哭出來了。

大介，對不起，我害得計畫落空了。我偷覷坐在旁邊的大介。

「我有東西要給你們看，叫人把我的東西拿過來。應該檢查過沒有危險物品了吧？」

大介對蛇田先生說。

希海開門，拿著大介的背包回來。大介從背包裡取出攜帶式ＤＶＤ播放器，按下開關。

看到畫面中的人，我不禁瞪大雙眼。

那是秀哥哥。

「爸，請把亞矢的埋屍地點告訴大介。這是拯救你最重視的的場家唯一的方法。爸沒有選擇的餘地。如果你不答應，影片會被銷毀。我已承諾過蓮見醫生和大介。這是蓮見醫生犧牲性命執行的計畫。我已有覺悟，如果爸還是不肯透露，我會向警方供稱，是我殺害蓮見醫生，作爲的場家的贖罪。」

大介從播放器裡取出光碟，扳成兩半。

「這個計畫是秀平想出來的。只要取回遺體，秀平就會被釋放，洗刷的場家的污名。亞矢的遺體，我會悄悄埋在蓮見醫生的墓裡，你們不用擔心。我再清楚不過，即使向世人控訴你們棄屍也沒有意義。取回女兒的遺體，是他們夫婦最後的心願。他們的女兒孤單地被埋在冰冷的泥土中，做父母的會多麼哀痛，難道你們不明白嗎？」

大介愈說愈激動，聲音也愈來愈大。他粗魯地從背包裡取出地圖，在桌上攤開。

「在你們埋屍的地點做記號。」

他把筆塞給蛇田先生。

希海交抱著手臂，瞪著大介。從窗簾隙縫射入的陽光，照在希海身上。

「告訴他吧。秀平和大介笨到沒救，要是不告訴他們，大介眞的會把影片銷毀，然後秀平會招認根本沒犯下的罪行。從小他們就滿口什麼正義、英雄的蠢話。明明這世上根本沒有正義。正義只不過是喪家之犬自我安慰的藉口，蠢斃了。」

「希海！」

我無法容忍她這樣詆毀兩人，忍不住出聲。希海不理我，繼續說：

「他們會把遺體這個證據帶走。這樣就船過水無痕，可以當什麼事都沒有發生過。這場交易不壞，我們沒有輸。」

蛇田先生不肯接過筆。

這時，皮膚黝黑、滿臉皺紋的的場先生，從隔壁房間走出來。他雖然是個老人了，但威嚴不減。他抿著嘴，邁步走近，一把搶過大介手中的筆，望向地圖，畫了個圈。

「這裡有座焚火台。」

聲音不悅到了極點。

「妳這個掃把星！全是妳惹的禍！」

他怒斥希海之後，便甩頭回去隔壁房間。蛇田先生跟了上去。

「妳爲什麼要殺亞矢？」大介逼問。

「爲什麼都是我！」

希海的眼中射出憎恨的厲光。

「反正我們是沒人要的小孩。壽壽音也一樣，是大少爺和『藍雪』在外面胡搞出來的孽種！如果不要我們，乾脆別生下來！爲什麼不趕快墮掉就好了！」

「不對，妳根本不知道生下我們的是怎樣的人。我們的母親不是什麼『藍雪』，她叫木寺乃蒼，是有名字的。雖然她因爲親生母親吃了許多苦，仍拚命過好自己的人生，然後墜入情網，懷了新生命。我知道她拚命保住了肚子裡的兩個小生命。」

「她是被男人拋棄，自私地生下小孩，自私地跑去死的蠢女人！蓮見拋棄了我們的母親和小孩跑掉了，是製造出『藍雪』的渣男。都是他的錯，害我一直被虐待，妳根本不懂我有多痛苦！」

「所以妳才編出我和大介是雙胞胎的事，想要傳達妳的痛苦嗎？」

「沒錯。我怎麼可能把大介看到的事告訴蛇田？這只會讓我想起自己的罪。所以我才謊稱大介是妳的雙胞胎兄弟，讓妳知道有人恨蓮見和妳。」

「蓮見醫生不知道他的孩子是雙胞胎，以爲只有我一個女兒。他在最後救了我一命，妳能明白他對孩子用情有多深吧？蓮見醫生只是不知道妳是他的女兒而已。如果他知道，只要是爲了妳，他一定赴湯蹈火都在所不辭。」

「每個人都愛妳，妳才不懂我的痛苦。妳知道我一直被說是沒人要的孩子嗎？妳才不可能明白我的感受……」

「我只是希望妳瞭解，有人眞心希望出世的孩子能幸福。他們認爲，不讓我們知道身世的祕密，是爲了我們好，才會一直保密。只是有哪裡出了差錯而已。妳小時候吃了那麼多苦，我卻沒有察覺，眞的對不起。妳一定很難受吧。可是，妳還是錯了。妳做了絕對不能做的事。即使不會爲此受罰，也必須一輩子扛著它走下去。做過的事情是不可能消失的。」

我對希海沒什麼好說的了。高中生的蓮見醫生和乃蒼的邂逅所交織出來的命運太哀傷了。

「壽壽音，走吧。」

大介搭著我的肩膀。看向我的眼神，已變回平常的大介。我們穿過擠滿媒體記者的醫院大門。

「你跟蓮見醫生和秀哥哥之間出了什麼事，可以告訴我了吧？」

大介靜靜點頭。

大介 六個月前

醫生說，壽壽音的病情相當嚴重，必須住院一段時間，進行治療。

我當年目擊到的情景，讓她相當震驚。但她理解了我明知亞矢已死，卻無法說出口的心情。

在土筆町第一次見到壽壽音的情景，至今仍歷歷在目。她斜背在身上的小包包吸引了我的目光。可愛的小熊趴著的圖案，是妹妹美由紀最喜愛的卡通角色。

嬌小的壽壽音讓我想起了美由紀。張大嘴巴哈哈大笑的笑法也有些相似。

她不隱瞞自己是棄嬰的事實，表現得活潑開朗。

我不想說她可憐。她看起來非常幸福。但不知爲何，我就是想要保護她。只要她露出一點寂寞的神情，我就忍不住擔心。沒能爲美由紀做的事，我都想爲壽壽音達成。

我要保護壽壽音。我擅自這麼決定。

壽壽音的氣色很差，早前我就相當擔心。但我一直以爲，是我們面對的狀況，導致她身體不適。

監視小松原家、在東京和土筆町往返奔波，是不是也造成了她的負擔？我後悔不已。

我仍持續監視著小松原。剛才秀平又進去小松原家了。每個週末，秀平都跑來找小松原。他們兩個感情肯定很好。上週末他過來，就這樣留下過夜。

秀平應該知道壽壽音住院的事。一想到這種時候，他居然還在跟小松原鬼混，我對他的疑心更深了。我認識的秀平，原來都是假象嗎？還是，隨著歲月流逝，他變了個人？

天就快黑了。他又要留下過夜嗎？我透過窗戶盯著小松原家。

冷不防地，外面爆出一陣怒吼，接著是哀號，然後變成了呼救。

是小松原家。我連忙衝出去。

「救命啊！有人要殺我！」

傳來東西倒下般「砰」的巨響。

玄關的門沒有鎖。我毫不猶豫地闖進去。只見走廊上倒著滿臉是血的小松原，秀平騎在他身上，瘋狂毆打他。我一眼就看出小松原的鼻子歪了，被打得極慘。

「你在做什麼！住手！」

我拚命架住秀平。秀平上氣不接下氣地大叫：

「就是你殺了亞矢吧！」

「住手！」

這時，秀平總算聽進我的叫喚聲，回過頭。可能發現是我，他突然全身虛脫，跌坐在地。

我丟下滿臉是血蜷在地上的小松原，扯住秀平的手，把他拖出去，帶進公寓裡。仔細一看，他的拳頭沾滿鮮血。

「總之，先洗手吧。」

秀平聽從我的話，去盥洗室洗了手和臉。用我遞給他的毛巾擦乾後，他環顧室內，不解地問：

「你住在這裡嗎？你在做什麼？」

「想問的人是我。告訴我，你跟小松原出了什麼事？」

秀平說出他接近小松原的目的。

「我計畫僞裝成他的同好，親近他之後，打聽出線索。他跟我混得滿熟的，今天他拿了照片給我看，是袒胸露乳的體育服女生。他炫耀說是那天在土筆町拍的照片。像他這麼卑鄙無恥的人，一定也襲擊了亞矢。我逼問他，他卻死不承認，所以我揍了他。一動手就停不下來了。」

驚訝之餘，我鬆了一口氣。這下我明白了，秀平也想要實現由利阿姨的願望。

「可是，你做得太過火了。你差點把他打死了。」

警笛聲愈來愈響亮，卻忽然停住。馬路上聚集了看熱鬧的民眾。從窗戶往外看，兩名急救人員進入小松原家。他應該沒死吧？我有些擔心地看著。秀平也在一旁靜靜地看。只見小松原被抬上擔架，大呼小叫著：「好痛！好痛！」我和秀平對望，忍不住輕笑了一下。

「看來是沒有生命危險。像你這種不習慣打架的人，下手都不知輕重，傷腦筋。」

「壽壽音現在身體狀況不是很危險嗎？我卻無能爲力，或許是因爲這樣，太心急了。」

「我們三個都想要實現由利阿姨的願望。如果壽壽音知道你有志一同，一定會很開心。」

懷疑秀平讓我非常難受。壽壽音想必比我更痛苦。對秀平的疑心消失，心上的重擔消失了一個。

既然如此，我也必須向秀平坦白才行。雖然這樣會讓秀平承受新的痛苦……

我說出那天目擊到的事，也就是的場的罪行。

秀平的反應卻不同於預期。我以爲他會更激動、難以接受，沒想到他默默聽到最後。

他只是緊咬嘴唇承受著，那模樣實在讓人心痛。

我告訴他，再三分析之後，我認爲殺人的不是的場和蛇田。

「眞的太對不起蓮見醫生和由利阿姨了。」

他勉強擠出的話聲，聽得我胸口一緊。

「爲什麼你那時候不說出來？」

語氣絕非責備，反而是客氣的。然後他似乎立刻驚覺，直視著我問：

「難不成是我爸恐嚇你？」

「不是。蛇田他們沒有發現我。」

我強烈否定。是我自己決定不說的，責任全在我的身上。我向秀平解釋沒有告訴任何人的理由。

聽完後，秀平把手放到我的肩上說：

「由利阿姨一定會明白你的用心。」

他的手強而有力，而且溫暖。後來我們聊了一整晚。聊到土筆町那場特別的夏日冒險，還有「英雄錄」。聊到孩提時代無法忘懷的回憶。

但漆黑沉重的暗影，無時無刻不壓在我們身上。對秀平來說，是父親與亞矢的死有關的事實。對我而言，則是沒有說出眞相，結果形同協助隱蔽罪行的後悔。

這過於沉重的現實，我們該如何面對才好？

幾天後，蓮見醫生把我和秀平一起找過去。

他以無比肅穆的神情迎接我們。

「你們不要想再爲亞矢做什麼了。聽說秀平對人動粗了？弄個不好，會害你被吊銷醫師執照。大介也是，竟然辭掉那麼認眞投入的餐廳工作。我不能再影響你們的人生了。壽壽音沒有發現自己病重，也讓我深感自責。」

蓮見醫生要放棄一切嗎？

「這是我自己思考後採取的行動，醫生沒必要爲此自責。我不想放棄。」我應道。

「大介都告訴我了。我父親的罪行，讓我實在無顏面對醫生。我不會原諒他的。」

秀平向蓮見醫生深深低下頭。

「夠了，我想要結束這一切。」

聽到「結束這一切」，我一陣不安。

「醫生想要尋死嗎？絕對不可以！我們一定會找回亞矢，請爲我們見證，我們一定會把亞矢送回由利阿姨身邊。」

蓮見醫生閉上眼睛，沉默片刻，不久後靜靜開口：

「自從由利走了以後，我一直在想，爲什麼只有我活下來？有時候我實在憎恨老天爺，難道祂把我折磨得還不夠嗎？可是，得知壽壽音生病的時候，我領悟到活下來的意義。我要把腎臟留給女兒壽壽音。這是拯救壽壽音性命唯一的方法。」

聽到蓮見醫生說壽壽音是他的女兒，秀平露出困惑的表情。於是，醫生把壽壽音的身世及乃蒼的悲劇，告訴了秀平。

「只要能救回壽壽音，我此生已無遺憾。我無論如何都要救回她。除非是病死，否則無法將器官移植給他人。原本我不想告訴你們，打算一個人離開。拜託，千萬不能提到我可能是自殺，這是我最後的心願。我希望你們三個不再被過去束縛，看著未來往前走。不要再牽掛亞矢的事了，由利一定也會諒解的。」

蓮見醫生準備爲壽壽音獻出性命的堅定決心，毫無保留地傳達給我們。我們說不出話來。因爲我們都明白，沒有人能阻止他的這份決心。

兩天後，秀平把我找去。出現在蓮見醫生家的秀平，神情決絕。

「我想了一個計畫。」

那是一個教人跌破眼鏡的計畫。

「的場秀平進入蓮見幸治的房間，爲他施打點滴後離開。蓮見停掉點滴，拔出針頭，在點滴的溶液袋裡摻入藥物。他把使用後的藥物容器及針筒放進信封裡。信封上的收件人，寫的是私人信箱。他避開監視器，從後門離開，將信封投入郵筒。

蓮見幸治回到房間，自行施打點滴。到此爲止的行動，一鏡到底拍攝下來。記錄這一幕的影片，放進存放著許多家庭錄影帶的地方。

隔天早上來訪的的場秀平，確認蓮見死亡，聯絡醫院。

移植手術結束後，石田大介出面揭發蓮見不是病死，而是遭到謀殺。驗屍之後，發現蓮見體內確實摻入了藥物。唯一有機會摻入藥物的的場秀平遭到逮捕。大介向的場那邊提出談判的要求。

只要談判成立，取回亞矢的遺體，就把影片交給警方。私人信箱裡也可以找到證據，的場秀平的嫌疑獲得洗刷。」

只要成功，就能順利將腎臟移植到壽壽音的身上，並取回亞矢的遺體，一舉兩得。

可是，有一件事令我十分介意。我也能貢獻我的力量。

「如果只是宣稱不是病死而是謀殺，警方可能不會認眞調查。我先向警方自首，說是我殺死醫生的，這麼一來，警方一定會進行驗屍。就這麼辦吧。」

「這樣的話，必須先準備好你的不在場證明才行。」

我們熱烈討論，一旁的蓮見醫生表情依舊苦悶。

「什麼讓警方逮捕，這太過頭了。萬一的場那邊不願意談判……」

蓮見醫生遲疑地說。

「如果他不願意談判，我會親手了結的場家。」

秀平凜冽的眼神傳達出強烈的覺悟。不管任何人說什麼，秀平都不會退讓吧。

「眞的可以讓你們去執行這樣的計畫嗎？」

「我不能讓事情就此結束。大介也是一樣的想法。」

聽到蓮見醫生的喃喃自語，秀平熱切地回答。

「只是，這個計畫的目的是接回亞矢，沒辦法對凶手究責問罪。這樣可以嗎？」

「只要把亞矢帶回由利身邊就夠了。」

三人的決心堅不可摧。

壽壽音的病情日漸惡化，時間所剩不多。

在討論細節的過程中，我的情緒逐漸亢奮起來。

「這個計畫太完美了。」

「沒錯，絕對會順利成功。」

然而，胸口的那一絲痛楚卻無法抹去。這個計畫的第一步，就是蓮見醫生死亡。死亡逼近現實了。

對秀平來說，這也是賭上人生的重大行動。我說出自己的願望：

「等一切結束以後，請讓我在紀念塔的本子上，寫下醫生和秀平的名字。」

我認為兩人完全夠格留名「英雄錄」。然而，蓮見醫生搖了搖頭：

「我沒有這種資格。為了讓自己的腎臟移植到壽壽音身上，我準備要欺騙醫療人員。而且身為保護人命的醫生，我卻選擇死亡，這是不能允許的事。我不是英雄。」

「要對蓮見醫生做出病死診斷的我也一樣。身為醫生，這不能說是正確的行為。」

秀平也同意，但我強烈地反駁：

「以前醫生告訴我的話，我到現在都還記得。『本子沒有任何規定。對或錯沒有意義，也不會受到他人讚揚，只有本人明白名字列在裡面有何意義。關鍵在於，能否對自己的行動感到驕傲。』對於接下來的行動，我感到無比自豪，你們應該也有同感吧。」

蓮見醫生將會死去，離開這個世界。我強忍著幾乎要奪眶而出的淚水，傳達我的心聲。

「往後不管再怎麼痛苦難過，只要看到本子上你們的名字，我就有辦法熬過去。這會成為我和你們一起活過的證據。」

「這樣的話，也必須放上大介你的名字，否則就沒有意義了。」

蓮見醫生的淚中帶笑。

「就這麼辦吧。等柊家第十六代壽壽音恢復健康後，請她把我們三個的名字寫進去吧。」

秀平堅定地宣告。我們確認各自的任務之後，互相道別。

計畫終於正式開始了。

不管再怎麼哀傷痛苦，我都不會逃避。

我不會辜負蓮見醫生和秀平的決心。

我在內心發誓，絕對要達成計畫。

壽壽音

談判結束，離開醫院後，大介立刻租了車，在夜晚黑暗的道路上驅車前行。

「我送妳回土筆町。」

我知道大介前往土筆町的目的，不只是送我回家。大介的背包裡裝著做了記號的地圖，必須盡快找到亞矢，才能讓秀哥哥獲釋。

前往土筆町的路上，大介將他和秀哥哥還有蓮見醫生之間的對話內容，也就是三人想出來的計畫及約定告訴我。

蓮見醫生對我付出的父愛，讓我由衷感激。三人的決心深深打動了我。與此同時，從未感受到任何人的關愛，結果做出殘忍行爲的希海，讓我感到無比哀傷。

怎會變成這樣的結果？我懊悔不已。被的場咒罵「掃把星」的希海，不曉得承受過多少殘酷的言語。

我根本不瞭解眞正的希海。

抵達柊家的時候，已是深夜。隔天早上我醒來時，大介已上山。他決定一個人完成這件事。我只能祈禱大介順利找到亞矢。

傍晚時分，大介打電話來了。

「找到了，我會直接前往東京。」

聽到他不願多談的口吻，我想像著這嚴酷的一天，以及他目睹的亞矢遺容。

「我也一起去。」

「交給我吧。我沒事的。」

大介還有要務在身。必須讓相信著他、正在忍受拘留之苦的秀哥哥結束任務。

希望一切落幕，我們三個能相聚暢談的那天早點到來。

仰望著向晚的天際，第一顆星星綻放光芒。有人守護著我們。我獨自望著天空，不放過那一絲微光。

第四章

希海

「妳這個掃把星！」

的場的話殘留在耳中。

我走出病房，的場和蛇田看也不看我一眼。

一回到飯店，我立刻沖澡。爲了沖掉今天扎刺在身上的許多視線。

看著霓虹燈閃爍的夜景，躺到床上。內心徬徨不定，安息並未造訪。

我從來沒有看過壽壽音露出那種表情。

我認識的壽壽音，總是咧著嘴巴哈哈大笑。

我拿備受呵護的壽壽音，和遭到母親虐待的自己相比，憤憤不平，這是事實，但我還是喜歡壽壽音。雖然我絕對不會承認，不過我眞的太羨慕她了。我也喜歡和壽壽音在一起的自己。

我的祕密基地，只告訴過壽壽音一個人。

可能是爲了討好父親，身邊的大人經常送我禮物。扮家家酒的玩具組合、換裝洋娃娃、布偶，房間裡有愈來愈多撫慰我的孤獨的寶物。

可是，不知不覺間，這些玩具消失了。而且是從我心愛的玩具開始，一個個不見。是母親丟掉了。

發現這件事以後，我把寶物藏到倉庫最深處。那裡成了我的祕密基地，我有時候會去那裡，在陰暗的倉庫一個人玩家家酒。自從找壽壽音來過以後，我們一起遊玩，度過了快樂的時光。

可是好景不長，壽壽音不來了，又變回我一個人。少了壽壽音，我寂寞無比。對我來說，壽壽音是特別的。但我怎麼樣就是無法坦然將「寂寞」兩個字說出口。

就是從那個時候開始，我對壽壽音的觀感變了。我無法遏止對她的怨恨。

憑什麼壽壽音這個棄嬰過得那麼幸福，我卻遇到這麼慘的事？這太沒天理了。於是，我對她做出小小的惡作劇。我寫下她的壞話，把信放在柊家門口。

我不是的場家的孩子，這是母親的場千惠告訴我的。國一夏天，的場和秀平從東京過來的前一天，千惠在電話裡和的場吵了起來。「蠢斃了。」我不小心吐露了心聲。每個人都知道的場在東京有情婦，千惠卻緊抓著花心的的場不放，把無法和秀平一起生活的憤悶化為暴力，發洩在我身上。對於這樣的千惠，恐懼之餘，我也打從心底瞧不起她。

但現在我可以理解千惠的心情。在的場家裡，我是她唯一能夠掌控的對象，而這樣的我居然輕蔑她，她一定無法接受吧。她暴跳如雷，毫不留情地痛罵我。

「妳根本不是我們的小孩！妳媽是叫『藍雪』的毒蟲殺人犯！所以才會生出妳這種沒心沒肺的邪惡小孩！妳爸把搞大肚子的女人像垃圾一樣丟掉了！那個人渣負心漢就是蓮見！」

千惠拿尺一下又一下地打著我的裸背。得知自己是殺人犯的小孩，我被推落絕望的深淵，只能咬緊牙關，忍受痛苦。千惠猛灌威士忌，沒有停下攻擊的手。

「再告訴妳一件事。妳有個雙胞胎姊妹，就是壽壽音。她生得開朗又乖巧，早知道就該挑那孩子。」

聽到壽壽音是我的雙胞胎姊妹時，那巨大的衝擊我至今難忘。

自幼遭受到任何毒打痛罵，都不曾讓我落淚，然而聽到這件事，不知不覺間淚水爬滿了面頰。

我不願承認自己很羨慕個性開朗、人見人愛的壽壽音。我唯一感到優越的地方，就是我有親生父母。即使父母會傷害我，也絕對不會拋棄我。這是守護我心靈的防波堤。

「明明就是個棄嬰！」

我總是在內心這麼唾罵壽壽音，沒想到這句話成了迴力鏢，射回我身上。我是被拋棄的孩子。沒有人要我。

防波堤一眨眼就崩潰了，強烈的憤怒湧上心頭。

回過神時，我已從千惠手中搶下尺，高高揮起。千惠露出驚愕的表情，從我眼前離去。

早知道就快點反抗她了。我的內心暢快極了。

我用美工刀把文字一個個割下來。

「壽壽音是惡魔的小孩　妳的母親是藍雪　我永遠恨妳」。

只有壽壽音渾然不知，幸福度日，這讓我莫名惱怒。我想要傷害壽壽音。然後……

我眞的傷害了另一個姊妹。

我搬到東京，在國一的第二學期轉學過去，沒有半個願意溫柔接納我的朋友。我並沒有遇到霸凌。因爲我不肯對任何人敞開心房，所以我會孤單一人，不是任何人的錯。一星期後，我就不去學校了。

即使在家，我一樣孤獨。對於犯下駭人罪行的我，千惠避之唯恐不及，當然也不敢再對我暴力相向。我成了人人恐懼、閃躲的對象。

意外的是，哥哥秀平經常關心我。他會來我房間，聊些有的沒的事，也會指導我功課。漸漸地，我可以自然地喊他「哥」了。

有時候，我會覺得秀平是因爲不知情，才能扮演溫柔哥哥的角色。我們不是血緣相繫的兄妹，而且我犯了滔天大罪。一旦得知眞相，哥哥會變成什麼樣？

正因被從未接觸過的溫柔澆灌，我害怕再度失去。這前所未有的感情讓我困惑，痛苦不堪。

我強烈地渴望變成不一樣的自己，想要忘了一切。

可是罪愆如影隨形。我開始不時夢見那一天。

國二秋天，大人提出要把我送給蛇田家當養女。父親的場想要擺脫我這個麻煩吧。我想蛇田也是在無法拒絕、莫可奈何的情況下答應的。可是他來接我時，堅定地說：

「妳要成爲我的繼承人，爭一口氣給大家看。」

我好開心。蛇田知道我犯下的罪，卻仍說要和我一起走下去。

在蛇田的面前，我從來不曾感到苦悶。因爲我對他沒有任何隱瞞。

我被蛇田家收養，獲得了拯救。身邊有了蛇田這個知音，我見到哥哥時，也能自在地表現自我了。過去無法抹滅，但光是覺得可以和蛇田一起前進，我便感到如釋重負。

蛇田的妻子對我漠不關心。她對政治和丈夫都毫無興趣，熱愛歌劇，成天往外跑。聽說她是某大企業的千金，典型的不知世事，活在雲端。她也不曾對我說過任何刻薄的話。在我的眼中，是可有可無的人。

我也願意去學校了。蛇田期待我繼承他的事業，成爲我熱心向學的動力。他要我去英國留學，我感到十分不安與寂寞，但他對我寄予厚望，更讓我歡喜。

就在這時候，哥哥邀我一起去土筆町。原以爲我再也不可能踏上那塊土地，但英國之行在即，我興起回去看一看的念頭。

這也是爲了與過去的自己訣別。

可是，土筆町不可能溫暖地迎接我。

兒時的自己製作的信件出現在眼前。我不知道那封信沒有送到壽壽音的手中，而是被哥哥藏起來了。

我一逕裝傻，免得被兩人發現。我伸手想要把信拿去丟掉，卻被壽壽音拿走了。想到過往的一切根本不肯放過我，我的心情變得沉重。

在大介工作的餐廳聽到兩人開始交往，我第一個念頭是「這不可能行得通」。這不是出於惡意，而是的場家的父母知道壽壽音的身世，根本不可能同意。不過，他們兩個什麼都不知道，沒辦法。

「壽壽音就交給你嘍。」我對哥哥說的這句話，是出於質疑的心態：「你眞的有辦法保護壽壽音嗎？」「不管發生任何事，你都能堅定不移嗎？」

就在這天，我得知他們在調查「藍雪」的事。如果知道自己的身世，壽壽音會受傷的。

我想起了那天，聽到千惠毫不留情揭露眞相時的震撼。

爲什麼會這樣呢？我想要拯救壽壽音，不想讓她經受和我一樣的苦。我不想要她受傷。我忍不住叫她不要再查了。

我也不曉得自己怎會有那樣的情緒。或許我想要保護的不是壽壽音，而是那天的自己。

我出發前往英國。

然而在英國，我也沒有變成全新的自己。

壽壽音

我在建築物後門坐立難安地等待秀哥哥出來。我從昨晚就一直煩惱，到底要對他說什麼才好？蓄積在胸口的澎湃情緒，實在無法用一句「辛苦了」來表達。

警察開門，秀哥哥走出來了。他東張西望，我舉手向他打信號。那憔悴不堪的模樣讓我震驚極了。

「大介開車來了，我們走吧。」

我輕輕抓住他的手往前走。我難以直視他的臉，兀自看著前方，於是秀哥哥既期待又不安地問：

「找到了吧？」

「找到了。」

我直視著他的眼睛回答。秀哥哥閉上眼睛，仰頭深深地吁了一口氣。停在路肩的車裡，駕駛座上的大介靜靜看著我們。我揮揮手，帶著秀哥哥走近。

「辛苦了。」

一坐上車，大介便以開朗到突兀的語氣說。

「壽壽音，被兩個蹲過苦牢的男人包圍，這可是難得的經驗，感覺如何？」

大介接著調侃我。

「正確地說，我們待的地方不是監獄，而是拘留所。」

秀哥哥立刻反駁，大介苦笑起來。

「大介，一定很辛苦吧？謝謝你。壽壽音也恢復健康，太好了。」

聽到後座傳來的慰勞話語，坐在副駕駛座上的我從照後鏡重新端詳秀哥哥。雖然憔悴，但眼睛明亮有神。

「彼此彼此。」

大介恢復嚴肅的語氣。

「我們成功了。」

「是啊，我們辦到了。」

平靜的交談下，是兩人傾注的熱烈情感，實在令人動容。

車子開到蓮見家，我們三人一起去掃墓。大介的懷裡抱著蓮見醫生的骨灰罈。裡面不只一個人的骨灰，還有好不容易找到的亞矢。現在我們要去納骨。在由利阿姨長眠的墓裡，親子三人終於要團聚了。這是只有我們才知道的事。

我們實現約定了。薄雲流過秋空，柔和的陽光籠罩著並肩前行的兩人背影。

希海

秀平獲釋了。

「我一直堅信兒子的清白。」

電視畫面中，的場笑容滿面。一旁的蛇田假惺惺地擺出嚴肅的神情。

「您的身體狀況還好嗎？」

記者提問，的場誇張地舉起雙拳，展現活力：

「完全康復了。」

「蛇田也相信我的兒子，從頭到尾都支持我。謝謝你。」

的場與遠比自己高大的蛇田交握雙手，注視著鏡頭。

的場把犯下殺人罪的我，塞給了蛇田。

蛇田藉由爲我隱匿罪行，掌握的場的把柄，爬到今天的地位。

可是，隨著時間過去，現在連作爲證據的屍體都沒了。

那兩個假父親矯作的笑容，光看就噁心。我粗魯地按下遙控器開關，關掉電視。

隨手翻閱手上的報告書。這是委託徵信社，針對木寺乃蒼所做的調查報告。

報告中列出了乃蒼的母親木寺知子的住址、乃蒼生前居住的公寓、工作的超市，以及成爲「藍雪」誕生之地的死亡地點。

她死亡的日子，是在我生日的幾天後。

在的場的病房裡，壽壽音責備我，要我一輩子背負著罪業，還說做過的事不可能抹滅。這些事我自己最清楚。不管再怎麼努力轉頭不看，我終究無法逃離那一天。

因爲那才是我眞實的樣貌。

壽壽音一定不會明白，犯下那種罪行的我有何感受。自出生以來，我一次都沒有感受過別人的關愛。

那個時候，壽壽音提到生下我們的母親，說我們的母親拚命保住肚子裡的生命。這是眞的嗎？生母是愛我的嗎？

我從未想過，要去瞭解拋棄我的母親。可是只有壽壽音知道，我卻不知情，這讓我無法忍受。

我決定去找木寺知子，我的外婆。

調查報告書中描述的木寺知子的人生，完全就是個自私自利的母親。她因爲持有毒品三度被逮捕，被視爲女兒乃蒼沾染毒品的元凶。乃蒼在十八歲時跳樓自殺，害死路人，世人稱她爲「藍雪」。身上流著她的血脈的我，則是犯下殺人罪。簡直就像令人笑不出來的惡劣玩笑。玄關門外的垃圾袋散發出可厭的臭味。我按下一〇七號室泛黑的門鈴。

「來了！」

室內傳來年輕女人的聲音，我不禁感到疑惑。出來應門的是個繫圍裙的女子，胸口別著名牌，想必是照服員。

「請問木寺知子女士在嗎？」

「在喔。我正在替她擦身體，請等一下。」

女子匆匆忙忙進屋去了。

磨損的榻榻米有股灰塵的味道。獨居的老人，連打掃都力不從心吧。桌上也堆滿了各種雜物。

我忽然注意到一本雜誌。

上面印著一行文字「被藍雪奪走母親」。

我反射性地入內，拿起那本雜誌。

翻頁找到標題的報導。那是模特兒富根奈那的訪談報導，因爲「藍雪」，她眼睜睜看著母親喪命。照片上的年輕女子穿著一襲白色洋裝，完全不像生過小孩的樣子。

「聽說奈那小姐的小孩八歲了，和事發當時的您同年。」

「是的，後來過了二十七年。那天晚上的事，我一輩子都忘不了。」

「那是奈那小姐生日當晚吧？」

「是的，那天是我八歲的生日。重要的紀念日被烙上悲傷的回憶，成了我最討厭的日子。」

「您的母親是怎樣的人呢？」

「她溫柔又美麗，是個好母親。」

「對於那個世人稱爲『藍雪』的女孩，您有什麼想法？」

「關於她……恨她也沒有用，可是如果能夠，我還是不想遇上她。只要時間再錯開一點點，我媽就不必白白送命了。我希望她根本就不要想尋什麼短。」

「她最後說的話，成了她的代名詞。」

「是的，她最後說了『藍色的雪』。我到現在都還是納悶不解。對我來說，如果要用顏色來描述那時候的印象，就是紅色。我手中的紅色花束，還有散落在積著一層薄雪的白色地面的紅色玫瑰花瓣。爲什麼她會說是『藍色』呢？」

木寺知子是特地買來這本雜誌嗎？她是想要緬懷乃蒼嗎？明明根本沒有盡過身爲母親的責任。

「好，結束嘍。讓妳久等了。」

照服員對我說道，收拾起臉盆和毛巾。

「木寺女士，難得有訪客呢。」

「是誰？」

床上傳來沙啞的聲音。

「過來這裡。」

乾瘦的手朝我揮舞。

「那我先回去了。」

照服員離去，換我走到床緣。

床上躺著一個皺巴巴的老太婆。這就是我的外婆嗎？

「可以扶我起來嗎？」

皮包骨的手伸向我。我提心吊膽地扶起她的身體。

「謝謝。」

老太婆看向我。她的目光彷彿要舔遍我的全身，我如坐針氈。

「妳叫什麼名字？」

「蛇田希海。」

「希海，歡迎妳來。喏，那邊有把椅子，搬過來坐在我前面。」

我依言照做，老太婆「嗯嗯」點著頭，一直盯著我的臉看。

「妳是木寺知子女士嗎？」

「對啊，妳是來找我的吧？」

木寺知子用手帕擦眼睛，然後發出聲響擤鼻涕。

「啊，該倒杯茶給妳。如果知道妳要來，我就會準備東西招待妳了。」

老太婆艱辛地站起來，踩著蹣跚的腳步，從冰箱裡取出麥茶。遞過來的杯子沾滿了水垢。

「請不用客氣。」

預期之外的歡迎讓我不知所措，但這茶實在教人難以下嚥。快點問出想問的事，早早閃人吧。

「唔，這陣子很容易累，不好意思，讓我躺著跟妳說話吧。」

她調整枕頭和靠枕，靠在上面，眼睛眨也不眨地盯著我。

「可以說說妳女兒的事嗎？」

「她是個乖巧開朗的好孩子。」

對方立刻回答。我瞬間想到壽壽音。

「她喜歡看書，國語成績很好，也很會畫圖。」

那炫耀孩子的口吻令人煩躁。報告書上寫著，乃蒼的童年幾乎都在孤兒院度過。明明把女兒丟下不管，現在卻想扮演好母親？

「她死得很慘對吧？那個時候妳在哪裡？」

「那時候我搞壞了身體，在醫院裡。」

「是吸毒的關係？乃蒼也是受妳影響吧。」

我的口吻變得惡毒。不過這是事實。

「乃蒼才不會碰毒品。那一定是弄錯了。」

那拚命否定的模樣實在可悲。這只是在逃避責任。

「沒錯，我是個壞母親，都是我害乃蒼吃了許多苦。可是，妳不要把她想成壞女孩。妳是乃蒼的女兒，對吧？」

我張口結舌，她怎會知道？

「上次有個姓柊的年輕小姐來過，她說乃蒼生過孩子。當時我不相信，但她說的是真的呢。今天我終於知道是真的了。」

是在說壽壽音。

「妳怎麼知道我是乃蒼的女兒？」

老太婆默默遞來一張照片。我接下照片，上面似乎是一對母女。一個是年輕時候的木寺知子，在她旁邊微笑的女孩，長得和我一模一樣。

「這個人就是乃蒼……我的母親……」

我不禁脫口而出，目光無法從照片上移開。我第一次看到我的生母。

「這是什麼時候的照片？」

「她過世半年前左右，來探望我的時候拍的。沒想到，這居然是我最後一次看到她……」

半年前的話，那時候我已在她的肚子裡。和壽壽音一起。

「看著妳，就好像乃蒼在這裡。」

木寺知子用皮包骨又滿是皺紋的髒兮兮的手，裹住我的手。

可是不知爲何，我並不感到厭惡。

「我做夢都想不到，居然能見到乃蒼的孩子。」

「妳不是見過那個姓柊的女生嗎？」

「那個女孩到底是誰？她對乃蒼的事問東問西的，果然是記者嗎？」

木寺知子沒發現壽壽音是她的外孫女嗎？明明一眼就認出我了。初次感受到的灼熱情感，滾滾湧上心頭。

「妳不要恨死掉的乃蒼。如果能夠，一支花也好，去祭拜她一下吧。以前我會去她過世的地方祭拜她，如今實在沒體力去了。求求妳，替我去祭拜她一下吧。」

面對她帶淚的懇求，我默默點頭。這個人眞的是我的外婆。

我喝光了杯子裡的麥茶。

「我要回去了。請保重。」

我起身行了個禮。

「妳叫希海，對吧？妳要連同乃蒼的份一起，讓自己過得幸福喔。」

來自血緣相繫的人溫暖的話語，深深扎進心口。幸福，眞的會眷顧我嗎？

我從以前就討厭老人。深刻的皺紋讓我感覺到死亡的逼近，實在無法直視。然而，被初次見面的外婆伸手握住時，一股難以言喻的情感卻泉湧而出。從小我的身邊充滿了客套和各種顧慮，沒有一個人是純粹看著我。

但外婆木寺知子不一樣。她筆直地注視著我，爲見到我而歡喜。我不敢說對外婆萌生了親情，但眞切地感受到我們是血肉至親。

我沒有家人。的場和千惠不用說，因爲分開生活，我也無法把秀平當成家人。

爲什麼我會這麼孤單？爲什麼家人這麼討厭我？我一直苦惱不已。

答案很簡單：因爲我是不相干的外人。

爲何的場家會收養我，現在我能理解當初的理由。對於把家族的存續看得比什麼都重要的的場家來說，秀平的疾病是個嚴重的問題。萬一好不容易生下的長子有什麼三長兩短，該怎麼辦？這時，忽然冒出來的我這條生命，被他們當成了保險。而且還把我僞裝成的場家的親骨肉。這確實是最重視名聲的的場會設想到的事。

可是，秀平的病好了，我失去用武之地。毫不知情的我，被漠不關心的的場傷害，爲了討好千惠而竭盡全力。我好同情當時的自己。

我承受著千惠的虐待，孤獨與日俱增。就在這種情況下，蛇田拯救了我。小學的時候他送給我的戒指，對我來說還太大，於是穿上鍊子，總是戴在我的脖子上。難受的時候，只要握緊戒指，我就能感到安心。長大之後，我將它戴在手指上，從不脫下。它就像是我的護身符。

我只看著蛇田一個人。我拚命用功讀書，只爲了讓他肯定我。蛇田對學歷感到自卑，命令我進入英國名校就讀。然而，我沒能達到這個要求。

蛇田的態度太明顯了。他一次也沒有來英國看過我，只吩咐律師處理我勉強申請通過的大學的各種手續。

孤獨的大學生活開始了，但我沒有放棄。即使在學歷上失利，蛇田仍期待我繼承他的事業。我相信自己是受到蛇田青睞的人，每天用功念書。

然而，發生了把我推入深淵的決定性事件。大學畢業前夕，我接到蛇田的電話，才得知這個事實。

「畢業以後妳不用回日本了，繼續留在英國。」

電話另一頭傳來幼童的聲音。

「我四年前生了兒子。妳不要靠近我兒子。理由妳心知肚明。」

電話就這樣掛斷了。

我茫然佇立在異國的土地上。

爲什麼我到現在還是沒有摘下戒指？明明隨著銀戒的光輝黯淡，虛假的護身符早已失去了效用。

見到木寺知子以後，我愈來愈想瞭解乃蒼。她生前過著什麼樣的生活？她曾爲了什麼事歡笑或哭泣？

我靠著徵信社的報告書，尋找乃蒼生前住的公寓。走出目白車站時，雲間灑下陽光。一直下到今早的秋雨似乎總算停歇。我避開水窪，來到一棟雙層公寓。房東是公寓旁邊的香菸鋪老板。裝飾在店頭的粉紅色的花很美。雖然只有小小一塊，但花壇顯然受到精心照料。

「好漂亮的波斯菊。」

我對著拿澆水器的的中年婦人說。

「很漂亮對吧？得小心別染上芽蟲。」

她看著我，微微歪頭問：

「我們是不是見過？」

「沒有，是第一次見面。您是公寓的房東嗎？」

「對，不過謝絕推銷喔。」

她突然警戒起來。

「不是的，我有私人的事想請教。」

「那就好。最近很多建商跑來問要不要改建公寓，煩都煩死了。妳要問什麼？」

婦人的眼神變得柔和，那直爽的態度讓我放心不少。

「約三十年前，有個住在這裡的人，她叫木寺乃蒼。」

「妳要問乃蒼的事？妳是雜誌記者？我不接受採訪。」

這次婦人生氣地說道。態度翻來覆去，搞得我不知所措。

「不是的，我是她的親人。」

「這麼一說，妳跟乃蒼長得很像。進來吧。」

我在她催促下進入店內。

「妳是乃蒼的親戚？」

「呃，我是她的女兒。」

不知爲何，我想要表明身分。雖然身爲「藍雪」的女兒，並不是什麼值得炫耀的事。

「乃蒼有小孩？」「記得那個時候她才十幾歲吧？」女子喃喃自語，皺起眉頭。

「妳等一下。」

她留下這句話，進入屋內。我目送著她的背影。這時，我注意到掛在牆上的墜鍊，漫不經心地看著。架子上也陳列著戒指，我的目光被其中一枚吸引了，是蛇造型的戒指。受到蛇田的影響，我總是一下子就會注意到與蛇相關的事物。我覺得很受不了，別開了目光。

「我爸想見妳，妳可以進來嗎？」

婦人笑吟吟地招手說道。

「乃蒼的事，我爸比較瞭解。他八十五歲了，但以前的事都還記得很清楚。」

我被領進和室，一名老人坐在和室椅上看著我。

他的眼神銳利，但嘴角泛著笑意。

「請慢坐。」

婦人將兩杯茶放到桌上，便離開了。

「我叫希海，是木寺乃蒼的女兒。」

「啊……妳就像是乃蒼的翻版。」

老人說完，便默不作聲，室內頓時一陣尷尬。

「她眞的生了孩子啊。」

老人總算再度開口。

「是的。我一出生，就被某個家庭收養了。」

「這樣啊。妳現在過得幸福嗎？」

我頓了一拍，撒謊回答：

「對。」

幸福離我太遙遠了，但老人開心地「嗯、嗯」點頭。

「您還記得我的母親嗎？」

「當然記得。當時我是做飾品的工匠，每次乃蒼來繳房租，總是雙眼閃閃發亮地看著我做的飾品。她喜歡戒指和項鍊。」

我想像著十幾歲的少女欣賞飾品的模樣。乃蒼在這裡生活過。

「我有樣東西一直沒能交給乃蒼。」

老人向我遞出一只盒子。打開一看，裡面是一條墜鍊。

「是乃蒼向我訂做的東西。」

我拿起那條墜鍊。鍊長約二十公分，串著兩個穿裙子的少女墜飾，微微搖晃著。

「母親戴上這條充滿嬰兒誕生喜悅的墜鍊，等到孩子滿二十歲了，就把墜鍊分別送給她們兩個。這會是累積了二十年母愛的贈禮。我向來期許自己要當一個能將人們的心意化成形體的飾品職人，這是我設計出來的作品。」

「這是我母親訂做的？」

「對啊，乃蒼說『請幫我做嬰兒的項鍊，是兩個女孩，或許有一天可以送給她們』。她當時看起來非常沮喪。」

「那是什麼時候的事？」

「乃蒼時隔半年回來的時候。沒想到一個星期後，她居然就死了。」

這表示母親生產完幾天後，就回到這裡。

「既然她過世了，爲什麼您還是完成了這條墜鍊？」

「一旦接下工作，就要有始有終，這是身爲手藝人的自尊。瞧，妳不就來領了嗎？乃蒼的心意能傳遞下去，我心頭的牽掛也終於能放下了。」

鍊子上的兩個少女造型墜飾，背面分別刻著英文字母。

「這是名字的首字母嗎？」

老人點點頭。

原來母親已爲兩個女兒命名。雖然如今已無從得知是什麼名字。

首字母是A與Y。

「妳手上的戒指，借我看一下。」

老人看著我的手說。那是蛇田送我的戒指。

我摘下戒指遞過去，老人用放大鏡仔細檢查，像是在鑑定估價，讓人不是很舒服。

「這是我的作品。是妳母親送給妳的嗎？」

「咦？」

「我一條線一條線雕刻，希望呈現出蛇的鱗片質感，費了相當大的工夫。這蛇頭也做得很棒吧？」

戒指的造型是三條蛇扭動著交纏在一起，做工確實極爲細緻。有種溫柔的氛圍，我十分喜歡。

「妳看看裡面。」

老人顯得十分自豪。他把放大鏡交給我，我照他說的查看內側。

「這是英文字母嗎？」

看得出蛇體扭動的線條，形成了草寫的英文字母。這是我第一次發現。

「這是全世界獨一無二的戒指。從外側看，只是纏在一起的蛇，但從內側看，蛇身的線條構成了文字。外側文字是顚倒的，所以看不出來，但內側隱藏著只屬於主人的特別字句。」

我旋轉戒指，解讀文字。*kouji & noa*。幸治與乃蒼，是我父母的名字。

「這是我母親的戒指……」

「沒錯，是乃蒼向我訂做的。」

「什麼時候訂做的？」

「這枚戒指，是乃蒼要暫時離開這裡的時候拜託我做的。她突然拿了半年份的房租過來，說她還會再回來。那個時候她直盯著戒指的樣本，於是我說『如果妳想要，我做一個給妳』，她眼睛立刻亮了起來。我又說：『我會在妳回來之前做好，不收錢。妳一次繳了半年的房租，算是大優待。妳一定要回來，我等妳。』乃蒼聽了，眼眶含淚，不住地點頭。」

「然後，我母親就來取了這枚戒指嗎？」

「在她回來的時候，我依照約定交給她了。她說『我會當成這輩子的寶物』，當場戴上了。她就是在領取這枚戒指的時候，訂了剛才的墜鍊。」

老人滔滔不絕。

「雖然想起來就難過，但唯一令人感到安慰的，就是記憶中乃蒼最後的表情，是開朗的笑容。那是在她過世當天的早上。她的樣子和一星期前完全不同。她興奮地說：『這裡的公寓，也可以住小嬰兒嗎？狀況改變了，我今天要去接她們。』她很中意這枚戒指，那天也把戴著戒指的左手秀給我看，笑說『這枚戒指眞的太美了』。所以聽到她自殺的消息，我非常震驚。我到現在都還無法相信。」

乃蒼相信孩子們會回到她的身邊。她最後的笑容證實了這件事。然後，直到過世那一天，她都戴著戒指。

蛇田在乃蒼死前見過她。戒指在蛇田的手裡，證明了這一點。我不認爲乃蒼會把如此珍惜的戒指交給蛇田。

是蛇田搶走戒指的嗎？

我的內心騷動起來。

我轉乘電車，在神保町站下車後，在車站前的花店買了花束。穿過人潮，來到公寓林立的安靜道路。報告書上寫著：「紅色郵筒就是標記。墜樓的地點，就在郵筒旁邊。」

我邊走邊東張西望，心中湧起一股奇妙的感覺。

我來過這裡。是什麼時候來的？

看到紅色郵筒了。我走近郵筒，輕輕放下花束。合掌之後，仰望上方。

遙遠的記憶復甦。

紅磚公寓。郵筒旁邊有個老婆婆放下花束，合掌膜拜。

驀地，一陣強風穿過大樓間，脖子上的領巾飛揚起來。

原來那是外婆木寺知子嗎？

這裡是蛇田住的公寓，小學的時候他帶我來過一次。母親就死在這裡。這不可能是巧合。

蛇田知道。他知道母親死亡的眞相。

秀平

我坐在希海讀國中時，我常和她一起來的公園長椅上。夜裡的公園沒有人影。

當時希海不肯去學校，總是關在房間裡。我會找她一起出門，騎自行車從家裡來到公園。躲開身邊大人的監視跑出來，希海就會露出淡淡的微笑。

我們在都市狹谷的小公園吃冰。希海坐在鞦韆上搖晃，我坐在不遠處的長椅。大樓間露出東京鐵塔的身影。

我根本沒有看過眞正的希海。

我以爲她是無法適應突來的東京生活，覺得她很可憐。母親說「不要理她，這樣對她比較好」，放任希海不顧，飯菜也都叫人送去她的房間。

我想要盡量幫她，有時候會去她的房間找她，陪她說說話，教她功課。一開始很彆扭，但她漸漸會叫我「哥」了。可是，或許我從未看過她發自內心的笑容。

希海從小就不會撒嬌，也不要性子，是個成熟的孩子。可是，我也一樣。我以爲是生長的環境，還有父母的教育，讓我和希海變成這樣的小孩。在大人的圍繞下，我相信自己必須當個好孩子，活得很拘束。

可以和希海一起生活，我十分開心。我以爲我們兄妹有著相同的煩惱，能夠相知相惜。我以爲在這個教人窒息的家庭裡，我們能夠成爲互相理解的關係。

相信的場家的父母就是我們父母的那段歲月，我們確實是兄妹。

即使現在我知道自己和希海並沒有血緣關係，我依然把她當成妹妹。

把亞矢和蓮見醫生跟由利阿姨合葬以後，那天晚上我得知眞相。

我到現在仍無法相信。我不願意相信。

希海居然對亞矢做了那種事。

手機鈴聲空虛地不斷作響。不管打多少次，希海都不肯接電話。就算她接了，我能對她說什麼？

是什麼把希海逼到那種地步？是誰毀掉了希海？

我有辦法阻止這樁悲劇嗎？

如果我能發現母親對她的虐待……

如果我向父母表達想要和希海一起生活……

如果……如果……

不管再怎麼祈求，時光都無法倒轉。

一陣強風吹過，無人的鞦韆發出輕微的嘰呀聲。盪鞦韆的時候，希海的表情總是莫名嚴肅。

那個時候的她，究竟在想些什麼？

不知不覺間，淚水成串滾落，我忍不住用力閉上眼睛。明明閉得那麼緊，不讓更多的淚水溢出，淚水卻不斷滾下來。

只能哭泣的自己，更讓我感到可悲、氣憤，而且空虛。

「希海，接電話啊！」

我用發顫的手指，再次握緊手機。

希海

在乃蒼過世的地點獻花後，一星期過去了。乃蒼的戒指落在蛇田手中的這個事實，以及乃蒼墜樓地點的意義，加深了我對蛇田的疑心。可是，蛇田爲什麼要殺害乃蒼？

爲了找到答案，我來到這裡。

也就是白川產科醫院院長白川正和，爲我接生的人的住家。

按下門鈴，傳出低沉的應答聲：「喂？」

「我是蛇田希海，有事想請教醫生。」

半晌沒有回應，但門靜靜打開了。

「請進。」

滿頭白髮、身形矮小的老人，表情僵硬地讓我入內。

我被領進的和室，可以盡情觀賞精心打理的庭院。壁龕掛著掛軸，竹子與雀鳥的美麗畫面吸引了我。

「很棒的花鳥圖對吧？竹子象徵常綠、不畏風雪的強大生命力，雀鳥象徵多子多孫，闔家平安。」

看著白川欣賞掛軸的表情，感覺他做爲婦產科醫生，對出世的孩子們滿懷慈愛。直率地詢問，他一定會回答我。

「醫生還記得木寺乃蒼嗎？她是我的母親，在的場邸生下我。」

「我不明白妳在說什麼？」

「我變成的場家的女兒，另一個孩子成了柊家的養女。爲了嬰兒的幸福，醫生盡力爲她們安排了，對吧？」

白川筆直地回視我：

「有必要全部揭開來嗎？有些事情不要知道比較好。」

「我是大人了。我也知道木寺乃蒼墜樓死亡，被世人稱爲『藍雪』的事。請不用顧慮我的感受。」

「既然妳都知道這麼多了，還有什麼想問的呢？」

「我想知道我母親的事。她和醫生說過什麼？還有她決定放棄孩子的經過。」

白川吁了一口氣，彷彿卸下緊張。

「她很珍惜肚子裡的嬰兒，堅持不肯墮胎。妳們的母親，毫無疑問是愛著妳們的。她是考慮到孩子的將來，才決定要出養妳們。」

看來他似乎以爲只要這麼說，我就會心滿意足地打道回府。

「她的過世，實在令人遺憾。明明那樣做才是爲了孩子的幸福著想，她應該也接受了，然而女人生產之後，有時候心境是會產生變化的。我很後悔對她產後的心理照顧不足。」

我不需要這些不痛不癢的回答。我提出眞正想問的問題：

「我懷疑我母親的死不單純。說起來，的場家爲什麼需要收養孩子？選擇我，有什麼意義？醫生應該知道吧？」

「妳想說什麼？」

白川臉色驟變，朝我投以刺探的眼神。

我認爲是蛇田殺死乃蒼。蛇田不會做出有損自己利益的行動。讓乃蒼繼續活著，肯定會造成麻煩。從乃蒼和公寓房東最後的對話，可以解讀爲乃蒼相信她能要回寶寶，但蛇田想阻止這件事。

的場無論如何都需要小孩。至於爲什麼需要，理由我想了好幾天，最後得到一個可怕的答案。

「你們想要把我的心臟，移植到秀平身上，對吧？」

白川的眼神飄移起來。雖然他設法掩飾，卻顯得狼狽不堪。

的場家的母親虐待我，爲了避免我身上的傷痕曝光，總是請醫生到家裡爲我進行健康檢查和預防接種。負責的醫生曾這麼說：

「從妳的病歷看來，妳一出生就接受徹底的檢查，一般不會檢查到這麼細。」

我還記得另一件事。小六的夏天，我在東京和的場一起接受採訪時，記者對我說：

「妳克服了先天的嚴重疾病，眞是太好了。」

我以爲記者是把我跟秀平搞錯了。我當時沒有糾正，對的場扮演寵愛女兒的父親，感到很不屑。可是這次我調查了一下，發現當時的訪談中，的場回答「繼長男之後，女兒也有先天性疾病」。雜誌上刊登出的場神情悲痛的照片，說他打算最近就讓女兒赴美接受治療。

「前往美國的秀平遲遲找不到捐獻者，但他必須盡快接受移植才行。這時冒出了我這條新生命。你對出生的雙胞胎做了配型檢查，挑中了我。這應該是熟悉地下社會的蛇田提出的計畫。當初興建新醫院，你就接受了的場的巨額援助，不可能拒絕這個惡魔的要求。我說錯了嗎？」

「我根本不知道什麼移植計畫！」

白川口沫橫飛，激烈地否定。

「事到如今，請別再打馬虎眼了。」

「我沒有騙妳。確實，我協助的場夫人僞裝生產，但這是爲了嬰兒的幸福。蓮見先生和柊先生都不知道生下來的是雙胞胎。讓妳成爲的場家女兒的計畫，在極機密的情況下進行。但我萬萬沒想到，他們是企圖把妳拿去做器官移植。他們要求我對妳進行大量的檢查，聽到的場家對外宣稱完全健康的妳罹患先天性疾病，即將前往美國接受治療，我才恍然大悟。」

「那你做了什麼？」

「我打電話告訴乃蒼小姐這件事，勸她最好把嬰兒要回去。我能夠做的也只有這些了。蛇田先生的三寸不爛之舌太厲害，就算我提出質疑，也只會被他駁倒而已。」

「我的母親想要回嬰兒，然後她就被蛇田殺了。」

「怎麼可能？這……」

「你知道乃蒼死了，但你袖手旁觀。」

「蛇田先生告訴我，她是自殺。接下來，秀平很快地在美國找到捐贈者，動了移植手術。殘忍的計畫消失，嬰兒在的場家好好地受到扶養，沒有我置喙的餘地。」

「好好地受到扶養？我痛苦的孩提時代，可以用這樣一句話帶過嗎？

「爲了嬰兒的幸福？你少在那裡裝好人了。說穿了，你就是爲了自己的利益，不敢吭聲罷了吧？你這個僞君子！」

無以名狀的憤恨席捲了全身。我霍地站起，使勁全力扯下壁龕上的掛軸，朝呆在原地的白川砸過去，走向玄關。

我滿懷怒意地往前走，走到上氣不接下氣，幾乎是癱坐在公園長椅上。

乃蒼的死，是白川自以爲是的正義感造成的悲劇。正義終將勝利，這種事只存在於故事當中。強者爲王，才是這世間的道理。這是蛇田教導我的。要是根本沒有正義這種東西就好了。乃蒼受盡命運玩弄，最後丟掉了性命。被留下來的我，也在命運牽引下殺了人。的場家的母親向我揭露的出生眞相。蓮見一家幸福的景象。攻擊我的魔手。這一切把我逼向了瘋狂。

那年夏天，和過往不同。可能是秀平帶了兩個朋友來，我們幾個不像以前那樣聚在一起玩了。壽壽音很失望，但我求之不得。因爲我根本沒有心思和他們快樂相處。我得知自己的身世，對壽壽音的憎恨滾滾沸騰。

看到蓮見一家和樂，也讓我難以壓抑滿腔怒火。

這時候，大家開始玩捉迷藏了。明明不想玩，爲什麼我不拒絕？事到如今再來後悔，也沒有意義了。命運是無法違抗的。

壽壽音當鬼。遊戲一開始，我就把前晚做好的信放到柊家大門口。然後，我走入壽壽音絕對不會進來的倉庫。倉庫裡很悶熱，但萬一被抓到，要當鬼就太麻煩了。

陰暗的倉庫大門慢慢地被打開。我立刻躲起來，卻冷不防被人從後方用袋子罩住了頭。視野變得一片漆黑，耳邊傳來聲音：

「敢吵鬧就殺了妳。」

我害怕極了。我已習慣母親的暴力，但看不見的敵人讓我全身瑟縮，動彈不得，也叫不出聲。身體被撫弄的噁心感、對男人的恐懼與憤恨，貫穿了全身。

「開燈，我要拍照。」

得知男人不只一個，我更加驚恐了。衣服被掀起來，露出胸部。爲什麼是我？爲什麼不是壽壽音？爲什麼遇到慘事的都是我？沒有人會來救我。

不知不覺間，男人們消失了。我膽戰心驚地把頭上的袋子摘下來。倉庫裡沒有人了。我無力撐起身體，就這樣躺在地上。

突然間，後方傳來開門聲。

「希海姊姊？」

我嚇得回頭一看，亞矢站在那裡。

「妳怎麼了？」

亞矢睜圓了眼睛看著我。我注意到衣服沒有拉下來，連忙整理好服裝。

「姊姊，妳背上都是傷，好可憐。」

天眞無邪的聲音化成利箭，狠狠地戳刺上來。

「不要怕，爸爸會治好妳。」

聽到亞矢的話，我劇烈地搖頭。閉嘴！吵死了！

「我要趕快去跟爸爸說。」

亞矢就要離開，我撲過去扯住她的手臂。

壽壽音同情的表情。蓮見安慰的表情。

一張又一張的臉，圍繞著淒慘的我。

不要！不要用那種憐憫的眼神看我！

與其被那樣看待，我情願去死！

「好痛！姊姊，不要拉我。姊姊怕看醫生嗎？爸爸不可怕，爸爸是好醫生。爸爸一定會治好妳的。」

我不想聽！閉嘴！我會這麼慘，都是妳爸爸害的！

我不顧一切地用雙手摀住亞矢的口鼻。我拚命按住她。亞矢倒在地上，雙腳不停踢蹬，但我不理會，雙手繼續使勁。

不久後，倉庫恢復安靜。亞矢嘴邊淌著口水，看起來就像睡著了。然而，我知道她永遠不會再醒來。

我連忙回家，打電話給蛇田。

「交給我處理。小姐請留在家裡，絕對不要告訴任何人。」

蛇田會救我。我有蛇田這個靠山。我覺得很安心。從浴室出來的時候，男人們噁心的手的觸感完全消失了。還有摀住亞矢嘴巴的手上，被口水沾濕的觸感，也消失了。

隔天我就搬到東京。母親再也沒有打過我。我相信自己蛻變新生了。

然而，命運並未眷顧我。我的孤獨並未結束。哪裡都找不到新的我。

手機在震動。一次又一次。是秀平打來的電話。我別開臉，等待手機安靜下來。因爲我沒有資格聽見哥哥的聲音。

走出神保町車站，我今天也前往花店。目光自然而然地被玫瑰花吸引了。看到玫瑰，我就會想起來。想起嚮往柊家經過修整的玫瑰拱廊和鞦韆的，幼時的自己。

我知道那是壽壽音喜歡的地方，所以絕對不會說出來，但其實我好喜歡那座庭園。

我會在無人的清晨，偷偷地跑去坐在鞦韆上。

把寂寞和傷悲收進心底，把身體交給搖晃的鞦韆。

柔軟的花香溫柔地包覆著我。

「你是從哪裡來的？」

我對飛過來的一隻蚊白蝶說話。

「你是一個人來的嗎？想吸多少花蜜，就盡情地吸吧。」

我是想要珍藏，還是想要遺忘？這段回憶太過遙遠，連我自己都無法分辨自己當時的心情了。

「請問要買什麼花呢？」

花店的店員對我微笑，我慢慢地環顧店內。

「請給我紅玫瑰。」

我接過亮麗的鮮紅色花束，走出花店。

我將花束輕輕地放在郵筒旁邊，雙手合十。我想起蛇田說過的話：「獻花根本只是自我滿足。」

搭電梯前往八樓。我十六年沒有來過這裡了。小學六年級的時候，我對這裡充滿興趣，現在卻只覺得噁心透頂。

我在陳列著蛇造型收藏品的架子上，發現一把蛇身纏繞刀柄的刀子。小時候猶豫著要向蛇田討戒指還是刀子的記憶復甦。最後會選擇戒指，是冥冥之中母親的指引嗎？

另一邊的牆上，許多蛇標本凶惡地瞪著我。消毒水和動物的氣味更增添了陰森感。

「我就要離開蛇田家了，最後想跟你談一談。」

我以此爲藉口，指定在這裡見面。

「我忙得很，長話短說吧。」

蛇田龐大的身軀陷在沙發裡，不悅地說道。從什麼時候開始，他看著我的目光，變成像是看著陌生人？「我是站在小姐這邊的。」這麼說的他，已成爲遙遠的過去。

「秀平被釋放了，妳的罪行被埋葬在黑暗裡。事情照著他們的意思發展，實在很不爽，但以結果來說，這場交易沒有損失。一切都結束了，妳還有什麼話要跟我說？」

蛇田毫不掩飾不耐煩，蠻橫地對我施壓。我不願服輸，單刀直入地提出控訴：

「生下我的木寺乃蒼不是自殺，是你殺了她。」

「哦，爲什麼妳會這麼想？」

蛇田反問，像是覺得好玩。

我說出查到的事實。

藏有名字的戒指、乃蒼去世當天的樣子、她墜樓的地點，一切都顯示與蛇田有關。

「最關鍵的證據，就是這枚戒指落入你的手中。」

蛇田接過我遞出的戒指，瞄了一眼內側的文字，粗魯地放到桌上。

「你說要把孩子還給乃蒼，把她叫過來。然後，你以蠻力壓制她，在她身上注射毒品，讓她陷入意識不清的狀態，再把她搬到屋頂。留下使用毒品的痕跡，是爲了利用她母親吸毒被捕的前科，讓其他人不會對她的自殺起疑。把乃蒼推下樓以前，你注意到她手上的戒指，摘了下來。這的確是只要看到蛇，就絕對不會放過的你會做的事。」

蛇田嗤之以鼻，反駁道：

「說起來，我只是替不負責任的蓮見收拾爛攤子而已。那個女的說無論如何都不要墮胎，還是學生的蓮見只會驚慌失措。的場拜託我，所以我替即將出生的孩子安排好去處。我有什麼必要殺死她？」

「決定孩子要送給柊家收養後，你從白川那裡聽到乃蒼懷的是雙胞胎，想到了一個計畫。那就是把雙胞胎之一當成秀平的器官捐贈者。如果是養女，可能會有人起疑。因爲買賣器官進行移植的問題，在全世界受到關注。你覺得如果是親生女兒，就不會有人懷疑父母犧牲妹妹保住哥哥的性命。生下來的兩個孩子都有先天性疾病，這是個悲劇。若妹妹不幸因病逝世，她的生命由哥哥承繼下去，就成了美談。計畫完美無缺。可是——」

「好了，夠啦。」

蛇田厭煩地制止我。

「就算這是事實，妳到底想要什麼？想要我向妳道歉？」

蛇田的話從頭上飄過。我到底想要什麼……？

我答不出來。蛇田從容不迫的態度，讓我不甘心到了極點。

「我殺了亞矢，我要向警方自首。就算是被收養的，我還是蛇田家的女兒。這會讓你的名聲受到打擊。」

我出於悔恨這麼回答。可能是看透了我的內心，蛇田不爲所動：

「證明妳罪行的屍體已不存在。而且警方才因爲錯抓了秀平，顏面掃地，暫時不可能對我們動手。這對有不少黑底的我來說，是滿不錯的狀況。妳懂嗎？一切都往對我有利的方向好轉。這是神明賜予天選之人的好運。就憑妳？連一根寒毛都動不了我。」

「乃蒼的死，也為你帶來了幸運？」

「我跟妳應該不會再見面，我就告訴妳吧。」

蛇田揮舞著手說了起來。這是他在自吹自擂時的老毛病。

「被的場收留之後的五年，我鞠躬盡瘁，但我就是個司機兼保鏢而已。器官移植的計畫，是我扭轉前途的王牌。一旦成功，的場欠我的人情可不小。我的夢想是掌握萬人之上的權力。這是通往我夢想的千載難逢機會。」

熱烈演說的蛇田，額頭擠出皺紋。

「計畫進行順利。可惜只差一步，功敗垂成……」

「乃蒼發現真相，你陷入困境。」

「困境？妳什麼都不懂嘛。」

蛇田爆出刺耳的笑聲。

「乃蒼根本不成問題，要收拾她太容易了。跟妳說一聲，的場到現在都還相信乃蒼是自殺。畢竟要是被他知道我殺了乃蒼，這就成了我的把柄。」

對蛇田來說，乃蒼形同物品。

「讓我困擾的是，秀平找到了正式的器捐者。但當時的場已向別家醫院支付上億的黑金。的場反過來責備我，說要是沒有這個計畫，他只要付正規的金額就能了事，是我害他白花一大筆錢。的場的妻子也怪我，說我把不要的小孩塞給她。」

對的場家的母親而言，我是她連看都不想看到的東西。因為我是邪惡策略的殘骸。

「把雙胞胎之一留在土筆町，讓的場感到一抹不安。因爲在預定計畫中，她應該很快就要死了，如今卻得留在身邊養大。幸好壽壽音跟妳長得一點都不像，但妳長得愈來愈像乃蒼。讓妳戴上黑框眼鏡，留長髮遮住一大半的臉，是擔心萬一被蓮見發現就麻煩了。」

蛇田愉快地說。

小時候，蛇田總是稱讚我很適合留長髮、戴眼鏡。而我還單純地爲他的話開心，實在教人生氣。

可是，蛇田對遭到虐待的我述說夢想，讓我有了希望。他爲我隱瞞犯罪，還收養了我。他期待我繼承他的事業，讓我開心極了。我嘗到了被人需要的喜悅。確實，有些時候，他就像眞正的父親一樣關心我。若不是他有了兒子，他對我的感情應該不會改變……

「看到年幼的妳，我實在覺得很可憐。沒人要的妳太慘了。」

「所以你才會給我蛇的戒指？」

「蛇是我的守護神。一般情況下，我是不可能給妳的。」

蛇田對我投以冷酷的視線和話語。

「那枚戒指帶來了霉運。害的場損失了一筆錢，毀掉了我的未來，是不吉利的東西，所以我才會給妳。」

得知殘酷的事實，我的心頓時凍結。

「但蛇沒有背叛我。戴著那枚戒指的妳爲我帶來了幸運。接到妳的電話，得知妳殺死亞矢時，我在心中歡呼。自從器官移植那件事以後，我爲的場做牛做馬超過十年，飽嘗絕望。妳給了我最後的機會。那是我的命運撥雲見日的瞬間。」

打從一開始，他就絲毫沒有想過要保護我。

「原來我只是個工具。」

「沒錯，最棒的工具。的場害怕讓妳留在秀平身邊，所以我收養了妳，當成通往未來的車票。我已順利往上爬。如今的場和妳對我都沒有價值了。」

我原本以爲自己是蛇田這邊的人，是和他一起報復的場的同伴。小時候他告訴我的話，一直是我的心靈支柱。但這一切都是幻影……

「因爲你，乃蒼死了。因爲我，蓮見一家人死了。我們是同罪。」

「別把我跟妳混爲一談。妳是情緒失控，殺害幼童的恐怖殺人犯。我不一樣，我單純是爲了目的，執行了必要的事而已。乃蒼跑來恐嚇我，說如果不把孩子還給她，她就要向媒體告發移植計畫，所以我除掉了她。她是咎由自取。」

「如果那個時候把我還給我母親，我的人生就不會是這樣了。」

「妳的腦子還好嗎？」

蛇田露出嘲諷的冷笑。

「妳眞的相信被那種小丫頭養育，能過上比現在更好的人生？」

蛇田露出傻眼的表情，我回瞪他。

「我說要把孩子還給她，她開心得像個傻瓜。如果她以爲自己養得起兩個孩子，那就眞的太愚蠢了。我還以爲妳是個聰明的女孩，但畢竟是那個女人生的孩子。妳沒用了。」

只考慮自己得失的男人，以冰冷的目光看著我。這個人判斷他人的標準，只有能不能利用而已。

過去的我到底算什麼？爹不疼娘不愛，只能依靠蛇田的人生，空虛到了極點，連眼淚都擠不出來了。

「一切都結束了。妳聽清楚，不許再出現在我的面前。」

我連回話的力氣都沒了，抓起桌上的戒指就要離開。

「喂，戒指還來。那是我的東西。」

責罵聲傳來，蛇田的大手逼近。

他從我手中搶過戒指，嵌進自己的小指。

「還給我！那是我母親的寶物！」

我撲上去，卻被輕易推開，臉頰一陣衝擊。蛇田俯視著遭到掌摑、摔倒在地的我，炫耀似地翻動那隻手，滿意地端詳戒指。

他從乃蒼手中搶走戒指時，也是一樣的表情嗎？

蛇田拆散了我們母女。他不光搶走母親珍惜的戒指，還奪走了母親的未來和我的人生。

那枚戒指不是你該擁有的。我絕對不會交給你。

「等一下。」

蛇田俯視著我的眼神變了。

「或許妳還有點用處。」

他的眼神像是要舔遍我全身。

蛇田跪下來，朝我伸手。我站起來，反瞪回去。

「要是妳能取悅我，我可以繼續留著妳。」

骯髒的禽獸用雙手捧住我的臉頰。

「妳從一開始就是我的。妳逃不出命運的手掌心。」

油亮醜陋的面龐逐漸靠近。

我的命運，由我自己決定。

我的手猛地伸向架子，抓起蛇柄刀子。

沒有絲毫猶豫，直接捅進蛇田的頸脖。

我感覺到緊握的拳頭中，刀柄上的蛇身彷彿在翻滾。蛇田的脖子汨汨湧出鮮紅色的血。我和整個房間裡的蛇，一同靜靜地注視著這一幕。

很快地，蛇田一動也不動了。

「是你教我的。想要什麼，就要靠自己的力量得到。」

我從蛇田的小指摘下戒指。

走出陽台，外面是一片藍天。

抓住扶手往下看，路上沒有行人。

我朝天空用力伸出右手：

「媽，戒指還給妳。」

戒指緩緩落下——朝向擺在路旁的豔紅玫瑰花束。

壽壽音　一年後

窗外的楓葉染上了紅色。季節再次更迭，恍若一切從未發生。只有人類會想以自己的力量改變明天。

蛇田遭人刺殺的屍體被發現，希海自首的隔天，我收到她的信。

信上淡淡地寫著希海所知的一切，但沒有任何對蓮見一家的道歉言詞。

「我們是在母親堅定的意志下出生的，絕對不是沒人要的孩子。A與Y，這是母親爲我們取的名字的首字母。如果我是以這個名字活下來，那會是怎樣的人生呢？」

我感受到結尾文字中的悲切。信中附上了墜飾。兩個小女孩在鍊子上緩緩地搖晃著。

被捕後，希海對殺害蛇田的動機絕口不提。

她一定永遠不會說出眞相。

即使時間過去，我也無法原諒希海。身爲希海與壽壽音，我們的關係已畫上句點。

可是，我相信A與Y的故事，將會在某處展開。相信總有一天我們會相遇。

雖然的場把希海出養了，但女兒的殺人罪行，仍斷絕了他的政治生命。延續多代的政治世家，轉眼就迎向終結。

大介低頭懇求，回到以前工作的餐廳。前些日子，他向我借露營車，好像要在假日和神山先生一起進行尋訪英雄之旅。可能是受到神山先生的影響，他有時候會叫我「小姐」。我拜託大介不要這樣叫我，但他就是這種個性，天曉得他願不願意聽進去。

我和母親還有小婆婆一如過往，互相扶持過日子。如今我最大的夢想，就是成立劇團。總有一天，我要在全日本巡迴演出，一邊完成第十六代的職責。我如此下定決心。

秀哥哥的心深受重創，好一陣子都沒有和任何人聯絡。現在他終於可以和我通電話了，但我們像在保護彼此的心，說話時都字斟句酌，小心翼翼。我一點一滴融化他的心，迎來這一天。

今天大介和秀哥哥來到土筆町。雖然不同於兒時純粹的心情，但還是一樣開心。對大家來說，今天會是特別的一天。

我整理好儀容，前往紀念塔。

每次打開門，都會被耀眼的光線刺得睜不開眼睛。「爲了隨時迎接來客，這裡不能有一絲灰塵。」——我想起嚴格的柊家父親。總覺得此刻父親仍在這裡。

坐到父親傳承給我的硯台前，我做了個深呼吸。

「研墨時要抬頭挺胸，凝聚精神，心無雜念。」

我再次把父親的教誨落實到全身。

這是身爲柊家第十六代的首次任務，我不禁全身緊繃。磨好墨後，我起身離席。感受到身後看著我的兩人的視線，打開櫃子的鎖，取出本子。手指緊張僵硬。

慢慢地翻頁。柊家代代守護的《柊家之記》——我們的「英雄錄」。今天我要寫下三個人的名字。

蓮見幸治
的場秀平
石田大介

一放下毛筆，我深深吐出一口氣。回頭一看，從後方俯視著本子的秀平和大介的臉近在兩旁。

「寫得還可以嗎？」

「嗯，很漂亮的字。」

秀平滿意地笑著。

「我先上去嘍。」

大介踩上螺旋梯。

「你們慢慢來。你有話要跟壽壽音說吧？」

大介向秀平使眼色。

只剩下兩人獨處，我忍不住有些緊張。

「我在考慮把別墅改建，開一家小兒科醫院。」

秀平突然說道。

「有病童的家庭，眞的非常幸苦。父母陪伴孩子求醫，經常不在家，也無法周全地照顧其他孩子。所以，我想蓋一間可供病患一家留宿的醫院。雖然還不知道能不能實現……我可以回來土筆町嗎？」

突然聽到這樣的計畫，我吃了一驚。但我覺得這很像秀哥哥會想做的事。

「做想做的事是最好的。」

「妳贊成嗎？」

「我當然會支持你。」

「太好了。」

秀哥哥吁了一口氣，彷彿放下心來。

「喂，小姐、秀平，快點上來！」

大介在上頭呼喚。明明叫我們慢慢來，卻這麼急性子，實在好笑。

我連忙和秀哥哥一起走上螺旋梯。一走出塔頂，冷風迎面而來。景色和小時候相比有了一些變化，但風的氣味一如往昔。

「上面好冷。」

「一點都不冷。」

大介神氣地挺胸說道。

晚秋的天空一片晴朗，萬里無雲。我們仰望塔頂天花板上的小鐘。

「好了，來敲鐘吧！」

我們三人一起拉繩。清脆的鐘聲響徹天際。質樸低調的鐘聲，盈滿胸口。

尾聲

好久不見的房東慈祥地迎接我。他遵守約定，完成了我訂製的戒指。戒指的內側就像房東說的，形成了文字。*kouji & noa*，這是我的寶物。

戴在左手無名指上。這下就能永遠帶在身邊了——無論發生任何事。

我得知了可怕的祕密，寶寶置身險境。但我拚命拜託，對方終於答應。可以要回寶寶們，眞是太好了。

不用再害怕了。

能夠保護她們的只有我。

我能把她們從險境中救回來。

只要能和她們在一起，我什麼都做得到。

馬上就能見到她們了。沒想到只是分離了短短幾天，竟如此痛苦難耐。

房東問我想刻在墜飾上的首字母，我反射性地回答：

A和Y。

還是這兩個名字好。我一直在心中蘊釀的名字。

乃蒼與幸治，從兩人的名字裡各取一字。

我們對彼此的感情，絕對不會消失。

與他共度的時光、從他身上得到的愛，會永遠存留在我的心底。

只要把兩人的名字放在一起，我就能感到幸福。

馬上就能見到妳們了——

蒼（Aoi）、幸（Yuki）（註）。

註：「蒼」與「幸」這兩個名字連在一起，日文發音即是「藍色的雪」（Aoi Yuki）。

E FICTION 55／藍色的雪

原著書名／青い雪
作　者／麻加朋
原出版者／光文社
翻　譯／王華懋
責任編輯／陳盈竹
行　銷／徐慧芬
編輯總監／劉麗眞
榮譽社長／詹宏志
發 行 人／涂玉雲
出 版 社／獨步文化
城邦文化事業股份有限公司
104 台北市中山區民生東路二段 141 號 5 樓
電話：(02) 2500-7696　傳眞：(02) 2500-1967
發　行／英屬蓋曼群島商家庭傳媒股份有限公司
城邦分公司
104 台北市中山區民生東路二段 141 號 2 樓
網址／www.cite.com.tw
讀者服務專線／(02) 2500-7718；2500-7719
服務時間／週一至週五：09：30～12：00　13：30～17：00
24 小時傳眞服務／(02) 2500-1900；2500-1991
讀者服務信箱 E-mail／service@readingclub.com.tw
劃撥帳號／19863813
戶名／書虫股份有限公司
香港發行所／城邦（香港）出版集團有限公司
香港灣仔駱克道 193 號號 1 樓東超商業中心
電話／(852) 2508-6231　傳眞／(852) 2578-9337
E-mail／hkcite@biznetvigator.com
馬新發行所／城邦（馬新）出版集團
Cite (M) Sdn Bhd
41, Jalan Radin Anum, Bandar Baru Sri Petaling,
57000 Kuala Lumpur, Malaysia.
Tel: (603) 90578822
Fax:(603) 90576622
email:cite@cite.com.my
封面設計／蕭旭芳
排　版／游淑萍
印　刷／中原造像股份有限公司
● 2023 年 6 月初版
售價 420 元

ISBN 9786267226483（平裝）
ISBN 9786267226520（EPUB）

國家圖書館出版品預行編目資料

藍色的雪／麻加朋著；王華懋譯. –初版. –
台北市：獨步文化，城邦文化出版：家
庭傳媒城邦分公司發行，2023.06
面；公分. --（E fiction ; 55）
譯自：青い雪
ISBN 9786267226483（平裝）
ISBN 9786267226520（EPUB）

861.57　　112005262

廣　告　回　函
北區郵政管理登記證
台北廣字第000791號
郵資已付，免貼郵票

104台北市民生東路二段 141 號 2 樓

英屬蓋曼群島商家庭傳媒股份有限公司

城邦分公司

請沿虛線對摺，謝謝！

書號：1UR055　　**書名**：藍色的雪　　**編碼**：

讀者回函卡

謝謝您購買我們出版的書籍！

請費心填寫此回函卡，我們將不定期寄上城邦集團最新的出版訊息。

姓名：＿＿＿＿＿＿＿＿＿＿ 性別：□男 □女

生日：西元＿＿＿＿年＿＿＿＿月＿＿＿＿日

地址：＿＿＿＿＿＿＿＿＿＿

聯絡電話：＿＿＿＿＿＿＿＿ 傳真：＿＿＿＿＿＿＿＿

E-mail：＿＿＿＿＿＿＿＿＿＿

學歷：□1.小學 □2.國中 □3.高中 □4.大專 □5.研究所以上

職業：□1.學生 □2.軍公教 □3.服務 □4.金融 □5.製造 □6.資訊
□7.傳播 □8.自由業 □9.農漁牧 □10.家管 □11.退休
□12.其他＿＿＿＿＿＿＿＿

您從何種方式得知本書消息？

□1.書店 □2.網路 □3.報紙 □4.雜誌 □5.廣播 □6.電視
□7.親友推薦 □8.其他＿＿＿＿＿＿＿＿

您通常以何種方式購書？

□1.書店 □2.網路 □3.傳真訂購 □4.郵局劃撥 □5.其他

您喜歡閱讀哪些類別的書籍？

□1.財經商業 □2.自然科學 □3.歷史 □4.法律 □5.文學
□6.休閒旅遊 □7.小說 □8.人物傳記 □9.生活、勵志 □10.其他

對我們的建議：＿＿＿＿＿＿＿＿＿＿
＿＿＿＿＿＿＿＿＿＿
＿＿＿＿＿＿＿＿＿＿

□我已詳讀權利義務之相關條款，並同意遵守。

請於此處用膠水黏貼